이 모든 극적인 순간들

윤대녕 산문집

푸르메

이 모든 극적인 순간들

1판 1쇄 발행 2010년 10월 1일
1판 3쇄 발행 2010년 11월 3일

지은이 | 윤대녕
펴낸이 | 김이금
펴낸곳 | 도서출판 푸르메
등록 | 2006년 3월 22일(제318-2006-33호)
주소 | 서울시 마포구 연남동 568-39 컬러빌딩 301호(우 121-869)
전화 | 02-334-4285~6
팩스 | 02-334-4284
전자우편 | prume88@hanmail.net
인쇄·제본 | 한영문화사

ISBN 978-89-92650-34-2 03810

새삼스럽게 삶에 대해 다시 생각해본다.

이 모든 극적인 순간들에 대해서.

작가의 말

이 책에 실린 산문 혹은 에세이는 등단하고 나서 소설을 쓰는 동안 틈틈이 신문, 문예지, 잡지에 발표했던 글들이다. 편집자의 지속적인 요청과 배려가 아니었더라면 아마 이 책은 나오지 못했을 것이다. 소설이 아닌 글을 따로 묶어내는 것이 내게는 얼마간 용기를 필요로 하는 일이었다. 따라서 원고를 한데 모아 정리하고 첨삭을 하는 과정이 매우 길었다. 푸르메 편집부에 뭐라 할 말이 없을 정도다. 다만 감사하다는 말밖에는.

새삼스럽게 뒤를 돌아보면서, 앞으로 좀더 좋은 글을 써야지, 라고 생각한다. 독자에게 좀더 가깝게, 하지만 경건하게 다가가야지, 라고 생각한다. 삶이 이토록 절박하고 소중하다는 것을 알았으므로.

2010년 무더운 여름, 원주 토지문화관에서
윤대녕

차례

4 나는 왜 문학을 하는가

5 윤대녕의 독서일기

1—내 어머니의 이름은 란

빛

얼마 전에 이사를 했다. 이사란 몸을 옮기고 또 집을 바꾸는 일이다. 어려서부터 나는 유독 이사를 많이 다닌 편인데 지금까지 어림잡아 서른 번은 족히 되지 않나 싶다. 작업실 이사까지 합하면 아마 마흔 번쯤 되리라. 스스로 생각해도 정말 많이 옮겨다녔다. 그건 그렇다 치고.

이사를 할 때마다 가장 먼저 보게 되는 것은 그 집이 앉은 방향이다. 즉 빛이 얼마나 잘 드는가를 우선으로 살피는 것이다. 사람들은 누구나 남향집을 선호하는데 거기엔 그만한 이유가 있다. 동향집은 빛이 가장 빨리 닿긴 하지만 그만큼 빨리 사라지고 서향집은 빛과는 반대 방향으로 돌아앉아 있으니 아예 얘기할 바가 못 되고 북향집은 추운 곳을 바라보고 앉아 있으니 곧 망자의 집이다. 그러니 산 자의 집은 당연히 남향이어야 한다. 일조 시간이 길뿐더러 빛이 집 안 구석구석을 골고루 비춘다. 남쪽은 또 흔히 이상향을 상징한다.

집이 어둡고 습하면 사람의 성격도 차츰 그렇게 변하게 마련이다.

집이 사람이고 사람이 곧 집인 것과 같은 이치다. 이는 사람뿐만 아니라 동식물을 포함한 모든 만물에 있어서 똑같이 해당된다. 해바라기는 해를 따라 하루 종일 고개를 바꾸고 창틀에 놓아둔 화분의 식물도 오래 놓아두면 햇빛이 드는 쪽으로 기형적으로 뻗어나간다. 강이나 바다의 물고기도 맑은 날이 아니면 좀처럼 움직이지 않는다. 그러한데 사람이 어찌 빛에 민감하지 않겠는가.

밝은 곳을 싫어하는 사람들이 가끔 있기는 하다. 세상에는 자신의 존재를 밖으로 드러내고 싶어하지 않는 사람들이 분명 존재하는 것이다. 나 역시 그런 부류 중의 한 사람이었다. 특별히 성장 과정에 문제가 있었던 것도 아닌데, 말없는 사람들 틈에서 혼자 고독하게 커온 탓인지 나이가 들어서도 사람 관계가 서툴러 밖에 나가기를 꺼려했다.

학교도 참으로 어렵사리 졸업했다. 체질도 야행성이어서 낮에는 맥을 못추다 어둠이 깃들 무렵에야 눈빛이 또렷해지곤 하는 것이다. 이런 체질은 어쩔 수 없이 성격에도 영향을 미쳐 나는 20대까지 심한 조울증에다 우울증을 앓고 살았다. 늘 밤낮을 바꿔 살다 보니 사람을 만날 기회도 별로 없었다. 남들은 단꿈을 꾸며 자는 동안 나는 올빼미처럼 혼자 이곳저곳을 기웃거리며 다니기가 일쑤였다. 그러다 보니 나는 숯처럼 아주 외로운 사람이 되었고 어느 날 내게 빛을 가져다줄 사람을 몽매에도 그리워하게 되었다. 그제야 나도 향양성向陽性의 존재임을 깨달았던 것이다. 비록 늦긴 했으나 사람이 빛이라는 걸 알고 나서 나는 비로소 안대를 풀고 세상 밖으로 나왔다.

이른 아침에 보는 창틀의 빛과 5월의 싱그런 숲, 고기 비늘처럼 반

짝이는 먼 바다의 물결, 기쁨에 사로잡혀 있는 여인의 흰 이마, 새벽 어둠 속에서 고요히 타오르는 촛불, 사랑하는 사람과 헤어져 돌아오는 밤 집 근처 골목을 둥그렇게 비추고 있던 가로등 불빛, 한 달 내내 눈만 내리는 나라를 여행할 때 어느 하루 감쪽같이 눈이 그치고 나서 처마 위에 나타났던 눈부신 푸른 하늘……. 그것들은 하나의 영속처럼 내 존재를 밝게 비추며 가슴속에 쌓여 있던 어둠의 때를 한 겹씩 벗겨주는 것이었다.

사람은 어디서 오는가. 모태의 짜디짠 어둠 속에서 우리는 저마다 태어난다. 세상에 나와서도 한동안은 빛이 낯설어 어두운 곳을 찾아 기어든다. 그가 빛과 동화하기까지, 또 하나의 온전한 빛이 되기까지는 실로 오랜 세월이 걸린다. 그것은 스스로의 깨달음을 통해서만 더디게 아주 더디게 진행된다. 고통과 슬픔의 무게 뒤에 겨우 한 줄기 내 몫의 빛이 찾아오는 것이다. 그리고 어느 날 오랜 슬픔에서 깨어났을 때 세상은 왜 불현듯 그렇게 밝은가. 사람은 왜 또 그렇게 아름다워 보이는가. 저마다 이마에 등불을 달고 있지 아니한가.

누군가 외롭고 괴로울 때 우리는 그 사람의 어두운 이마에 다시 빛을 밝혀줄 수 있는 사람이 되어야겠다. 인생이란 그 얼마나 슬프고 거룩한가. 어쩌면 우리는 꺼지기 쉬운 등불을 하나씩 손에 들고 비바람 속을 급히 지나가는 밤의 낯선 손님들인지도 모른다. 그러니 세상의 끝에 닿을 때까지 그 빛을 꺼뜨리지 말 일이다. ▫

빛의 기억들

올해로 나는 마흔아홉의 나이가 되었다. 누구나 나이를 먹어가게 마련이므로 애써 각별한 느낌을 갖지 않으려 한다. 그런데도 연초에 어렴풋이 우울증의 그림자가 드리워지더니 치통처럼 길게 지속되고 있다. 더불어 지금껏 살아온 날들을 돌아보는 일들이 잦아졌다. 그래, 쉰을 코앞에 두었으니 그럴 만도 한 것이다.

요 며칠은 어렸을 때 살았던 고향집이 자주 눈앞에 떠오른다. 그것도 사랑채 툇마루다. 봄이 오면 나는 아직 쌀쌀한 기운이 남아 있는 툇마루에 나가 혼자 앉아 있곤 했다. 부모가 도시로 분가한 뒤 조부모와 함께 살고 있었으므로 나는 항상 그리움에 사무쳐 지냈다. 봄부터 가을까지 나는 햇살이 어른거리는 사랑채 툇마루에 앉아 담장 위에 떠 있는 푸른 하늘을 올려다보며 그리움을 달래곤 했다. 그런데 막상 나는 그때 내가 빛에 감싸여 있었다는 사실은 깨닫지 못하고 있었다. 하늘은 때로 나를 더욱 외롭게 했으나, 언제나 빛이 나를 따뜻하고 부드럽게 끌어안고 있었던 것이다.

나이가 들면 외로워진다고 한다. 나도 벌써 그런 느낌이 들기 시작한다. 며칠 전에 만난 원로 소설가께서 요즘 어떻게 지내냐고 내게 묻기에, 마흔아홉의 우울증에 시달리고 있다고 솔직히 토로했더니, 당신도 그 즈음에 허무감에 빠져 지냈다고 고백했다. 덧붙여 겁을 주려는 건지 그게 몇 년 지속될지도 모른다고 했다. 실제로 그분은 마흔아홉에 절필 선언을 했고 3년간 지방에서 칩거했으며 히말라야를 여러 번 다녀온 후에야 그 상태를 극복할 수 있었다고 한다. 중년의 허무감이 글쓰기와 맞물리면 더더욱 회복하기 힘들다는 뜻이기도 하리라.

그동안 살아오면서 좋았던 일을 생각하려 한다. 내게 빛이 되어준 사람들의 고마움을 떠올리려 한다. 사람이 어찌 혼자 살아갈 수 있겠는가. 지금의 내 상태와 상관없이 나는 숱한 사람들이 던져준 빛을 받아 버텨왔다는 생각이 든다. 말할 것도 없이 어머니의 모습부터 떠오른다. 70대 중반임에도 여전히 자식 때문에 노심초사하는 어머니를 보면 묘한 죄책감이 든다. 문학을 한답시고 어려서부터 나는 얼마나 많은 못을 어머니의 가슴에 박았던가. 그리고 나의 누님. 내가 어려울 때마다 가장 먼저 찾아주고 보살펴주었던 두 살 터울의 어머니 같은 누님.

그리고 또 많은 사람들의 얼굴이 떠오른다. 초등학교 졸업식 날, 한눈 팔지 말고 하나의 길을 가다 보면 어느 날 자신이 바라던 곳에 이르게 되는 법이라고 말씀해주셨던 담임선생님. 그 말씀이 내게는 금과옥조였고 곧 빛이었다. 나의 맨 처음 사랑은 중학교 3학년 때 찾아왔는데 상대는 성악가가 꿈인 여고 2학년이었다. 그녀는 내게 헤르만 헤세의 『데미안』을 선물해주며 소설가가 되려면 끊임없이 다시 태어나는 사람이 되어야 한다고 말했다. 그리고 미국으로 이민을 가면서 마지막으로 내게 이런 편지를 보내왔다.

"사랑하는 자는 말이 없다."

그녀와의 만남은 길지 않았으나 그후 나는 사랑을 숭고하게 생각하는 사람이 되었다. 그리고 대학에 들어갈 때까지 오직 그녀만을 생각하고 지냈다.

군대에서도 내게 빛을 준 사람을 만났다. 그는 제대를 얼마 남겨두지 않은 고참이었는데, 어느 날 함께 보초를 서다 서로 문학에 관심이 있다는 것을 알게 되었다. 그후 그는 순번을 바꾸면서까지 나와 경계근무를 서며 많은 이야기를 나누었다. 그리고 제대한 후에도 전남 해남에서 강원도 화천까지 나를 면회 오기도 했다. 나중에 소설가가 되어 나는 남도南道를 배경으로 한 여러 편의 소설을 쓰게 된다. 모두 그와의 인연으로 쓰게 된 작품들이었다. 물론 지금도 그와 나는 우정을 나누며 살고 있다.

내가 가끔 스스로에게 자조적으로 하는 말이 있다. 인덕仁德은 없는데 인복人福은 많은 것 같다고. 정말 그렇다는 생각이 든다. 30대 중반에는 아홉 살 아래의 후배와 의형제를 맺었고 40대 중반에도 그같이 평생을 만날 사람을 새로 얻었다. 그리고 뜻하지 않은 인연으로 연극계 사람들과도 각별하게 지내고 있다. 모두가 늘 내게 빛이 되어주는 사람들이다. 그리고 일일이 말할 수 없는 또 다른 많은 사람들이 있다.

'사랑하는 자는 말이 없다'는 것은 살아가면서 마음이 깊어진다는 뜻이기도 하리라. 사람들한테 받았던 것만큼 내가 그들에게 빚을 준 일이 있었는가를 되돌아본다. 거꾸로 남모를 상처를 준 일은 없는가를 생각해본다. 모두가 묵묵히 삶을 견디며 남에게 빛이 되고자 애쓰고 있는데, 나만이 나이 투정을 부리는 것은 아닌가 반성해본다.

그게 과연 가능할지 모르겠으나, 이제부터라도 그동안 살아오면서 받은 만큼의 빚을 남들에게 되갚는 삶을 살아가고 싶다. ▫

한 그루 나무처럼

북한산 근처로 이사를 와서 주말마다 산행을 한 지 2년 반쯤 되었다. 동행할 사람을 찾기 힘들어 대개는 혼자 산에 오른다. 처음엔 적적한 감이 없지 않았으나 그럭저럭 습관이 되니 오히려 생각할 시간도 많아지고 몸과 마음이 더욱 맑아지는 느낌을 받는다. 말을 주고받을 상대가 없으므로 무엇보다 사물의 미세한 변화가 눈에 잘 들어온다. 계곡 물가나 약수터에 앉아 보내는 혼자만의 시간도 이제는 더할 나위 없이 소중하고 충만하게 다가온다.

지금 내가 살고 있는 정릉에서 일선사一禪寺 방향으로 올라가다 보면 두 개의 약수터가 있다. 일선사는 옛날에 시인 고은 선생이 잠시 머물렀던 곳으로 경내에 서면 성북구가 한눈에 내려다보인다. 올 봄부터 나는 계속 이쪽 코스를 다녔는데 늘 두번째 약수터에서 잠시 숨을 고른 다음 내처 오르곤 했다.

그런데 어느 날 약수터 옆에 서있는 참나무 한 그루가 내 눈에 들어왔다. 인연이란 참으로 묘하디묘한 것이어서 하필이면 나무에 박혀 있는 녹슨 대못이 먼저 눈에 보였다. 오래전에 누군가 바가지를 걸어놓기 위해 박아놓은 것 같았다. 손으로는 빼낼 재간이 없어 그대로 내려왔는데 두고두고 그 대못이 가슴에 남았다.

그 다음 주말에 나는 배낭에 장도리를 챙겨 넣고 약수터로 올라갔다. 녹슨 못을 빼내고 나니 마음이 그렇게 후련할 수가 없었다. 그 나무와의 인연은 그렇게 시작됐다. 바야흐로 4월이 되면서 참나무는 연둣빛의 아름다운 잎을 가지마다 무성하게 토해내고 있었다. 그후로 나는 그 참나무를 보기 위해, 아니 보고 싶어 산에 오르는 기분이 들었다. 괜히 마음이 심산스러울 때, 남에게 무심코 아픈 말을 내뱉고 후회할 때, 또한 이유 없는 공허함에 사로잡힐 때면 나는 그 나무를 보러 올라가곤 했다. 나무는 언제나 그 자리에 서있었고 내게 시원한 그늘을 내주며 때로는 미소를 짓거나 무어라 말을 건네오는 것 같았다. 네가 그 못을 빼주지 않았더라면 나는 계속 옆구리가 아팠을 거야. 혹은 내게 위로의 말을 전해주기도 했다. 힘든 때일수록 한결같은 마음을 갖도록 노력해봐. 나는 그 나무 아래 앉아 커피를 마시며 책을 읽거나 사과나 김밥을 먹기도 했다. 여름 한철을 나는 주말마다 새로 사귄 친구를 만나러 가듯 그렇게 설레는 마음을 안고 산으로 올라갔다.

우리의 옛 신화를 보면 '우주나무'라는 게 있다. 지상과 천상을 이어주는 나무로 아직도 시골에 가면 커다란 느티나무에 오색 천이 감겨있는 것을 흔히 볼 수 있다. 우리네 민간신앙으로 우주나무는 사람의 염원을 하늘에 전달해주는 역할을 한다. 이를테면 나는 평범하기 짝이 없는 참나무를 나의 우주나무로 삼게 된 셈이었다.

가을이 시작될 무렵 지방에 살고 계신 어머니가 몸이 편찮으시다는 연락을 받았다. 곧장 내려가볼 수 없었던 나는 마음을 달래려 저녁 무렵 산으로 올라갔다. 그리고 나무를 올려다보며 어머님의 건강을 빌었다. 모든 사물에 영혼이 깃들어 있다는 말을 이제 나는 믿는다. 또한 간절하게 원하면 누군가 도와준다는 말도 믿게 되었다. 내가 지방에 다녀오고 나서 얼마 후에 어머님은 가까스로 건강을 되찾았다.

지난 주말에도 나는 산에 다녀왔다. 눈이 내린 날이었다. 불과 일주일 만에 약수터의 참나무는 제 스스로 모든 잎을 떨군 채 찬바람 속에 무연히 서있었다. 그리고 침묵의 시간으로 돌아간 듯 더이상 말이 없었다. 나는 내가 못을 빼냈던 자리를 찾아보았다. 상처는 아직도 완전히 아물지 않은 상태였다.

그 헐벗은 나무를 보며 나는 생각했다. 그동안 나는 사소한 일에도 얼마나 자주 마음이 흔들렸던가. 또 어쩌다 상처를 받게 되면 얼마나 많은 원망의 시간을 보냈던가. 그리고 나는 길을 잃은 사람이 다시 찾아올 수 있도록 변함없이 그 자리에 서있었던 적이 있었던가. 그렇게 말없이 기다림을 실천한 적이 있었던가.

이제부터는 한 그루 나무처럼 살고 싶다. 자기 자리에 굳건히 뿌리를 내리고 세월이 가져다주는 변화를 조용히 받아들이며 가끔은 누군가 찾아와 기대고 쉴 수 있는 사람이 되었으면 싶다. 겉모습은 어쩔 수 없이 변하더라도 속마음은 변하지 않는 사람이 되고 싶다. 한 그루 나무처럼 말이다. ▫

사람의 소리

나는 소음에 무척 예민해서 조그만 이상한 소리가 들려와도 신경이 이내 곤두선다. 글을 쓰면서 얻은 직업병일 수도 있겠고 성마른 체질 탓이기도 할 것이다. 휴대폰 벨소리도 귀에 거슬려 늘 진동으로 해놓으며 통화도 가능한 짧게 한다. 그리고 소설을 시작할 때가 되면 주로 깊은 산사山寺에 찾아가 머물곤 한다. 말하자면 작가가 된 후로 여기저기 소음을 피해 다니며 살아왔다고 할 수 있다.

도시는 그 자체가 거대한 소음 덩어리다. 공사장에서 들려오는 소리, 자동차 소리, 택시나 버스를 타면 승객의 의사와 상관없이 틀어놓는 방송, 아파트 위층에서 아이들이 쿵쿵거리며 뛰어다니는 소리, 예고 없이 울려대는 초인종 소리, 음식점이나 술집에서 옆 테이블에 앉아 있는 사람들이 떠들어대는 소리……. 이러한 온갖 소음들에 마침내 노이로제 증상이 생겨 급기야 정신과 의사를 찾아가 자문을 구했더니, 고전음악을 들어보라고 했다. 소리에서 얻은 병이니 소리로써 치유해

보라는 얘기였다. 이는 마치 사랑 때문에 얻은 병은 사랑으로만 치유가 가능하다는 동종요법과 비슷했다.

과연 음악 치료법은 효과가 있었다. 방문을 닫아걸고 심지어는 불까지 꺼놓고 혼자 소파에 앉아 아름다운 선율에 취해 있노라면 어느덧 마음이 산속의 호수처럼 고요해지고 뜻밖에 소설적 영감이 떠오르기도 하는 것이었다. 그렇게 10여 년 클래식 음악에 심취해 사는 동안 나는 오디오 전문가와 이야기를 나눌 수 있는 수준으로 귀가 더욱 예민해졌다.

그러나 이러한 고독의 기쁨은 결혼과 함께 마침내 종말을 고하고 말았다. 허구한 날 방에 틀어박혀 혼자 음악을 듣고 있는 남편을 아내가 좋아할 리 없었다. 그녀는 오디오보다는 텔레비전을, 고전음악보다는 팝송과 가요를, 그보다는 사람들과 어울려 노래방에 가서 마이크 잡고 노래 부르기를 즐기는 사람이었다. 알고 보니 나와 정반대의 사람이었던 것이다. 내가 밤마다 방 안에서 음악을 듣고 있는 동안 그녀는 거실 소파에 앉아 텔레비전을 지켜보다 잠이 들곤 했다. 아무리 부부라도 취향이 다른 걸 어쩌겠는가.

어느 날 식탁에서 아내가 나의 소음 노이로제를 거론했다. 표정을 보아하니 아주 작정을 한 듯했다. 우리가 귀로 듣는 모든 소리는 결국 사람이 내는 소리가 아니겠냐고 그녀는 말했다. 물론 그럴 터이었다. 그런데 그 모든 소리가 그토록 귀에 거슬린다면 앞으로 남은 인생을 어떻게 살아가겠어요? 또 사람에 대한 애정 없이 소설을 쓰는 일이 도대체 무슨 의미가 있는 거죠? 그녀의 말을 듣고 나는 내심 충격을 받았다. 아직 늦지 않았으니 이제부터라도 사람들 얘기에 적극적으로 귀를 기울일 줄 아는 사람이 됐으면 해요. 그럼 지금과는 세상이 달라 보일지도 모르잖아요. 그것은 곧 마음을 다시 여는 일이었다. 더불어 마음이 열려야만 귀가 열리는 법이었다.

몇 년 전부터 고전음악 듣기는 더이상 내 일상의 취미가 아니다. 아내의 배려로 오디오를 작업실로 옮겨놓았지만 어쩌다 그저 한 번씩 듣는 정도이다. 무엇보다도 혼자 음악을 듣는 일이 전처럼 그렇게 즐겁지가 않다. 그 대신 나는 음악보다 더 많은 아름다운 소리를 들을 수 있는 귀가 뜨였다. 이를테면 주방에서 아내가 설거지하는 소리, 물기가 마른 그릇을 찬장 속에 하나씩 쌓아놓는 소리, 베란다에서 빨래의 주름을 펴기 위해 옷을 터는 소리, 그때 그녀의 입에서 나직이 흘러나오는 노랫소리, 누군가 전화 통화를 하며 조용히 웃는 소리, 밤이면 아이에게 다분다분 동화책을 읽어주는 소리를 들을 때면 무어라 말할 수 없는 마음의 평화가 온몸에 따뜻하게 깃들곤 한다. 그것은 혼자 어두운 방에서 음악을 들으며 막연히 자아도취적 감정에 빠져 있을 때와는 결코 비교할 수 없는 보다 구체적인 삶의 평화이다.

요즘 지하철이나 버스를 타면 나는 눈을 감고 옆자리에 앉은 사람들이 나누는 얘기에 귀를 기울이곤 한다. 그리고 내가 경험하지 못한 세상의 많은 일들을 낯선 그들의 입을 통해 엿듣게 된다. 그러면서 가끔은 속으로 안타까워하고 빙그레 웃기도 하고 혹은 부러워한다. 또 어떤 때는 슬그머니 놀라기도 한다. 내가 사는 것과 남들이 사는 것이 별로 다르지 않다는 사실 때문이다. 부모 자식 걱정, 집 걱정, 돈 걱정, 아내와 남편의 건강 걱정. 이를테면 누구나 똑같은 걱정을 하며 살고 있는 것이다. 나는 그 모든 얘기들이 우리가 날마다 공유하고 사는 인생의 거룩한 일이라는 것을 알게 되었다. ▫

김대포집 연탄구이

40대 후반으로 접어들면서 이런저런 변화가 느껴진다. 우선은 아무리 운동을 해도 몸이 예전 같지 않다는 것이며 또 하나는 입맛이 둔해진다는 사실이다. 끼니마다 이것저것 따져 먹기도 번거롭고 그저 시장기만 없애면 되지 싶다가도 가끔은 뭐 좀 맛깔스러운 게 없나 두리번거리게 된다. 나는 단순하게 생겨 먹어서 아침엔 된장국 조금, 점심은 국수, 저녁은 밥의 패턴을 무려 10년 이상 유지해왔다. 딱히 무슨 신념이 있거나 건강을 지키기 위함이 아니었다. 그저 지극한 단순함 때문이었다. 어쩌다 주말에 외식을 하더라도 삼겹살 정도가 고작이었다.

고백하자면 30대의 몇 년은 꽤나 음식을 찾아 돌아다녔다. 자연산 회를 먹기 위해 바다낚시를 다녔고 한우 안심에 돼지고기는 제주 흑돼지만을 고집했고 외국을 돌아다니며 참치 뱃살과 송아지 스테이크와 온갖 종류의 파스타와 거위 간과 달팽이 요리와 고급 포도주까지 챙겨 먹었다. 형편이 그리 좋았던 것도 아니었다. 다만 음식만큼은 잘 먹어야 한다는 단순한 신념에 사로잡혀 있을 때였다. 그러던 어느 날 나는 커다란 거울이 걸려 있는 외국의 한 식당에서 새끼돼지 통구이를 혼자 게걸스럽게 먹고 있는 내 모습을 발견하고 말았다. 그 탐욕스러운 모습에 나는 이루 말할 수 없는 역겨움을 느꼈다. 그리고 스님들처럼 검소하고 담백한 음식을 먹고 살기로 작정했다. 그후 10여 년의 세월이 흐른 것이다.

그런데 나이가 들어가니 아무래도 입맛이 떨어진다. 그렇다고 새삼스럽게 사지스런 음식을 찾아 돌아나니고 싶은 마음은 생기지 않는다. 해서 얼마 전에는 친구와 함께(음식은 가급적 혼자 먹지 말아야 한다) 돼지 곱창구이를 먹으러 갔다. 국산인지 벨기에산인지 물으려다 그것도 그만두었다. 매운 음식을 좋아하지 않으므로 소금만 뿌려 곱창을 구워 소주와 함께 먹으니 이게 웬 맛인가! 먹으면서도 침샘이 솟는 현상이 지속되는 것이었다. 내가 이토록 돼지 곱창구이를 좋아했던가? 그것은 분명 새로운 발견이자 깨달음이었다. 다들 알 것이다. 식당에 가면 흔히 볼 수 있는 가운데 구멍이 뚫린 둥그런 스테인리스 식탁 말이다. 구멍에서는 연탄불이 이글이글 타오르고 있었고 곱창은 시시각각 노릇하게 익어가고 있었다. 소주를 마신 데다 연탄 냄새까지 맡고 있으니 머리도 띵한 게 급기야 야릇한 쾌감이 몰려오는 것이었다.

'김대포집 연탄구이'. 집 근처에 있는 허름하기 짝이 없는 식당 겸 술집이다. 곱창만 있는 게 아니라 아나고, 삼겹살, 목살은 물론이고 돼지 부속에 꽁치, 고등어까지 구워주는 퓨전, 종합 세트 같은 집이다. 그러니 된장찌개, 김치찌개가 없을 리 없다. 우연히 한번 들러본 뒤 나는 주말마다 그 집에 갔다. 맛이 조금 떨어져도 식당은 깨끗해야 한다는 아내의 말도 좀처럼 귀에 들리지 않았다. 사실 '김대포집 연탄구이'의 위생 상태는 그다지 우수한 편이 아니다. 연탄가스도 문제라면 문제다. 그래도 나는 그 집의 단골이 되고 말았다.

그러던 어느 날 나는 뿌연 거울 속에서 연탄불에 꾸물대는 붕장어를 구워먹고 있는 내 모습을 보았다. 그는 어느덧 새치가 생겨 있었고 얼굴은 퍽이나 말라서 더욱 지쳐 보였고 운동화에 점퍼 차림이었다. 말하자면 중년의 동네 아저씨가 거울 속에 앉아 있는 것이었다. 때맞춰 옆에 앉아 있던 아내가 그동안 참고 참았던 질문을 던져왔다.

"당신 옛날에 찢어지게 가난했지? 밤마다 아버지 찾으러 이런 집에 자주 갔었지? 그 시절의 향수 때문에 주말마다 여기 와서 앉아 있는 거지?"

듣고 보니 아내의 말은 대개가 사실이었다. 찢어지게 정도는 아니더라도 분명 가난했고 아버지는 주말마다 집 근처에 있는 연탄구이집에서 곱창이나 붕장어에 소주를 마시곤 했다. 더이상 무얼 속이겠나 싶어 나는 사실대로 털어놓았다. 다 듣고 나서 아내가 말했다.

"나이가 들면 감춰뒀던 게 다 나온다더니, 그 말이 진짜가 봐요?"

정녕 그런 것인가? 아마 그런지도 모르겠다. 아내가 한마디 덧붙였다.

"남자들은 진화하지 않는다더라고요. 단지 나이가 들어갈 뿐이지."

그 말도 맞는 것 같다. 진화는커녕 퇴화하고 있는 것이다. 그래도 어쩔 수 없다고 생각한다. 연탄 냄새까지 옹호할 수는 없겠으나 곱창구이와 붕장어구이만큼은 이제 와서 포기하고 싶지 않은 것이다. ▫

김혜자의 신발 끄는 소리

나는 텔레비전을 거의 보지 않는다. 아침에 집에서 나와 자정까지 일하다 귀가하므로 실제로 텔레비전을 볼 시간이 없는 것이다. 또 하나는 텔레비전이라는 매체에 대한 부정적 인식 때문이다. 그것은 우선 가족 간의 대화를 단절시키고 과소비에 대한 욕망을 부추기며 또한 불특정 다수인 시청자들의 생활 리듬과 라이프 스타일을 획일화시킨다. 그러기에 일찌감치 누군가 텔레비전을 두고 '바보상자'라 불렀던 것이다. 그럼에도 대개의 사람들은 텔레비전에서 좀처럼 놓여나지 못한다. 텔레비전을 시청함으로 해서 무의식적인 안도감과 소속감을 느끼는 것이다. 중고등학생들의 경우 텔레비전을 보지 않으면 또래들과의 대화에 낄 수 없다고 한다. 쇼 프로그램과 상품 광고, 연예인, 혹은 드라마가 그들의 주된 관심사인 까닭이다.

인터넷이 어느 가정에나 일반적으로 또한 획기적으로 보급되면서 그에 대한 음성적 폐해를 지적하는 말들이 무성하다. 그래서 텔레비전은 이제 신문처럼 상대적으로 건전한 매체로 평가된다. 시대의 흐름에 따라 무엇이든 의미가 변하게 마련인 모양이다.

내가 텔레비전을 시청할 수 있는 날은 일요일 저녁 정도다. 아홉시 뉴스나 주간 뉴스를 시청하고 어쩌다 사극이나 스포츠 프로그램을 덤으로 보기도 한다. 그것도 불과 얼마 되지 않은 일이다. 몇 해 전에 거실에 있는 텔레비전을 치워버리자고 했더니 아내가 필사적으로(?) 반대를 해서 당황한 적이 있다. 주부에게서 텔레비전까지 빼앗아 가면 도대체 무슨 재미로 사냐는 것이었다. 그게 그런 것인가? 라고 자문하며 두 번 다시 같은 얘기를 꺼내지 못했다. 보통 사람들에게는 텔레비전이 일상의 중요한 일부라는 것을 이때 분명히 깨달았다. 그렇다면 텔레비전이 과연 위에서 말했듯 시청자들에게 나쁜 영향만 끼치는 것일까?

며칠 전에 나는 어떤 드라마에서 우연히 최불암 씨를 보게 되었다. 알다시피 최불암 씨는 한국적 아버지상의 대명사로 알려져 있다. 나 역시도 그런 평가에 동의한다. 장수 프로그램이었던 〈전원일기〉라는 드라마에서 그렇게 이미지를 굳힌 듯하다. 당시 최불암(회장님) 씨의 아내 역은 김혜자 씨가 맡아서 했다. 김혜자 씨 역시 훌륭한 연기자임을 누구나 인정하고 있다.

오래간만에 텔레비전에서 최불암 씨의 얼굴을 보면서 나는 이상하게 반가운 마음이 들었다. 아니, 단지 반가운 마음이라기보다는 일종의 감동이 느껴졌다. 왜 그랬을까? 곰곰이 생각해보니 그것은 다름 아닌 그의 변함없음과 한결같음 때문이었다. 언제 보아도 그 털털하고 중후한 이미지, 연기에 대해 아직도 긴장을 잃지 않는 장인 의식, 필연적으로 그에 따르게 마련인 성실함과 겸손함, 정갈한 자기 관리……. 존경스럽다는 생각이 들었다. 생각해보니 최불암 씨뿐만 아니라 그 비슷한 연배의 훌륭한 연기자들이 또 있었다. 이순재, 여운계, 사미자, 반효정, 김수미, 고두심, 그리고 내가 미처 이름을 알지 못하는 중견급 혹은 원로급 연기자들.

이들에게는 모두 하나의 공통점이 있었다. 이미자나 남진, 나훈아가 그랬듯 젊었을 때는 저마다 최고의 인기를 누리던 연기자라는 사실이었다. 이제 그들은 세월과 함께 늙어가고 있다. 어쩌다 드라마를 보게 되면 어머니나 아버지 혹은 할머니나 할아버지 역할을 맡아 하고 있다. 쉽게 말해 모두 조연에 불과한 셈인데(드라마든 영화든 오늘날 노인이 주연인 경우는 없다), 그럼에도 불구하고 이들의 표정에서 화려했던 젊은 날에 대한 그 어떤 미련이나 자의식은 찾아볼 수 없다. 다만 자신이 맡은 역할에 묵묵히 최선을 다할 뿐이다.

사람은 누구나 위로 한번 올라가면 아래로 내려오길 거부한다. 정상에서 내려올 때가 되면 아예 사람들 눈에서 사라지는 경우도 허다하다. 그런데 이들은 아직도 현역으로 게다가 조연으로, 그 어떤 특별한 주목도 받지 못한 채 아름답게 늙어가고 있었다. 내가 감동한 까닭이 여기에 있었다. 이들은 나이와 관계없이 매순간에 오로지 최선을 다하는 사람들이었다. 그것은 자기 나이와 변화를 수긍하고 적극적으로 눈앞의 삶을 받아들여야만 가능한 일이었다.

오래전에 나는 어느 잡지에서 〈전원일기〉에 출연하는 김혜자 씨의 연기에 관한 글을 읽은 적이 있다. 글을 쓴 사람이 누구인가는 기억할 수 없지만, 글의 주된 내용은 김혜자 연기의 자연스러움에 대한 것이었다. 그러면서 한 가지 예를 들었다. 밤늦게 외출했던 회장님(최불암)이 집으로 돌아와 대문을 두드리자 부인인 김혜자가 신발을 끌고 마당을 걸어나가는 장면이었다. 그때 김혜자의 '신발 끄는 소리'에서 바로 그녀의 진가를 확인했다는 것이었다. 말하자면 그 소리에서 남편을 기다리는 동안의 초조함과 불안, 반가움과 안도감을 읽을 수 있었다는 뜻이었다. 그러나 그것에 대해 시청자들은 얘기하지 않는다. 그건 눈에 띄지 않는 아주 사소한(?) 대목일 뿐이니까. 그런데 그게 정말 사소하기만 한 대목일까?

언 땅에 묻어둔 김장김치나 된장 항아리 속에 박아둔 무 장아찌처럼 오래 묵은 것일수록 깊은 맛이 나게 마련이다. 나도 이제 나이를 먹어가면서 그렇듯 사소한 몸짓에서부터 깊은 맛이 우러났으면 하는 바람을 가져본다. 어느 일요일 저녁 텔레비전 앞에서. ▫

아날로그 변환

40대 중반까지 나는 자동차라는 물건 혹은 기계에 몹시 집착했다. 아니, 애지중지했다는 표현이 보다 적당할 것 같다. 그것은 우선 나만의 공간이기에 쾌적하고 남들 눈치보지 않고 음악을 크게 마음껏 들을 수 있으니 좋았다. 또한 언제라도 운전석에 앉아 시동만 걸면 원하는 곳으로 나를 데려다주곤 했다. 잘 길들인 말〔馬〕처럼 말이다. 더구나 나는 때 없이 여행을 즐기는 사람이었다. 사물은 그것을 소유한 사람을 닮아가게 마련이다. 하물며 자동차는 말할 나위도 없다. 일년쯤 몰다 보면 놀랍게도 주인의 성격을 그대로 닮는 것이다.

12년 된 차를 최근에 바꿨다. 예상치 못한 헐값에 팔려가는 애마를 보면서 나는 이런저런 감회와 상념에 젖어 있었다. 짐승의 배를 갈라 내장을 끄집어내듯, 10년 이상의 세월이 일시에 소거되는 느낌이었다. 그날 밤 나는 약간의 술을 마시며 이제부터 내 삶에 어떤 변화가 찾아오리라는 다소 엉뚱한 예감에 사로잡혀 있었다. 그것은 한편 나이를 먹어간다는 자각이었는지도 모른다. 얼마 전 내가 처분한 차는 스포츠카에 해당하는 물건이었고 40대 후반으로 접어드는 나이에 더이상 그런 차는 몰고 다닐 처지나 정황이 아니었다.

얻은 게 있으면 그만큼 잃은 게 있다고 했던가. 그렇다면 잃은 만큼 얻는 것도 있는 것일까. 이왕 차에 대한 집착을 버렸으니, 고유가 시대에 가능한 버스를 타기로 했다. 버스를 타려면 우선 정류장까지 걸어가야 하고 어느 정도 기다려야 한다. 흔들림도 견뎌야 하고 때로 자리도 양보해야 하며 혹시 늦지나 않을까 습관적으로 시계를 확인해야 한다. 옆자리에 낯선 사람이 와 앉는 것도 어쩐지 불편하다.

그런데 서서히 버스 타는 일에 익숙해지면서 미묘한 변화가 찾아왔다. 일단 시야가 넓어지고 몸이 편하다. 시야가 넓어졌다는 것은 차창을 통해 거리의 풍경을 선택적으로 바라볼 수 있다는 것이고 몸이 편하다는 것은 그만큼 긴장감이 빠져나갔다는 뜻이다. 운전을 할 때는 도로와 신호등 외에는 모든 사물이 그저 스쳐 지나가는 풍경일 따름이다. 그리고 무엇보다 경제적이다. 가까운 거리의 경우 지하철로 환승을 해도 1천 원 안팎이다. 그래서 버스를 이용한 날이면 뿌듯한 느낌까지 들었다.

내친김에 어느 날부터 나는 걷기로 했다. 버스 안에서 차창을 통해 세상을 바라보는 것이 아니라 직접 몸을 움직여 겪고 싶은 충동이 일었다. 이를테면 디지털에서 아날로그로의 변환이라 할 만한 사건이었다. 이런 변화 또한 나이가 들어가는 증상이라면 딱히 할 말이 없다. 하지만 그런들 어떤가. 제 아무리 미식가라 할지라도 한국인이라면 결국 토속 된장과 묵은 김치로 입맛이 돌아오게 마련이다. 아무튼 틈나는 대로 나는 걸었다. 그동안 무심히 보아 넘겼거나 미처 알지 못했던 것들이 너무도 많다는 것을 걸으면서 나는 느꼈다. 거리에서, 시장을 오가면서, 빌딩 계단을 오르면서, 이발소를 다녀오면서, 혼자 오래된 식당에 들어가 앉아 묵은 김치로 끓여낸 찌개를 먹으면서, 노인들이 드나드는 허름한 동네 목욕탕에 다녀오면서……. 그러면서 나는 '본다'와 '겪다'의 차이를 깨달았고, 이 가속도의 시대에 오히려 거꾸로 움직이면서 그동안 잃어버렸거나 놓쳐버렸던 많은 것들을 몸을 통해 실감나게 받아들이게 되었다. 그 느낌은 이루 말할 수 없이 신선하고 가슴 벅찬 것이었다. 몸과 마음이 한결 가벼워졌음은 물론이고 이제야 조금은 편견 없이 세상을 볼 수 있게 되었다는 자각이 들었다.

그래서 이참에 한 가지 더 해보고 싶은 일이 생겼다. 다름이 아니라 아날로그식으로 사람을 만나보고 싶다. 전화나 이메일이 아닌 편지나 엽서로 오랜 친구에게 소식을 전하고 약속을 청해 들뜬 기분으로 해후하는 것이다. 그렇다면 덤으로 답장을 기다리는 재미도 있지 않을까. 그리고 이왕이면 아직 옛 풍경이 남아 있는 서울의 삼청동이나 인사동 혹은 광화문 언저리에서 만나기로 한다. 언젠가 그쪽에서 만난 적이 있었던 사람이면 더욱 좋겠지. 그래, 오늘 밤은 그동안 소원했던 친구에게 엽서라도 한 통 써야겠다. ▫

내 어머니의 이름은 란

어머니의 고향은 충청남도 예산 삽교이다. 일명 '삽다리'라고 불리는 곳으로 가수 조영남의 고향이기도 하다. 너른 평야지대와 사과밭이 많아 풍광이 아름다울뿐더러 인심이 후한 지방이다. 바로 옆에 덕산온천이 있으니 살기에 더욱 좋은 곳이다. 외가가 농사를 크게 지었으므로 먹고사는 문제는 걱정거리가 아니었다고 한다. 그런데 외할아버지가 우선 어머니의 인생을 바꿔놓았다. 6·25 때 좌익활동을 하다 수복과 함께 총살되었던 것이다.

1남 5녀의 장녀였던 어머니는 세 살 위의 외삼촌을 아버지처럼 의지하며 살았다. 남편을 잃은 뒤 개신교에 귀의해 홀몸으로 살림을 꾸려가며 여섯 명의 자녀를 키워야만 했던 외할머니의 인생이야 말할 것도 없겠지만, 어머니의 삶도 그닥 만만치 않았다. 어린 동생들의 손을 잡고 혹은 등에 업고 학교에 다녔다고 한다. 또한 어려서부터 외할머니를 도와 집안일을 꾸려가야만 했다.

아버지와는 첫 대면을 하고 나서 곧바로 결혼했다. 외할머니가 '파평 윤씨 교장댁 차남'이니 무조건 시집을 가라고 어머니를 부추겼다고 한다. 그러나 어머니의 결혼생활은 기대만큼 호락호락하지 않았다. 시아주버님, 즉 나의 큰아버지가 어느 날 집을 나가버리고 이어 큰어머니까지 자식을 이끌고 친정으로 가버리는 바람에 맏며느리 역할을 떠맡게 된 것이다. 나의 할머니, 즉 시어머니가 어지간히 시집살이를 시켰던 모양이다. 일흔이 넘은 지금도 어머니는 그 시절 얘기만 나오면 고개를 가로젓는다.

어머니는 1남 3녀를 두었는데 자식을 키우는 낙으로 하루하루를 버텼다고 한다. 몇 년 후 큰아버지가 방랑에서 돌아오자 아버지와 어머니는 나를 시골에 남겨두고 도시로 분가했다. 그래서 나는 아홉 살 때까지 조부모 밑에서 성장했다. 그런 까닭에 나는 아홉 살 이전의 어머니 모습을 아직도 기억하지 못하고 있다. 할아버지가 손자인 나를 극구 놓아주지 않으셨다고 한다.

그후의 삶도 어머니에겐 고단함 그 자체였다. 초등학교 5학년이 될 때까지 나는 온양, 평택, 대전 등지로 여섯 번의 이사와 전학을 다녔다. 역마살을 타고난 아버지가 하는 일은 무엇이든 제대로 될 리가 없었다. 어느 만큼은 늘 가난했고 자식 넷을 키우느라 어머니는 자신의 삶을 돌아볼 여유조차 없었다. 게다가 아버지는 좀처럼 말이 없고 감정 표현이 인색한 사람이었다. 어머니에게 의지가 되었던 것은 절에 다니는 것과 외아들인 내가 바람직하게 성장해주는 것이었다. 나는 자주 새벽에 어머니의 손에 깨어나 얼굴을 씻고 장독대로 나가 북어와 촛불이 꽂혀 있는 떡시루에 절을 하곤 다시 방으로 들어와 잠이 들었다. 그리고 학교에서 돌아오면 한 시간이든 두 시간이든 어머니와 얘기를 나누었다. 시장에 갈 때도 어머니는 나를 데리고 다녔다.

그러나 나 역시 윤씨 집안의 피를 받은지라 고등학교 때부터 일찌감치 가출을 일삼았고 그때마다 어머니는 광목 띠로 머리를 동여매고 몸져누웠다. 그 즈음부터 나는 아버지와 기나긴 반목 상태에 접어들었다. 재수를 하고 대학에 들어가자 어머니는 아버지 몰래 나를 만나러 와서 매번 눈시울을 붉히고 돌아가곤 했다. 고등학교 때부터 문학을 한답시고 돌아다니는 자식이 어머니는 달갑지 않았다. 자식이 가난하게 살 것이 걱정스러웠던 것이다. 대학 졸업 후 직장생활을 하다 나는 어머니의 기대를 보기 좋게 저버리고 전업작가의 길로 들어섰다. 그로부터 20년의 세월이 흘렀다.

눈치챘겠지만 이 글은 내 불효의 고백이다. 어머니는 한국의 가난한 보통 어머니들과 조금도 다름없는 인생을 살아왔다. 가부장적인 유교 사회에서 태어나 특별히 유교를 신봉하는 집안으로 시집을 왔으며 젊어서는 남편에게 그리고 늙어서는 자식에게 기대 살 수밖에 없는 삶을 살아온 것이다. 그러나 내 어찌 나의 어머니가 다른 어머니들보다 부족하다고 말할 수 있겠는가. 나는 요즘 어머니란 말만 들어도 뼈에 사무치는 아픔을 느낀다.

한 달 전쯤 외삼촌이 돌아가셔서 오래간만에 삽교 외가를 찾아갔다. 이미 10년 전에 외할머니를 떠나보낸 어머니는 차라리 태연한 모습이었다. 친정 쪽으로는 더이상 의지할 사람이 없어지자 깊은 허무감에 사로잡힌 듯했다. 그 와중에도 자식의 밥상을 챙겨주느라 허둥거렸다. 무엇이 어머니를 평생 살아오게 한 것일까? 외가를 떠나 서울로 올라오는 동안 나는 줄곧 어머니의 삶을 생각해보고 있었다.

특별하지 않기에 나는 오히려 어머니를 더욱 가슴 깊이 사모하고 있다. 그 평범한 속에 삶의 온갖 섭리가 깃들어 있는 것이다. 이제 나의 어머니는 늙어 이런저런 병에 시달리며 살고 있다. 전화 속에서 기침소리가 들려올 때마다 나는 바윗돌이 굴러내리는 듯한 마음의 통증을 느낀다. 내게 몸을 주신 이가 오늘도 아프신 것이다. 세월의 비정함을 탓해야 할까.

아주 오래전에 어머니의 손을 잡고 소풍을 갔던 기억이 떠오른다. 커다란 느티나무 아래 앉아 우리는 김밥과 사이다를 먹고 호수에 떠다니는 하얀 오리배를 바라보고 있었다. 그날 하늘은 더없이 푸르렀고 얼핏 돌아본 어머니의 얼굴엔 난 같은 잔잔한 미소가 번져 있었다. 그날 어머니는 행복했던 것일까? 부디 그랬더라면 좋으련만.

어머니는 달성 서徐씨이며 이름은 외자로 란蘭이다. □

달력과 어머니

우리가 쓰고 있는 달력은 입춘·우수·경칩·춘분·청명·곡우 식으로 24절기가 함께 표기돼 있다. 보름 간격으로 진행되는 이 절기의 구분은 중국 주나라에서 비롯되었지만, 농경사회 전통을 가지고 있는 우리네 삶과도 밀접한 관련을 맺고 있다. 어려서 시골에서 살았던 나는 어른들이 무심코 내뱉는—내일이 벌써 개구리가 깨어난다는 경칩이구먼, 혹은 청명엔 보리밭을 둘러봐야 하는데—말에 묘한 경이로움을 느끼곤 했다. 그것은 아라비아 숫자로 표기되는 날짜와는 차원이 다른 우주적인 감각을 내게 일깨워주곤 했다. 그러므로 나는 보름 주기의 절기 변화에 따라 내가 조금씩 성장해간다고 믿었다. 그것은 또한 달(月)과 함께 성장해간다는 뜻이기도 했다.

1960년대 후반만 하더라도 달력은 시계처럼 귀한 물건이었다. 내가 기억하는 최초의 달력은 동네 양조장에서 발행한 것이었다. 물론 날짜 밑에 음력과 절기가 표시돼 있었으므로 시골을 떠날 때까지 나는 어른들처럼 음력으로 세월을 헤아렸다. 조부의 방에는 일력이 걸려 있었는데, 습자지처럼 얇은 종이 묶음으로 돼 있었고 아침마다 한 장씩 뜯어내게 돼 있었다. 조악하나마 양쪽에 매듭 장식이 달려 있었음을 기억하는데, 대개는 눈이 어두운 노인들 방에 걸려 있었다. 종이가 귀한 시절 그럼 뜯어낸 일력은 어디다 썼을까? 화장지 대용으로 귀하게 쓰였다.

열 살 무렵 도시로 이사를 하고 나서 나는 음력과 절기에 대한 감각을 저절로 잊어버렸다. 도시 생활이란 일주일 간격의 날짜와 요일만을 필요로 하기 때문이다. 1970년대 초반에도 달력은 여전히 선물에 해당하는 물품이어서 해마다 연말이 가까워지면 어디서 달력 안 들어오나? 라는 어머니의 푸념어린 말을 들어야 했다. 가장家長이 은행 직원, 학교 교사 정도는 돼야 일년 내내 벽에 걸어놔도 부끄럽지 않은 달력이 집에 들어오는 것이었다.

끝내 달력이 들어오지 않으면 결국 돈을 주고 살 수밖에 없었는데, 대개 영화배우들이 한복을 입고 찍은 요즘 말로 하면 브로마이드 캘린더였다. 이런저런 심사가 겹쳐 어머니는 짐짓 달력을 쳐다보려고 하지 않았다. 그래도 그것은 꽤나 점잖은 편으로 결국 해를 넘기고 나서 아버지는 어디선가 남은 달력을 구해오기도 했는데, 어디 주류회사에서 발행한 것이기 십상이었다. 달마다 여배우들이 한복을 바꿔 입는 꼴도 보기 싫은데 하물며 달력 속의 여자들은 대개 수영복 차림이었으니 어머니가 반길 리 만무했다.

내가 대학에 들어갈 때까지도 우리 집 달력의 수준은 크게 변하지 않았다. 그렇다. 달력에도 엄연히 수준이 있는 것이다. 그것은 알게 모르게 그 집안 가장의 사회적 신분이나 인맥을 드러냈다. 그리하여 연말이 되어 우리 집에 들어오는 달력이란 무슨 무슨 공업사, 다방, 상조회 등의 상호가 박힌 것 따위였고 어쩌다 농협이나 은행에서 발행한 달력이 생기면 집 안에서 그중 눈에 띄기 쉬운 곳에 걸었다.

대학 때 나는 자취를 했는데 물론 달력이 들어올 데가 없었다. 벽에 걸려 있어도 잘 보지 않으나 없으면 또한 아쉽고 방이 텅 빈 느낌을 주는 게 바로 달력이다. 어느 날 학교 앞 단골 술집에 갔더니 주인이 종이에 둘둘 만 달력을 하나 내게 건네주었다. 집에 와서 펼쳐보니 과연 주류회사에서 발행한 것이었다. 외롭고 힘든 시절이었으므로 그 달력은 내게 묘한 안도감과 위안을 주었다. 달이 바뀔 때마다 모델이 바뀌고 노출의 정도 또한 심해지는 것이었다. 미리 넘겨본 즉 가을, 겨울에도 그녀들은 여전히 노출을 뽐내고 있었다. 새삼 말해 무엇하랴만 주류회사 달력은 계절 구분이 따로 없었다. 있다면 일년 내내 여름뿐이었다. 그해 봄학기가 끝나갈 즈음 어머니가 보따리를 들고 내 자취방으로 불쑥 찾아왔다. 보따리 안에는 튀긴 통닭과 김치와 밑반찬들이 들어 있었다. 또한 김밥과 삶은 계란도 있었다. 계란 껍질을 벗겨 소금에 찍어 내 손에 쥐어주며 어머니는 무심코 벽에 걸려 있는 달력으로 시선을 돌렸다. 아차 싶었지만 이미 때가 늦어 있었다.

그러나 어머니는 막상 아무 말도 하지 않았다. 아니, 조용히 한숨을 몰아쉬며 벽에서 시선을 거두더니 자리에서 일어나 슬그머니 밖으로 나갔다. 그날 저녁 나는 버스 터미널에서 지방으로 가는 어머니를 배웅하고 있었다. 버스에 올라타기 전 어머니가 돌아서 다시 내게로 걸어왔다. 그리고 내 손을 잡고는 이렇게 말하는 것이었다.

"공부 열심히 해서 꼭 성공해야 한다. 네 아버지는 평생 일만 하는데도 결국 가난하게 살지 않느냐. 부디 명심하거라."

지금도 나는 어디 술집 같은 데 가서 벽에 걸려 있는 달력을 보면 어머니의 얼굴이 떠오른다. 젊은 날의 묘한 향수와 겹쳐 어김없이 어머니의 모습이 떠오르는 것이다. 얼마 전에 본가本家에 갔더니 여전히 벽에는 무슨 무슨 도매상과 공업사 따위의 달력이 걸려 있었다. 쓰기 편하다는 이유도 있지만 여태껏 아버지의 사회적 신분이 변하지 않았음을 나타내는 것이었다. 어머니의 방에는 화장품회사에서 배포한 달력이 걸려 있었다. 무슨 뜻이었을까?

요즘은 여기저기서 넘쳐나는 게 달력이고 탁상용에다 벽걸이에다 다이어리 겸용에다 종류도 다양하다. 구하려 애쓰지 않아도 연말이 되면 여기저기서 달력들이 들어온다. 내 방에는 조구회사, 즉 낚시용품을 만드는 회사의 달력이 걸려 있다. 조구회사 달력엔 음력, 절기와 더불어 물때가 기록돼 있다. 말하자면 해와 달의 순환을 가장 구체적으로 보여주는 것이 바로 조구회사 달력이다.

40대에 접어든 이후 나는 조금씩 다시 절기를 회복해가는 느낌을 받는다. 정녕 날짜와 요일로만 살아갈 수 없는 것이 인간의 삶이라는 생각이 든다. 자연의 일부로서 자연과 함께 순환하는 삶을 살고 싶다. 또한 보름 간격으로 변화를 느끼며 살고 싶다. 동양에서는 인간의 삶이 12년을 주기로 순환한다는 오랜 믿음이 존재한다. 다섯 번을 순환하면

환갑이다. 나는 곧 네 번의 순환을 앞두고 있으며 평균 수명을 생각하면 두 번의 순환이 더 남은 셈이다. 달력은 그렇다는 사실을 늘 내게 일깨워준다. 더불어 내게 있어서 어머니는 달이고 바다이며 지속성을 가진 삶의 순환적 존재이기도 하다. □

부모의 집

부모님이 마침내 이사를 하기로 결정했다. 이사는 흔히 거주지를 옮긴다는 뜻이지만 사정은 그리 단순하지가 않았다. 이때껏 부모님이 살아온 집은 내가 열 살 때 지어진 집이었다. 무려 38년 동안이나 살아온 것이다. 그동안 부모 슬하의 4남매는 출가와 함께 모두 그 집을 떠나 일년에 그저 서너 번 모일 따름이었다.

이사 얘기가 나온 것은 벌써 10여 년 전이었다. 단독주택이라지만 형편이 어려울 때 지은 집이라 헐겁기 짝이 없어 여름이면 푹푹 찌는 더위에 시달려야 했고 겨울이면 밥 한 끼 차리는 것조차 고역이었다. 틈나는 대로 아버지가 손을 보지 않았더라면 지금껏 버티지도 못했을 뼈대가 약한 집이었다. 아직도 연탄아궁이가 있는 정도니 더이상 말할 필요도 없으리라.

아무려나 부모님은 한사코 그 집을 떠나려 하지 않았다. 심지어는 출가한 자식들이 생활하기 편한 아파트로 옮겨드린다고 해도 극구 마다하는 것이었다. 표면적인 이유는 아파트는 답답해서 살 수 없다는 것이었는데, 단지 그뿐이었을까. 그 집은 부모가 고향을 떠나 여기저기 사글세로 떠돌다 처음 마련한 집이었기에 각별한 정이 담겨 있었다. 또한 마을 사람들과 오랫동안 어울려 살다 보니 낯선 곳에서 새로 사람을 사귀는 일이 엄두가 나지 않는다고 했다.

자식들 입장에서는 어쩌다 명절 때라도 모이면 불편한 것이 한두 가지가 아니었다. 우선 잠자리가 부족했고 사소하게는 화장실 쓰는 문제며 끼니때가 되면 피난민들이 모인 것처럼 끼어 앉을 자리도 찾기 힘들었다. 그럼에도 부모님은 자식들의 청원을 받아들이지 않았다. 심지어는 사위들이 나서서 집을 얻어드린다고 해도 극구 받아들이지 않았다.

부모님 입장에서는 그 집을 떠나기가 어려웠을 것이다. 힘들게나마 4남매를 키워 출가시킨 집일뿐더러 삶의 연흔이 곳곳에 깊이 배어 있었으므로 이사를 하라는 말은 곧 이민을 가라는 식으로 들렸을 수도 있다. 안 그래도 나이가 들면 자리를 옮기려 들지 않는 것이 사람의 속성이다. 불편하나마 익숙한 곳에 머무는 것이 마음 편할 수도 있다.

부모님이 심경의 변화를 일으킨 것은 불과 얼마 전의 일이었다. 지난 겨울에 두 양반이 노환으로 번갈아 입원을 하고 나서는 급기야 마음이 약해져 이제는 자식들 말을 듣는 게 낫겠다는 쪽으로 마음을 굳힌 모양이었다. 이때다 싶어 자식들이 집을 구하느라 동분서주한 끝에 두 분이 살 만한 아파트를 구해 5월에 이사를 하기로 계약을 마쳤다. 그 와중에도 어머니는 그동안 그토록 고생을 하며 살았음에도 불구하고 지금 살고 있는 집에 미련이 남는 모양이었다. 얘기를 들어보니 무엇보다도 아파트에는 장독을 들여놓을 공간이 없다는 것이었다. 장독이란 알다시피 어머니들만이 소유할 수 있는 하나의 소우주와 다름없다. 요컨대 다른 것은 다 버리고 가더라도 10여 개나 되는 장독만은 챙겨가야 한다는 얘기였다.

그와 같은 사태를 예견한 누님이 복도식에다 맨 끝에 있는 아파트를 계약한 것이 그나마 다행이었다. 그래도 장독 10여 개는 터무니없는 숫자였다. 고추장, 된장, 간장독만 챙기고 나머지는 동네 사람들에게 나눠준다 해도 장독대는 영영 사라지게 되는 셈이었다. 그 상실감을 헤아리는 일은 아무리 자식이라도 쉽지 않은 일이었다. 일주일쯤 지나자 어머니는 자식들 말이니 듣는 게 좋겠지, 라는 식으로 어느 정도 마음을 정리한 듯했다.

온갖 사념이 스쳐가는 며칠이었다. 그 춥고 낡은 집에 부모를 살게 하는 것과 장독대조차 없는 집에 부모를 살게 하는 것, 그 어느 것도 좋은 선택은 아니라는 생각이 들었다. 전원주택을 지어 옮겨드렸으면 좋았겠지만 형편에 맞지 않는 일을 무턱대고 저지를 수도 없는 노릇이었다. 더욱 심정이 복잡했던 것은 어쩌면 그 아파트가 지금 70대 중반인 두 양반의 마지막 거처가 될지도 모른다는 예감 때문이었다. 부모님 또한 그러한 느낌 때문에 한사코 옛집을 떠나지 않으려 했던 게 아니었을까. 그나마 조금 위안이 되는 것은 두 양반이 올 여름부터 조금은 그래도 시원하게 그리고 겨울은 따뜻하게 보낼 수 있게 됐다는 것인데, 이것도 어쩌면 자식들만의 생각일지도 모르겠다.

어머님은 늘 마당에 꽃과 채소를 키우고 많은 화분들을 돌보며 사셨다. 내가 어렸을 때는 마당에 해바라기를 심고 병아리와 오리도 키웠다. 하지만 그 집에 계속 사시라고 못하는 심정도 어머님이 조금은 헤아려주었으면 싶다. 단지 내가 편하고 싶어서는 아니다. 오래전부터 그 집은 수명이 다해 주인이 떠난 집처럼 변해 있었던 것이다. ▫

아버지의 냄새

아버지는 이제 우리 나이로 일흔일곱이 되었다. 그럼에도 일주일에 사나흘은 회사에 나가 일을 한다. 다른 사람들에 비해 건강해서가 아니다. 다만 일을 하지 않으면 못 견디는 성격 탓이다. 아버지는 60대에 담석 수술을 두 번 받았고 70대에 들어서는 심장 혈관 확장 수술을 세 번이나 받았다. 또한 위경련으로 평생을 고생하며 살면서 하루도 제대로 쉰 적이 없다.

삶이 지난했기 때문이었을까? 슬하에 1남 3녀를 두었으나 아버지는 자식들을 자상하게 돌보지 않았다. 늘 '너희들 때문에 내가 이렇게 힘들게 산다'는 표정을 하고 있었다. 그러니 가까이 다가가기가 힘들었고 성인이 되어 집을 떠날 때까지 부자간에 마음을 터놓고 대화를 나눈 적이 한 번도 없었다. 그래서 지금도 서먹한 관계를 극복하지 못한 채 살아오고 있다.

아버지와 둘만의 기억이 있다면 초등학교 때 목욕탕에 함께 간 것이

전부라고 해도 좋을 지경이다. 목욕탕에서 말없이 서로 등을 밀어주고 나와 자장면을 먹고 화장품 가게에 들러 '크림'을 한 통 사서 집으로 돌아왔다. 알고 보니 그날이 어머니의 생일이었다. 그러나 그후로 그런 일은 다시 되풀이되지 않았다. 훗날 대학생이 되어 명절 때 아버지와 둘이 시골에 내려간 적이 있었다. 중간에 휴게소에서 점심을 사먹었는데 그 또한 둘만의 마지막 식사가 되고 말았다.

대개 한 달 간격으로 아버지는 혼자 목욕탕에 다녀왔는데, 그때마다 어머니가 무심코 중얼거리던 말이 떠오른다.

"저 비릿한 목욕탕 냄새만 맡으면 난 비위가 상하더라."

목욕탕 냄새란 싸구려 비누와 스킨로션, 그리고 공용으로 쓰는 수건 냄새를 뜻하는 것일 터였다. 그런데 그것이 내게는 그만 아버지의 냄새로 각인되었다. 대학에 들어가면서 나는 집을 떠났고 군대를 제대하고 학교를 졸업한 뒤 취직을 하면서 마침내 독립을 했다.

내게 부성 결핍이 있다는 것을 깨달은 것은 아주 최근의 일이다. 어느 날 목욕탕에 다녀온 내게 아내가 이런 말을 하는 것이었다.

"무슨 목욕탕을 일주일에 두 번, 세 번씩 다녀요? 일년에 목욕비가 얼마나 드는지 알고 있어요? 그리고 목욕탕에 다녀오면 당신 몸에서 이상한 냄새 나는 거 모르죠? 그게 얼마나 비위를 상하게 하는지 아세요? 싸구려 비누에 스킨에 남들이 쓰던 수건까지."

그렇다. 나는 목욕탕(혹은 사우나) 중독자다. 그런 데다 아내가 챙겨주는 수건과 비누는 극구 들고 가지 않는다. 목욕탕에 가면 나는 고향에 돌아온 것처럼 마음의 편안함을 느낀다. 그게 바로 목욕탕 특유의 냄새 때문이라는 것을 나는 아내의 말을 듣고 나서야 뒤늦게 깨달은 것이었다. 무려 50이 가까운 나이에 말이다.

나는 여전히 아버지 콤플렉스가 있다. 아버지뻘 되는 사람을 만나면 그게 누구든 긴장이 되고 서둘러 피하고 싶어한다. 어떻게 대해야 할지 모르는 것이다. 그래서 내게는 불행하게도 인생의 스승이 없다. 어려서부터 나는 신발 끈 매는 법부터 스스로 터득하고 배워야만 했다. 그러므로 온갖 시행착오를 되풀이하며 살아왔다. 아들에게 아버지의 역할이 얼마나 중요한지에 대해서는 굳이 얘기하고 싶지도 않다.

왜 그랬을까? 나의 아버지는. 단 한 번도 내 손에 용돈을 쥐어주거나 머리를 쓰다듬어주거나 혹독한 절망에 빠져 있을 때조차도 위로의 말을 건네준 적이 없다. 그리고 아무것도 가르쳐주지 않았음에도 내가 무심코 실수를 저지르면 냉정하게 나무라곤 했다. 왜 그랬을까? 자식을 강하게 키우려고 했던 걸까? 글쎄, 아무래도 그렇다는 느낌은 들지 않는다.

지금껏 살아오면서 나 스스로 대견하다고 생각하는 게 하나 있다. 성인이 된 후로는 아버지를 눈곱만큼도 원망해본 적이 없다는 사실이다. 지금도 물론 그렇다. 그런데 가만히 되새겨보면 '원망하지 않는다'는 말 속에는 어떤 체념의 의미가 도사리고 있는 게 아닐까. 몇 번이나 서툴게 아버지와의 화해(?)를 시도해본 적이 있다. 하지만 막상 마주하게 되면 몸과 마음이 저절로 굳어버리는 것이었다. 게다가 아버지는 이제 귀가 잘 들리지도 않는다.

내게 아버지는 여전히 수수께끼 같은 사람이다. 가끔은 나 역시 그런 사람이라는 느낌이 들 때가 있다. 말 못할 고민이 있거나 고독감에 사로잡히면 예외 없이 목욕탕을 찾아가는 나 말이다. 더 나이 들고 늙기 전에 아버지와 목욕탕에 다시 가보는 게 나의 오랜 소원이자 바람이다. □

2—이 모든 극적인 순간들

버려진 것들을 위하여

며칠 전 서재를 정리하면서 두 개의 커다란 종이상자를 함께 정리해야만 했다. 점점 늘어나는 책 때문에 더이상 서재의 공간이 남아 있지 않았기 때문이다. 그 종이상자의 본래 용도는 주부들이 흔히 옷을 넣어 침대 밑이나 장롱 위에 올려놓는 것이었다. 어느 날 아내가 그 옷들을 버리면서 빈 종이상자는 내 차지가 되었다. 내친김에 나는 거실 장식장 서랍 속에 아무렇게나 처박아 넣어두었던 내 물건들을 정리해 서재 책꽂이 위에 쌓아두었다. 아내가 평소에 장식장 서랍을 비워주기 바랐던 것이다.

나는 물건을 잘 사들이지 않되 웬만하면 버리지 않는 성격이다. 남달리 검소해서 그런 것 같지는 않다. 가령 선풍기를 새로 사게 되면 나는 전에 쓰던 낡은 선풍기를 베란다 창고에 보관한다. 덜덜거리긴 하지만 아직 쓸 수 있다고 생각하기 때문이다. 또한 경험을 통해 언젠가는 필요하게 되리라는 믿음을 가지고 있다. 그래서 내 집 베란다 창고에는 보온 성능이 떨어지는 전기밥솥과 여름만 되면 점화가 잘 안 되는 가스레인지와 낡은 토스터와 텐트와 우산들이 황학동 벼룩시장처럼 가득 들어차 있었다. 물론 아내의 스트레스가 이만저만이 아니었다. 그것들이 아니더라도 아파트 베란다 창고는 실용적으로 보관해야 할 것들이 많다. 아내의 입장에서 보면 더이상 쓸모가 없는 물건일뿐더러 결국엔 버리게 될 것이 뻔한 것들이다. 연전에 이사를 하면서 아내는 급기야 내가 보는 앞에서 그 모든 낡은 것들을 중고마켓 상인을 불러 산뜻하게 처분해버렸다.

두 개의 종이상자 안에는 오직 나와 관계된 온갖 잡다한 것들이 가득 들어차 있었다. 말하자면 나의 개인 사물함이자 추억을 보관하는 상자였던 셈이다. 물론 당장 필요한 것은 눈을 씻고 찾아봐도 없었다. 오래된 지갑과 다이어리들, 여행을 하면서 모은 관광 안내서, 비행기 티켓, 유효기간이 지난 여권, 많은 사진들, 그리고 자잘한 기념품들, 심지어는 쓰다만 재떨이와 휴대용 술병과 만년필(대학 때 누군가에게 선물받은 것이다)과 명함철과 우표첩(내가 한때 우표를 수집했다는 사실을 그날 알았다)들이 무질서하게 쌓여 있었다.

솔직히 나는 이 사소한(?) 물건들을 버리고 싶지가 않았다. 더불어 10년 전에도 버리기 위해 상자를 열었다가 도로 책장 위에 올려놓은 기억이 떠올랐다. 하지만 더이상은 가지고 있을 수 없다는 막연한 깨달음이 몰려왔다. 이제 그 상자 안에는 새로운 것들을 넣어둬야 한다는 느낌이 들었던 것이다.

나는 대용량 쓰레기봉투를 가져와 종이상자 안에 있던 것들을 하나씩 꺼내 버리기 시작했다. 그러자 갑자기 내가 가난해지고 있다는 느낌이 들었다. 사람은 '추억을 완성하기 위하여' 산다고 하지 않았던가. 또한 '비밀이 없는 것은 재산이 없는 것처럼 가난하다'고 하지 않았던가. 하지만 나는 계속 하나씩 버리고 있었다. 종이로 된 것은 일부러 잘게잘게 찢어 없애고 재활용함에 버릴 것은 따로 모아두었다. 생각 같아서는 한데 모아놓고 화장火葬을 하고 싶었으나 아파트단지에 그럴 만한 공간은 존재하지 않았다.

그렇게 종이상자 두 개를 정리하는 데 무려 세 시간이 걸렸다. 비감한 마음으로 나는 한갓 쓰레기가 된 물건들을 내다버리고 길게 목욕을 하고 아내와 식탁에 마주앉아 묵묵히 저녁을 먹고 산책을 한다는 핑계로 밖으로 나갔다. 그리고 어디라고 할 것도 없이 무작정 걷기 시작했다. 아파트단지를 벗어나 아무 이유 없이 재래시장을 통과해 버스를 타고 시내로 나갔다.

눈이 내리기 시작한 건 그때부터였다. 나는 밤으로 변한 창 밖을 내다보며 그동안 내가 너무 많은 시간들을 상자 안에 가둬두고 있었음을 알게 되었다. 또한 새로운 시간을 받아들이기보다는 과거에 집착하며 살아왔다는 것을 깨달았다. 그것은 그만 가려고 하는 사람을 억지로 잡아두는 것과 마찬가지였다는 생각도 들었다. 그렇다면 오늘 나는 상자 안에 가둬뒀던 내 과거의 시간을 자유롭게 풀어준 것일까?

광화문 세종문화회관 앞을 배회하다 나는 다시 집으로 가는 버스에 올라탔다. 술이라도 마시고 싶었으나 참기로 했다. 눈발이 차츰 거세지고 있었던 것이다. 나는 지금 산책을 하러 나온 것이다. 집으로 돌아가는 버스 안에서 까맣게 잊고 있던 문장이 무심결에 뇌리에 떠올랐다.

'오늘 버려진 것들이 앞으로 나를 만들어갈 것이다.'

언제 무슨 책에서 읽은 대목인지 기억이 나지 않지만, 오직 그 문장만이 플래카드처럼 선명하게 눈앞에서 나부끼고 있었다. ▫

막국수의 맛

막국수에 대해 나는 오랫동안 편견 내지 그릇된 인식을 가지고 있었다. 국수 종류라면 가릴 것 없이 좋아하면서도 막국수 하면 으레 '춘천 막국수' 정도로 알고 있었던 것이다. 막국수는 메밀과 관련된 일종의 구황 음식이었을 터인데, 어느 때부터인가 대중화되면서 돼지 보쌈에도 섞여 들어오고 어느 집에 가면 닭갈비에 슬그머니 따라 나오기도 한다. 이게 말하자면 춘천 막국수다. 양배추, 상추, 풋고추, 고춧가루, 콩가루, 설탕, 참기름 등속을 섞은 비빔의 형태로써 달착하니 매콤하고 또한 시원한 맛을 내기에 어느덧 보편적인 음식으로 자리매김된 게 아닌가 싶다.

그런데 4년 전 원주 토지문화관에 들어와 여름을 나는 동안 나는 막국수에 대한 나의 인식이 잘못됐다는 사실을 알게 되었다. 술을 마신 다음날 국수를 먹지 않으면 견디지 못하는 나는 먼저 들어와 있던 문인들에게 국수집부터 수소문했다. 그러자 누군가 등잔 밑이 어두운 법이라면서, 토지문화관에서 5분만 걸어 내려가면 유명한 막국수집이 있다는 것이었다. 나는 곧장 그 집을 찾아갔다. 자리에 앉자 주인이 물을 갖다주며 물었다.

"물막국수요, 비빔막국수요?"

"……?"

그제야 나는 물막국수가 존재한다는 사실을 알았다. 겨자와 식초를 섞는 것은 냉면과 같았으나 물막국수는 설탕까지 넣어 먹게 돼 있었다. 냉면처럼 육수가 진하진 않지만 여름 음식답게 맑고 시원한 느낌을 주었다. 게다가 막장에 풋고추가 덤으로 따라나와 맛을 보니 이게 또한 별미였다. 차디찬 육수를 마시고 나서 매운 고추를 막장에 찍어 먹으니 마치 냉탕과 온탕을 번갈아 드나드는 느낌을 주는 것이었다.

그후 가끔 물막국수가 생각날 때가 있었다. 하지만 서울에서는 어디에서도 물막국수를 찾아볼 수 없었다. 그래서 어쩌다 강원도에 갈 일이 있으면 일부러라도 물막국수를 먹고 왔다. 오대산 입구에 있는 유천막국수와 대관령 가는 길에 있는 남경막국수에도 가보았다. 막국수로 유명한 집들이었다. 그런데 왠지 허전한 것이 원주에서 먹었던 그 맛이 좀처럼 되살아나지 않았다. 똑같은 물막국수인데 왜 그럴까?

그 이유는 2년 전에 다시 원주 토지문화관에 들어와 지내면서 알게 되었다. 무더운 어느 주말에 나는 동료 문인들과 예의 막국수집으로 점심을 먹으러 갔다. 그 집은 뒤란에 달리아, 나리, 맨드라미, 봉숭아가 피어 있었고 또한 작은 고추밭이 있었으며 여럿이 앉을 수 있는 마루가 있었다. 그날 그 집에 함께 갔던 문인들이 입을 모아 감탄한 건 역시 물막국수와 함께 먹던 새까만 막장과 밭에서 직접 따서 먹는 맵디매운 풋고추였다. 그리고 여름 한나절 뒤란의 소박하고 아름다운 풍경이었다.

지금도 나는 그 집 막국수 맛을 잊지 못하고 있다. 맛은 기억이고 추억이라고 한다. 그날 막국수를 먹고 나서 우리는 풋고추와 막장 맛에 반해 저녁까지 막걸리를 마셨고 뒤란에 피어 있는 꽃들을 사이사이 눈여겨보며 온갖 얘기들을 나눴다. 누군가는 그런 우리들의 모습을 사진에 담았고 누군가는 술에 취해 노래를 불렀고 누군가는 이런 집에서 늙어가고 싶다는 말을 하기도 했다.

오늘 점심 때 나는 토지문화관 아래에 있는 막국수집에 다녀왔다. 함께 갈 사람을 찾지 못해 혼자서 갔다. 몹시 더운 날이었고 하늘은 이루 말할 수 없이 푸르렀고 밤에는 보름달이 뜬다는 날이었다. 뒤란 툇마루에 앉아 나는 달리아, 봉숭아, 맨드라미, 나리꽃들을 바라보며 물막국수를 먹었다. 물론 풋고추에 막장도 찍어 먹었다. 맛은 옛날 그대로였으나, 갑자기 쓸쓸한 느낌이 몰려왔다. 왜 그랬을까?

나는 2년 전 여름 마루에 함께 앉아 있던 사람들에게 전화를 걸어보았다. 누군가는 중이염 때문에 병원에 가있었고 누군가는 해외여행 중이었고 또 누군가는 집에서 빨래를 하고 있었고 누군가는 끝내 전화를 받지 않았다. 통화가 된 이들에게 나는 차마 원주 막국수집에 앉아 있다는 말은 하지 못했다. 그렇다고 하면 어쩐지 그들마저 쓸쓸해지지 않을까, 라는 생각이 들었던 것이다.

마루에서 일어나 땡볕 속을 걸어 토지문화관으로 돌아오며 나는 이런 생각에 빠져 있었다. 어쩌면 모든 것이 한때 겨우 존재했다 영영 사라지는 것은 아닐까. 막국수 맛도, 막장 맛도, 풋고추 맛도 말이다. 그렇다면 누구나 하루하루 꿈을 꾸며 사는 건 아닐까. 또한 2년 전 여름 그날의 만남조차도 꿈속의 일이 아니었을까. ▫

이 모든 극적인 순간들

얼마 전 어떤 시인을 만난 자리에서 무심코 이런 얘기가 오갔다.

“우리가 처음 만난 게 언제였죠? 한 10년 됐나요?”

나는 시인의 질문을 받고 그와 만났던 날을 돌아보았다. 정확히 9년 전 가을이었고 토요일 오후였다. 나는 어딘가에 들렀다 혼자 차를 몰고 집으로 가던 중이었다. 그때 약 10여 미터 전방에서 신호등이 녹색에서 예비신호인 황색으로 바뀌었다. 이런 경우 두 가지 선택이 있을 수 있다. 적색등이 켜지기 전에 속도를 높여 정지선을 통과하느냐, 아니면 여유 있게 멈춰서 녹색등이 들어올 때를 기다리느냐다. 교통법규를 들먹일 필요도 없이 후자의 경우가 바람직하지만 그때의 기분이나 상황에 따라 순간적으로 판단이 달라진다.

나는 정지선에 차를 멈추고 맑은 가을 햇살이 쏟아져내리는 거리를 내다보았다. 뒤미처 옆 차선에 회색 승용차가 와서 멈춰 섰다. 이어 가벼운 경보음이 귀에 들려왔다. 길을 물어보려는가 싶어 나는 운전석의 차창을 내렸다. 순간 어? 하는 소리가 두 사람의 입에서 동시에 튀어 나왔다. 옆 차 조수석에 타고 있는 사람은 내가 평소에 좋아하는 시인이었던 것이다. 서로 지면紙面을 통해 알고는 있었으나 그때껏 만난 적은 없는 사이였다. 운전석에는 부인이 타고 있었다. 길게 대화를 나눌 시간이 없었으므로 나는 그에게 서둘러 길을 알려주고 다음에 만나면 술이나 한잔 하자는 기약 없는 말을 덧붙였다.

몇 년인가 지나 문단 행사에서 우연히 그와 만나게 되었다. 구면이었으므로 우리는 반갑게 악수를 하고 밤이 늦도록 이런저런 얘기를 나누다 헤어졌다. 하지만 연락처를 주고받거나 다시 만나자는 약속은 하지 않았다. 그러다 얼마 전 또 무슨 모임에서 그와 만나게 된 것이다. 처음 만났던 날을 떠올리다 나는 이런 얘기를 했다.

"그날 내가 예비신호를 무시한 채 정지선을 지나쳤더라면 아마 만나지 못했겠죠? 그리고 이런저런 모임에서 만났더라도 서로 눈인사만 하고 지나쳤을 겁니다. 시인과 소설가는 국적이 다른 사람들처럼 대개 잘 어울리지 않으니까요."

곰곰이 듣고 있던 그가 맞장구를 치듯 말했다.

"나도 그날 집에 휴대폰을 두고 나와 다시 가지러 올라갔던 기억이 나네요. 만약 그런 일이 없었더라면 윤형을 만나지 못할 뻔했네요."

"아, 그랬나요?"

시인과 내가 나누는 얘기를 귀기울여 듣고 있던 옆자리의 누군가가 조심스럽게 끼어들었다.

"난 어제 이런 일이 있었어요. 회사에서 퇴근하고 정류장에서 버스를 기다리는데 시골에 계신 어머님한테서 전화가 걸려온 거예요. 그래서 다음 버스를 타게 됐죠. 그런데 바로 그 버스 안에서 고등학교 시절에 친하게 지냈던 동창을 만났지 뭡니까. 무려 15년 만에 말예요."

그러자 잠시 정전이 된 듯 그 자리에 앉아 있던 이들이 무언가 생각에 잠긴 표정을 짓고 있었다. 아마 이런 생각을 하고 있지는 않았을까? 삶은 사소한 일상의 연속으로 이루어져 있다. 사람의 만남 또한 그러한 일상 속에서 이뤄진다. 그런데 그 만남을 단지 우연이라고 말할 수 있을까. 어쩌면 우리가 미처 알지 못하는 불가해한 속성이 그 만남에 개입돼 있는 것이 아닐까.

어떤 과학자의 말에 따르면 특정한 사건이 같은 시공간에서 발생할 확률은 천문학적인 함수 관계의 작용이 필요하다고 한다. 그렇다면 우리가 누리고 있는 나날의 일상에는 늘 극적인 요소가 내재해 있다고 할 수 있다. 또한 매순간이 일회기적이며 다시는 되풀이되지 않는다는 가정까지도 가능하다. 가령 오래전에 헤어졌던 사람과 다시 만나 똑같은 장소에서 똑같은 음식을 먹고 똑같은 얘기를 나눈다고 해도 그것이 환기시키는 의미는 전과 다르게 마련이다. 하물며 같은 영화를 두 번 보더라도 그 느낌이 동일하다고 말할 수는 없다. 거기엔 각기 다른 시간대의 의미가 도사리고 있을 것이기 때문이다.

새삼스럽게 삶에 대해 다시 생각해본다. 이 모든 극적인 순간들에 대해서. 한 순간 한 순간이 마치 축복처럼 다가왔다가 새벽의 그림자처럼 흔적 없이 사라져감을 생각해본다. 우리는 도대체 어디서 와서 어디로 가는가. 이 영원한 질문에 분명한 대답을 할 수 있는 사람은 없다. 다만 중요한 것은 우리가 저마다 매순간 극적인 삶을 살고 있다는 것이며 우연한 만남에도 저 신비롭고 불가해한 우주의 섭리가 작용하고 있다는 것이리라. ▫

삶과 죽음에 대한 가벼운 단상

내가 지금 쓰고 있는 이야기 중에 아이가 태어나는 장면으로 시작하는 소설이 있다. 봄비가 내리는 날, 창 밖에 벚꽃이 피어 있는 병원에서 사내아이가 태어난다. 그런데 같은 날 주인공인 '나'는 아버지의 부음을 듣게 된다. 왜 하필 이런 상황으로 소설을 시작했는지 혹시 궁금해하는 독자가 있다면 나는 이렇게 대답할 생각이다. 우리네 인생이란 삶과 죽음이 항상 동시다발적으로 겹쳐 일어나는 게 아니냐고. 그것은 각기 따로 존재하는 게 아니라 애초부터 동전의 앞뒷면처럼 붙어 다니게 마련이라고.

며칠 전에 절친한 선배를 만나 오랜만에 참치회를 먹으러 갔다. 그게 일상적으로 먹을 수 없는 것이 우선 값이 비싸다. 메뉴 등급도 다양해서 그날 우리가 간 횟집은 다섯 등급으로 차이를 두고 있었다. 우리는 딱 중간인 3만5천 원짜리 2인분과 따끈한 청주 두 잔도 곁들여 주문했다. 그때 선배의 휴대폰 벨이 울렸고 통화는 다소 길게 이어졌다.

그 사이 회가 도마에 썰려 나오기 시작했다. 이어 종업원이 김이 모락모락 피어오르는 청주도 가져왔다.

미리 얘기하면 나는 해산물을 아주 좋아한다. 그중에서도 회, 또 그중에서도 참치회를 먹고 있으면 행복하다는 느낌까지 든다. 특히 참치 뱃살은 그 어느 부위보다도 미감을 한껏 자극한다. 하지만 1등급에 속하는 '주방장 특선'을 주문해야만 맛볼 수 있는 부위다. 선배가 통화를 끝낼 때까지 나는 젓가락을 쥔 채 침을 삼키며 기다렸다. 이윽고 선배가 휴대폰 폴더를 닫으며 나를 돌아보았다.

"오늘은 그만 일어나야겠는데."

일어나다니, 그게 무슨 뜻인가? 아직 회를 한 점도 먹지 않았는데. 회칼을 들고 있던 주방장이 우리를 바라보았다.

"방금 장인어른이 돌아가셨다는 연락을 받았어. 그러니 가봐야 되지 않겠어?"

나는 슬그머니 젓가락을 내려놓았다. 선배는 고인의 맏사위였다. 이미 상이 차려진 다음이었으므로 어쩔 수 없이 8만 원이 넘는 돈을 지불해야만 했다. 선배는 급히 집으로 가는 택시에 올라탔다.

다음날 오후에 나는 문상을 가기 위해 마을버스를 타고 다시 지하철로 갈아탔다. 저녁에 비가 내릴 거라는 일기예보가 있어 차를 두고 나왔던 것이다. 병원까지는 스물일곱 정거장이나 되는 먼 거리였다. 상가 분위기는 비교적 차분했다. 임종 시 고인의 세수는 여든하나였고 암으로 3개월째 입원해 있었으므로 가족들이 마음의 준비를 하고 있었던 것이다. 선배와 마주앉아 육개장을 먹으며 소주도 두어 잔 받아마셨다.

"어제 못 먹은 참치회 생각 안 나?"

선배가 웃으면서 농담조로 말했다.

"왜 생각이 안 나겠어요. 잔칫집에나 가야 먹듯 일년에 고작 두어 번 구경하는 음식인데."

"그게 인생살이 아니겠어? 자네 말대로 삶과 죽음이 항상 동시에 출몰하는 모양이야. 이참에 내가 소설이 될 만한 얘기 하나 해줄까?"

나는 뜨악하게 그의 얼굴을 바라보았다. 어째 상가집 분위기와 어울리지 않는 얘기를 나누고 있다는 생각이 들어서였다.

"저기 상복 입고 있는 여자 있지? 내 막내처제야. 잘 봐, 얼굴이 좀 이상한 거 같지 않아?"

"글쎄, 모르겠는데요. 읍해서 그런가? 얼굴이 좀 부어 있는 것 같네요."

"울기도 울었지만 바로 어제 박피수술을 하고 보톡스까지 맞았다고 하더군. 수술을 받으면 3일 동안 집 밖으로 나가지 말고 두 시간 간격으로 얼굴에 크림을 발라줘야 한다는구먼. 하지만 어쩌겠어. 아버지가 돌아가셨는데."

"……얼굴이 많이 상하겠네요."

"그럼 안 되지. 그래서 두 시간 간격으로 핸드백을 들고 화장실에 다녀오고 있어. 상복을 입고 말이야. 하지만 누가 처제를 탓할 수 있겠어. 산 사람은 살아야 하잖아. 안 그래?"

밤늦게 집으로 돌아오는 전철 안에서 나는 '메멘토 모리', 즉 '죽음을 기억하라'는 경구를 떠올리고 있었다. 태어나는 순간부터 사람은 죽음을 껴안고 산다고 한다. 하지만 대개의 사람들은 죽음을 단지 어두운 것, 두려운 것, 의식적으로 피해야 할 것으로 생각하며 산다. 그러나 죽음이 존재하기에 삶을 더욱 탄력 있고 오히려 풍요롭게 만들어갈 수 있는 게 아닐까. 모든 생명은 빛에서 비롯된 게 아니라, 본시 어둠으로부터 왔다고 한다. 어둠에 대한 인식이 있을 때 빛은 더욱 밝게 빛난다. 우리는 나날이 고된 삶을 살고 있으나 동시에 회사한 죽음을 살고 있는지도 모르겠다. ▫

사람과 만나는 법

평소 사람과의 만남에서 나는 모든 것을 주거나 드러내지 않으려고 한다. 또한 상대가 주는 것도 모두 받으려 하지 않는다. 불교에서 배운 바 있기 때문이다. 불교에 '법연사계[法演四戒]'라는 말이 있다.

> 세력을 다 쓰지 마라. 복을 다 받지 마라. 법을 다 행하지 마라. 좋은 말을 다 말하지 마라.

이를 염두에 두지 않을 때 인간관계에 있어서나 세상살이에 있어서 필연적으로 화를 자초하게 된다는 뜻이리라. 그게 아니더라도 매사 어느 정도의 여지를 남겨두지 않으면 야박해 보일뿐더러 결국 스스로 감당하기 힘든 국면에 처하게 마련이다. 살면서 가장 중요한 것은 역시 사람이다. 사람살이에 사람만큼 중요한 게 없음은 당연한 애기지만, 가끔 그렇다는 것을 잊고 사는 때가 있다. 나 역시 사람 관계에서 많은 실수를 했고 상처를 주고받거나 돌이킬 수 없는 일을 저지른 적도 있다. 그 뼈아픈 기억 때문에라도 나는 저 '법연사계'를 지키며 살려고 애쓴다. 불혹 전후의 깨달음이니 그리 오래된 일도 아니다.

그후 나는 사람과 여간해서는 헤어지지 않는다. 어떤 인연이든 한번 만났던 사람과는 언젠가 다시 만난다. 다시 만나도 역시 모든 것을 주고받거나 드러내지 않으려 한다. 어느 정도의 객관적인 거리를 두고 상대의 마음부터 살피려 한다. 그래서 가끔 냉정하다거나 드라이하다는 말을 듣기도 한다. 하지만 시간이 지나면 상대도 이쪽 심정을 이해하고 보다 돈독한 관계로 발전한다는 것을 여러 번 경험했다. 만났다 헤어질 때 나는 상대에게 이렇게 말한다.

"내년 입춘立春에 봅시다. 그때까지 건강하고 행복하게 잘 지내시고요."

그러면 상대는 농담인 줄 알고 이렇게 되묻는다.

"왜 하필이면 입춘이죠?"

"당신은 입춘에 만나기 좋은 사람 같아서요."

그리고 나는 수첩에다 '입춘-모모씨'라고 적어놓는다. 물론 이듬해 입춘에 맞춰 전화를 한다. 그러면 상대는 깜짝 놀라며 반가워한다. 만나도 특별히 주고받을 얘기는 없다. 그저 일상적인 얘기를 나누거나 함께 저녁을 먹거나 술을 마시고 헤어진다. 헤어질 때가 되면 이번엔 상대가 이렇게 물어온다.

"내년 입춘은 너무 먼 것 같으니 초복에 만나 몸보신이라도 할까요?"

"뭐 그러죠."

이런 식으로 담담하게 만나는 사람이 나에게는 열 명쯤 된다. 보통 10년 이상 된 지기들이다. 물론 여자친구도 있고 선후배나 어른도 있고 동료도 있다. 몇 년을 이런 식으로 만나다 보면 눈에 보이지 않는 관계의 사이클이 생긴다. 그 시간의 지속을 누군가와 공유하고 나누는 일은 몹시 즐겁다. 서로를 부드럽게 바라보는 여유와 함께 아, 저 사람은 언젠가 또 만날 사람이지, 라는 야릇한 기대를 품게 된다. 다음에 만나면 저 사람의 인생에 과연 어떤 변화가 찾아와 있을까?

이렇게 살다 보니 일년 24절기마다 사람을 만나게 되는데, 올해 대한大寒에는 70대 중반의 노신사와 인연을 맺게 되었고 헤어질 때는 춘분春分쯤 만나 술이나 한잔 하자며 서로를 바라보고 웃었다. 창 밖에 눈이 퍼붓던 날이었다. 입춘에 만난 사람은 작년 여름에 원주에서 함께 글을 쓰던 시인이었다. 그 사람과 헤어질 때 내가 언제 다시 만날까요? 라고 물었다. 그러자 시인은 글쎄, 정해놓지 말고 우연히 또 봅시다, 라고 해서 나는 그러마고 고개를 끄덕였다. 상대가 원하는 대로 해주는 것이다.

오늘은 결혼식에 갔다가 그동안 못 만났던 사람들과 한꺼번에 해후했다. 결혼식이 끝나고 피로연장에 앉아 이런저런 얘기를 나누다 내가 절기마다 그 절기에 맞는 사람을 만난다고 하니까 어떤 소설가가 대뜸 이러는 것이었다.

"윤형, 그거 소설로 쓰면 좋겠네요. 절기마다 만나는 사람 이야기 말예요."

집으로 돌아오는 버스 안에서 생각했다. 그거 괜찮은 생각이군. 당장 내일부터라도 한번 써볼까? 어언 7~8년을 그렇게 사람들과 만나왔으니 할 얘기가 꽤 있다. 그나저나 올해 우수雨水에는 누구를 만나기로 했더라? 집에 들어가 수첩을 뒤져봐야겠다. 어떤 아리따운 사람이면 좋을 텐데. 그리고 그날 마침 눈이나 비가 내려주면 포장마차에 나란히 앉아 술이라도 한잔 기울일 수 있다면 더더욱 좋겠지. 그리고 인생은 매년 24절기를 되풀이하며 또 계속 흘러가겠지. □

바람의 기억

작년에 서울로 이사를 오고 나서 전에 살던 도시에서 알고 지내던 사람들을 거의 못 만나고 살아왔다. 그래서인지 가끔 친구, 선후배의 존재가 간절해질 때가 있다. 당장 술 한잔 청할 사람이 주위에 없는 것이다. 주말에 산행을 마치고 내려와 등산객들 틈에 끼어 앉아 혼자 술잔을 기울이고 있노라면 청승맞은 느낌이 들기도 하려니와 심정이 더욱 공허해진다.

지난 몇 년간 선불교와 한국철학 공부를 함께했던 선배에게 전화를 걸었다. 작년까지는 옆동네에 살아 가족끼리 만나 가끔 식사도 하고 혹은 여행을 다녀오기도 했던 사이다. 차마 만나자는 말은 못하고 그저 안부가 궁금해 전화했다고 에둘러 말했다. 그는 가만히 듣고 있다 만나서 술이나 한잔 하자고 했다. 자신이 서울로 오겠다며 구기동 북한산 입구에서 보자며 전화를 끊었다. 나는 곧바로 택시를 타고 구기동으로 갔다. 그날따라 세찬 바람이 거리를 휩쓸며 지나가고 있었다.

선배가 도착하기까지 30분 동안 나는 북한산 입구에서 혼자 서성거렸다. 아, 얼마 만에 이곳에 와본 것일까. '르 샤(고양이)'라는 카페는 온데간데없고 그 자리에 생맥줏집이 들어서 있었다. 마흔 무렵부터 나는 자주 등산을 다녔는데 북한산성 쪽에서 대남문을 넘어 이곳 구기동으로 내려와 종종 사람을 만나곤 했다. 그중 동갑내기 소설가 친구가 있었다. 처음엔 우연히 '르 샤'에서 만났고 그후 가끔 전화로 약속을 해 '할매 두부십'이나 길 건니편에 있는 '융프라우'라는 카페에서 술을 마시기도 했다. 그런데 어느 날 그 친구가 갑자기 위암으로 세상을 뜨고 말았다. 그것도 신문 기사를 통해 우연히 알게 되었다. 나와 만나는 동안에는 그런 내색조차 없었기에 크나큰 충격을 받을 수밖에 없었다.

그로부터 나는 구기동에 가지 않았다. 벌써 7~8년이 지난 일이었다. 그리고 느닷없이 선배를 만나기 위해 바람이 거세게 불어가는 밤에 구기동에 다시 오게 된 것이었다. 선배와 나는 '융프라우'에 앉아 그동안 쌓인 얘기들을 나눴다. 여름에 오대산에 들어가 선문답을 나눠보자는 우스갯소리도 하고 8월에 일본에 며칠 다녀오자는 얘기도 주고받았다. 나는 사이사이 창 밖을 내다보며 태풍처럼 불어가는 바람 소리에 귀를 던져두고 있었다.

그러다 내가 선배에게 물었던 것 같다. 왜 하필이면 구기동에서 만나자고 했어요? 무슨 뜻인지 몰라 한동안 나를 쳐다보던 선배가 말했다. 글쎄, 전에 이곳에 자주 왔었거든. 북한산성 쪽에서 대남문을 거쳐 내려와 이 근처에 사는 여인을 만나곤 했지. 지금 우리가 술을 마시고 있는 여기 '융프라우'에서 말입니까? 응, 여기도 왔지만 저기 길 건너편에 '르 샤'라는 카페가 있었어. 아까 오다 보니까 없어진 것 같더군. 그럼 그 여인하고는 어떻게 됐어요? 어떻게 되긴, 헤어졌지. 한 7~8년 됐나? 그때 그 여인과 헤어지고 나서 오늘 처음 구기동에 와보는 거야. 아까 자네 전화 받으면서 갑자기 그 여인 생각이 나더군. 왜 그런지는 나도 모르겠지만 말이야. 한동안 입을 다물고 있던 나는 혹시 바람 때문이 아닐까요? 비가 올 것 같지도 않은데 태풍처럼 바람이 몰려가고 있잖아요. 바람? 하고 되받으며 선배는 공허하게 웃었다.

7~8년 전이라면 내 동갑내기 소설가 친구가 세상을 떠난 즈음이었다. 그리고 나 역시 '르 샤'를 자주 찾을 때였다. 어쩌면 같은 시간, 같은 공간에서 우리는 각자 다른 테이블에 앉아 친구 혹은 연인을 만나고 있었을지도 모른다. 그리고 그때 우리가 만났던 사람들은 서둘러 세상을 떠나거나 혹은 헤어지고 말았다. 우리는 '융프라우'에서 나와 길을 건너 '르 샤'가 있던 생맥줏집으로 자리를 옮겼다.

자리를 잡은 후 나는 7~8년 전에 내게 일어났던 일을 선배에게 들려주었다. 그는 놀란 듯, 그저 말없이 듣고 있었다. 말을 마치고 나자 내 눈에 절로 눈물이 고였다. 그리고 침묵의 시간이 흘러갔다. 이윽고 선배가 내 어깨에 손을 올려놓으며 말했다. 인연의 굴레란 참으로 묘하군. 떠난 자들 뒤에 남아 있는 우리 둘의 인연 말이야. 그 말이 무슨 뜻인지 나는 정확히 알 수 없었다. 하지만 우리는 그때 그 '르 샤'에 앉아 있었고 각자 헤어진 사람들을 생각하고 있었다. 언젠가는 우리도 헤어지게 될지 모르고 어쩌면 또 다른 인연으로 이곳에 오게 될지도 모를 일이었다. 삶의 굴레란 참으로 묘한 것이므로.

밖으로 나오니 새벽이었다. 바람은 여전히 거세게 거리를 휩쓸며 지나가고 있었다. 북한산의 나무들이 파도 소리를 내며 또한 어디론가 떠나가는 소리가 들려왔다. ▫

어느 봄날 하루

한동안 푸근한 날씨가 계속되는가 싶더니, 엊그제 갑자기 비바람이 불어가면서 한파가 몰아닥쳤다. 그날 나는 동숭동 대학로에서 열리는 어떤 행사에 참석하기로 돼 있었다. 집 밖을 나서자마자 우산이 뒤집히고 양복바지에 흙탕물이 튀었다.

날씨 때문에 늦는 사람들이 많아 행사는 10여 분 늦게 시작됐다. 그 어수선한 분위기를 바꿔놓은 것은 그날 축사를 맡아준 연극배우 박정자 선생이었다.

"아침부터 비가 오니까 너무 좋네요. 그동안 가뭄 때문에 얼마나 고생하는 사람들이 많았나요. 이왕 비가 오는 김에 더 많이 와야 합니다. 안 그렇습니까?"

이 짧은 말에 행사장 분위기는 금세 부드럽고 따뜻하게 변했다. 나는 이따금씩 비가 내리고 있는 창 밖을 내다보며 이제 봄이 오려나 보다, 라는 생각을 하고 있었다. 그렇다. 겨울에서 봄으로 옮겨가는 시기엔 늘 한바탕 비바람이 몰아치고 한파가 찾아오곤 한다. 그리고 3월로 접어들 즈음 꽃샘추위가 한 번 더 찾아온다. 이러한 현상을 문학에서는 흔히 통과제의通過祭儀라는 말로 표현한다. 한 가지 예로 겨울을 나지 않은 나무는 봄에 꽃을 피우지 못한다. 자연의 일부인 사람도 사정은 마찬가지다. 모종의 힘겨운 과정을 통해서만 좀더 성숙한 존재가 되어 환한 세상을 구경할 수 있는 것이다.

내가 봄을 탄다는 것을 알게 된 것은 마흔 살 무렵이었다. 비야흐로 나뭇가지에 연둣빛 새싹이 돋고 산마다 진달래꽃이 피어 있는 것을 보면 좀처럼 감정을 주체하기 힘들었다. 세상이 이렇게 아름다워도 되는 것인가? 라는 새삼스러운 의혹에 시달렸다. 그래서 봄은 내게 아름답다기보다는 오히려 서글픈 정조를 불러일으켰다.

그후 나는 해마다 3월이 되면 지리산 쌍계사로 내려가 글을 쓰며 보름쯤 지내다 돌아오기를 반복했다. 벚꽃이 필 무렵 내려갔다가 꽃이 다 지면 서울로 돌아오는 것이다. 그래야만 심정적으로 나이를 한 살 더 먹을 수 있었다. 어느덧 나는 봄을 사랑하게 된 모양이었고 그러므로 그 계절을 애인인 듯 소중히 맞이하곤 했다. 누군가를 사랑하면 내 존재 또한 스스로 소중해지게 마련이다. 봄은 내게 그러한 깨달음을 가져다주는 것이었다.

그날 행사가 끝난 뒤 나는 전철을 타고 홍대 앞으로 옮겨가 옛 친구들을 만나 연극 공연을 관람했다. 봄에 만나는 친구들은 웬일인지 더욱 각별하게 다가온다. 그동안 나이를 같이 먹어왔고 또 앞으로도 세월을 함께할 테니 어쩌면 당연한 느낌인지도 모르겠다. 관람을 마치고 밖으로 나오니 어느덧 비가 멎어 있었다. 겨드랑이에 저마다 우산을 끼고 맥줏집으로 들어가 이런저런 얘기를 나누다 무심코 창 밖을 보니, 정원에 목련 한 그루가 서있었다. 꽃이 피려면 더 기다려야겠지만 비를 맞아 나뭇가지가 촉촉하게 변해 있었다. 그때 옆자리의 후배가 이런 질문을 던져왔다.

"올해도 3월에 남쪽으로 내려가나요?"

올해는 직장 때문에 아마 힘들지 싶다. 알면서도 짓궂게 물어본 것이리라.

"난 올 봄엔 결혼하고 싶어요."

"애인이 생겼나 보지?"

"아니, 하지만 꼭 결혼했으면 해요."

또 다른 사람이 말했다.

"난 겨우내 앓아누워 있었는데, 봄부터 소설을 시작하려고. 올 봄엔 자네 대신 내가 남쪽으로 내려갈까 봐."

이건 약을 올리려는 수작이다. 하지만 풋풋한 마음이 된다. 그래, 봄은 무언가를 다시 시작하고 싶은 계절이다. 뒤늦게 제 짝을 만나 결혼을 해도 좋고 새 소설을 시작해도 좋고 누군가 애를 하나 더 낳았다는 소식을 들어도 좋다. 이렇듯 조용히 들뜬 기분으로 맥주를 마시고 자정께 아쉬운 마음으로 헤어졌다.

택시를 타고 집으로 돌아오는 길에 봄마다 쌍계사에 내려가 머물렀을 때의 기억이 되살아났다. 비록 혼자였으나 하루하루가 벅찬 날들이었다. 벚꽃이 피기를 기다리며 아침저녁으로 나뭇가지를 살펴보던 심정을 누가 알겠는가. 그리고 어느 날 온 세상이 밝아오듯 벚꽃이 만발하고, 때맞춰 섬진강으로 은어떼가 올라오고, 산자락에서는 야생 녹차를 따는 사람들이 보이고, 또한 어느 날 뜻하지 않은 손님이 찾아와 밤 벚꽃이 휘날리는 평상에 앉아 인생의 한 시절을 미쁜 마음으로 나누기도 했다.

어려운 이 시절에, 천지에 골고루 빛이 내리듯 모두에게 따스한 봄이 찾아왔으면 싶다. 이러저러한 생각을 하며 나는 집으로 돌아와 곤하게 잠들어 있는 식구의 얼굴을 한참이나 내려다보다 이윽고 옆에서 잠이 들었다. ㅁ

불면의 괴로움

'잠'은 심신의 활동을 쉬면서 이슥고 무의식 상태에 드는 것을 말한다. 누에가 허물을 벗기 전에 뽕잎을 먹지 않고 쉬는 상태를 또한 잠이라고 한다. 이를테면 생명체가 주기적으로 거듭나는 과정이라고 볼 수 있다. 그러나 이 자연스런 축복을 누구나 달콤하게 누리는 것은 아니다. 오히려 밤이 되면 혼자 진흙밭을 걷듯 괴로워하는 사람들이 있다. 대개는 불면증 때문인데 실제로 겪어보지 않은 사람들은 그 고통을 잘 모른다. 매우 흔한 증상으로 인식돼 하소연을 해도 별로 귀기울여주지도 않는다.

나 역시 불면증으로 오랜 세월 고통을 겪으며 살고 있다. 흔히 걱정거리가 많으면 잠을 이루지 못한다고 한다. 글쓰는 직업 탓은 아닌가, 라고 생각할 때도 있다. 불을 끄고 자리에 누워도 '의식의 공회전 현상'이 계속돼 좀처럼 잠을 이룰 수 없다. 몸은 젖은 솜처럼 피곤한데 대수롭지도 않은 생각들이 쉼없이 뇌리를 스쳐 지나가는 것이다. 심지어는 밤마다 매를 맞는 기분이 들기도 한다.

결국 술을 마시고 자는 버릇이 생겼다. 어느 정도 마시면 확실히 잠드는 데 효과가 있다. 하지만 여기엔 필연적으로 부작용이 뒤따르게 마련이다. 갈수록 술에 의지해 잠들게 되고(알코올 중독의 시작이다!) 아침에 깨어나도 몸이 영 개운치가 않다. 그렇다 보니 낮잠을 자는 버릇까지 생기고 말았다. 그러니 밤엔 또 잠이 오지 않아 술을 마실 수밖에.

어느 날 의사와 술을 마시다 이런 얘기를 했더니, 즉석에서 처방을 해주었다. 낮잠을 자는 대신 운동을 해라. 잠자리에 들기 전에는 반신욕을 해라. 술을 마실 거면 차라리 수면제를 복용해라. 그대로 해보았더니 과연 효과가 있었다. 그런데 아내가 집을 나간 것처럼 밤이 되면 왠지 마음이 허전했다.

한데, 이상하기도 하지. 어쩌다 여행을 가면 날이 저물기가 무섭게 달콤하게 잠이 쏟아져내린다. 낯설고 누추한 곳인데도, 하물며 비좁고 추운데도 어둠이 내리면 졸려서 견딜 재간이 없다. 그리고 아침 여섯 시만 되면 아이처럼 맑게 눈이 떠진다. 마치 새로 태어난 것처럼 세상이 달라 보인다. 돌아가면 모쪼록 이 신선한 상태를 유지해야지, 라고 거듭 생각한다. 하지만 그때뿐이다.

돌아온 밤부터 당장 술을 마셔야만 잠들 수 있고 더불어 낮잠의 역사는 길어진다. 운동을 하고 반신욕을 해도 이제는 소용없다. 더이상 수면제는 먹고 싶지 않다. 차라리 술을 마시는 편이 낫다고 억지를 부린다. 체질과 직업을 바꾸지 않는 한 내게 잠이 가져다주는 축복은 없다고 야릇한 절망에 빠지기도 한다.

곰곰이 생각해보니, 내게는 여행이 곧 무의식에 빠져드는 휴식의 상태인 듯하다. 삶의 울타리를 벗어나면 그때부터 생기가 돌고 식욕이 왕성해지며 잠도 푹 잘 수 있다. 산속의 텐트에서, 사막에 있는 오아시스의 흙집에서, 시골집 남의 마루에서, 밤낚시를 하던 저수지의 모닥불 옆에서, 별이 무수히 떠있는 하늘 아래서 나는 번민이라곤 조금도 느껴지지 않는 세상에서 가장 깊은 잠에 빠져들곤 했다. 마치 들짐승처럼 말이다. 그리하여 오랜 불면의 피로가 쌓이면 나는 어디로든 여행을 떠나곤 했다. 아마도 그때마다 깊고 달콤한 잠을 찾아 떠난 것인지도 모른다.

밤마다 편안히 잠들 수 있는 이들은 은총을 받은 사람들임에 틀림없다. 하나하나 붙잡고 물어보면 이런 축복을 받은 사람들이 의외로 드물다는 사실을 알게 된다. 사람은 누구나 불안에 시달리며 살고 있고 대개는 번민 때문에 밤마다 잠을 이루지 못한다. 옆에 누군가 있어주지 않으면 더더욱 밤은 더디고 괴롭다. 무엇보다도 불면의 가장 큰 불행은 아침이 가져다주는 나날의 신선한 기쁨을 느끼기 힘들다는 것이다.

밤이 늘 힘겹고 수고로운 사람들은 가끔 여행을 해주는 것도 한 가지 방법이라고 생각한다. 여행을 할 수 없다면 뭔가 자신만을 위한 일에 온전히 시간을 투자해보는 것도 괜찮은 방법이지 싶다. 자족감은 확실히 번민을 없애준다. 요컨대 마음의 풍경을 바꿔 그때마다 삶의 균형을 되찾아주는 것이다. ▫

몸살이라는 손님

나는 해마다 한 차례씩 지독한 몸살에 걸린다. 감기 기운과 섞여 한 사나흘 왔다가는 정도가 아니라, 열병처럼 그야말로 온몸을 쑥대밭으로 만들어놓고 나서야 겨우겨우 빠져나간다. 딱히 정해진 때가 있는 것도 아니다. 대개 몸살이라는 것은 환절기에 찾아오는 증상인데 이는 여름도 마다하지 않고 기습적으로 찾아온다.

최초의 느낌은 양치를 하고 곧바로 사과를 베어 물었을 때처럼 입맛이 겉돌고 떨떠름한 게 결국 몸이 받아들이지 않는다. 그리고 찬 수저만 잡아도 금세 온몸에 싸르르 소름이 돋는다. 몸이 후끈한가 싶으면 곧 냉골처럼 차가워지고 모래알이 들어간 것처럼 눈이 뻑뻑해지며 서서히 동공이 충혈된다. 바야흐로 몸살의 시작인 것이다. 이때부터는 어떤 처방도 소용없다. 누군가 권해 병원에 가서 마늘주사라는 걸 맞아봤는데 역시 효과가 없었다. 말하자면 그냥 앓는 수밖에 없다. 몸살이 스스로 알아서 내 몸을 떠날 때까지 말이다. 한 10년 전부터 연례행

사처럼 겪는 일인데 이제는 익숙해져서 몸살이 찾아오면 그대로 받아들인 채 누워서 열심히 앓는 흉내를 낸다.

나는 강골로 태어나지 못한 탓에 어려서부터 사소한 병을 자주 앓았다. 그래서 성격이 예민하고 한편 감수성이 조금은 발달했는지도 모르겠다. 하지만 유년기를 돌아볼 때면 피로감부터 몰려온다. 아니 할 얘기로 하루하루 사는 게 힘겨웠던 것이다. 학교에 갔다오면 지쳐 곧바로 잠을 자야 했으며 어머니가 깨워야 저녁을 먹고 다시 잠자리에 들었다. 그러다 보니 새벽에 눈을 뜨는 일이 많았고 아침이 오기까지 도마뱀처럼 어둠 속에서 몸을 뒤척거려야 했다.

사춘기와 대학 때까지도 내 체질은 크게 변하지 않았다. 몸의 변화를 느낀 것은 군에 입대한 뒤였다. 군대에 가서도 나는 꽤나 힘들어했는데 제대할 무렵이 되자 몸이 좀 거뜬해진 느낌이 들었다. 그제야 나는 체질을 변화시킬 수 있다는 사실을 깨달았다. 제대한 뒤에 나는 다시 산(절)에서 일년을 보냈고 그후로는 대체로 평균 체력을 유지하며 살게 되었다. 그리고 그동안의 한을 풀듯 무리를 하며 살기 시작했다. 직장생활을 하는 동안 늘 잠을 줄여가며 소설을 썼고 술도 자주 마셨다. 그러다 마흔 문턱에서 저 무시무시한 몸살의 첫 방문을 받았다. 한 보름쯤 된통 앓고 나서 나는 운동을 시작했다. 이제는 나이가 들었다고 생각한 것이다. 부지런히 헬스클럽에 나가고 산에도 자주 올랐다.

하지만 올해도 어김없이 몸살이 찾아왔다. 늘 조심하고 평소에 건강관리를 하는 편인데도 역시 몸살님이 찾아온 것이다. 아마 내년에도 후년에도 계속 그러리라는 생각이 든다. 이 체념에 가까운 예감에는 그럴 만한 근거가 있다.

얼마 전에 동양철학을 하는 사람을 만나 이런 얘기를 들었다. 그는 시골에 살고 있는데 서울에 잠깐 다니러 왔다가 오랜만에 목욕이나 하고 내려가고 싶다기에 함께 목욕탕에 갔다. 그의 벗은 몸을 보고 나는 깜짝 놀랐다. 온몸이 나무 뿌리처럼 단단하고 흙처럼 검었다. 이토록 건강한 이유를 묻자 그는 '자연에 속한 존재로 철저히 자신을 인식하며 사는 것'밖에는 없다고 동문서답을 했다.

"자연自然의 뜻만 제대로 알면 됩니다. 즉, 스스로 그러하다."

그러다 내 몸살 얘기가 나왔다. 그는 빙그시 웃더니 또 이렇게 말하는 것이었다.

"그거 앞으로는 반가운 손님이라고 생각하고 잘 맞아주세요. 꼭이 술 담배가 아니더라도 몸과 마음에 매일 조금씩 독이 쌓이게 마련입니다. 시골에 오래 살다 보면 자연을 닮아 몸과 마음이 저절로 부드럽고 단단해집니다. 하지만 도시 생활이야 어디 그렇습니까. 매일 시간에 쫓겨 살아야 하고 웬만큼 무리를 하지 않으면 안 됩니다. 그런데 그게 한 봉지의 약으로 치료가 되겠습니까? 다행히 사람 몸은 자기 치유 능력이 있는데 감기나 몸살이 바로 그겁니다. 이를테면 몸살님이 찾아와 몸과 마음에 쌓인 독을 가져가주는 겁니다. 일년에 한 번씩이라도 몸살님이 안 와주시면 급기야 큰 병을 얻게 된다 그런 말입니다."

일리가 있는 말이라는 생각이 들었다. 몸과 마음의 병이란 결국 스스로 얻는 것이란 뜻이겠다. 나뿐만 아니라 누구나 몸살을 앓고 살 수밖에 있다. 그런데 알고 보니 그것은 환절기에 찾아오는 단순한 병이 아니라, 우물 청소하듯 몸과 마음에 쌓인 독을 치워주기 위해 때맞춰 방문하는 귀한 손님이라는 얘기였다. ▫

나만의 장소

가을이 깊어지니 다시금 병이 도지는 것인가. 요즘 주말만 되면 어딘가로 떠나고 싶은 충동이 엄습한다. 얼마 전 텔레비전 뉴스에서 첫서리 소식을 전하는가 싶더니, 곧 북쪽으로부터 등고선을 따라 단풍이 남하한다는 보도가 뒤따랐다. 운전을 하다 보면 자꾸만 하늘로 시선이 향한다. 때맞춰 은빛 비행기가 긴 꼬리를 끌고 하늘 저 멀리로 사라져 가는 게 보인다.

안 된다는 걸 알면서도 집에 전화를 걸어 이런 소리를 늘어놓았다.

"오늘 금요일인데 어디 좀 다녀올까?"

같이 가자는 건 그냥 해보는 소리였다.

"……애 학교는 어쩌구요?"

"노는 토요일 아닌가?"

"……원고 마감 있다면서요?"

"그런가?"

내가 유독 봄, 가을을 탄다는 걸 알고 있는 아내는 난처한 듯 한동안 입을 다물고 있었다. 이어 체념 반 수긍 반 조로 말했다.

"그럼 혼자 다녀오든지요."

휴가철이라면 모를까, 아내는 이유 없이 집 밖으로 나가는 것을 그다지 좋아하지 않는다. 세상에는 여행을 싫어하는 사람도 있는 것이다. 집에 들러 아내와 대면하면 마음이 흔들릴까 싶어 나는 그대로 차를 몰아 '도비도'로 향했다. 다분히 충동적인 순간의 선택이었다.

도비도는 일출로 유명한 서해 당진 왜목마을 근처에 있는 휴양촌이다. 원래는 섬이었는데 대호방조제가 축조되면서 육지와 연결돼 휴양촌으로 개발되었다. 몇 년 전 일출을 보기 위해 왜목마을에 들렀다가 우연히 찾게 된 곳이었다. 말하자면 길을 잃고 헤매다 '발견'한 나만의 장소였다. 아주 특별한 곳이라고는 할 수 없지만 본능적으로 그곳이 나와 맞는다는 느낌을 받았다. 그후 휴식이 필요하거나 원고 마감이 닥칠 때면 혼자 그곳을 찾아가곤 했다. 그럴 때마다 아내에게조차 당진 왜목마을 근처라고만 얘기했다.

도비도에 가면 우선 바다가 있고 장엄한 노을이 있으며 철새떼가 있고 서해에서 나는 온갖 해물이 있고 저렴한 가격의 숙박업소가 있으며 웬일인지 찾아오는 사람도 드물다. 또 선착장에서 배를 타면 난지도까지 다녀올 수도 있다. 어쩐지 이국의 해안에 와서 혼자 느긋하게 머무는 느낌이 든다. 내가 어디라고 밝히지 않는 한 누구도 알 수 없으며 그러므로 온전히 나만의 시간을 누릴 수 있다. 단 하루뿐이라 해도 그 시간이 가져다주는 자정自淨 기능과 회복 기능은 실로 대단해서 몇 달치의 양식과 맞먹는 느낌이 들 정도다.

아무튼 나는 일년에 두어 번 아무도 모르는 장소에서 이처럼 혼자만의 시간을 보낸다. 굳이 얘기하면 주기적으로 삶을 회복하는 통과제의의 과정이 되겠고 계절은 봄과 가을이며 나로서는 개인 명절에 해당하는 때라고 할 수 있겠다.

도비도 외에도 나는 나만의 장소를 열 군데쯤 가지고 있다. 이참에 몇 군데만 밝히면 마라도 부산민박집도 그중의 하나고(겨울에 혼자 낚시하러 간다), 설악산 척산온천(주로 글을 쓰러), 묵호항 옆의 동해민박(뜨거운 온돌방에서 이불을 쓰고 실컷 통곡하고 싶을 때), 가까이는 북한산 중턱의 일선사(평상에 앉아 좌선 묵념하러) 등등이 그곳이다.

도비도는 일년 만에 다시 찾아온 셈이다. 늘 그러하듯 선착장 끄트머리에서 바다를 검붉게 태우며 난지도 뒤로 넘어가는 일몰을 관람하고 허름한 횟집에 들어가 회와 소주로 저녁을 대신하고 다시 어두운 바다 앞에 서서 살아온 날들을 돌아보고 휴양촌 숙박업소에 든다. 그리고 무심히 텔레비전을 보다 노트북을 켜고 더듬더듬 무언가를 쓰기 시작한다. 내일 아침엔 난지도에 다녀온 다음 서산시청 뒷골목에 있는 '진국집'에서 점심을 먹고 서울로 올라가리라.

새벽 두시 무렵, 아내에게서 휴대폰 문자 메시지가 도착한다.

"어디예요?"

아, 저녁참에 연락한다는 걸 그만 깜빡 잊고 있었다. 혼자만의 시간에 취해서.

"당진 왜목마을 근처. 원고 마감 중."

"좋겠다."

나는 '좋겠다'라는 문자를 한동안 물끄러미 들여다본다. 혹시 아내도 여행을 좋아하는 게 아닐까? 문득 그런 생각을 해본다. 그게 아니더라도 혼자만의 시간, 혼자만 아는 장소가 필요한 게 아닐까? 분명 그러리라는 생각이 깨달음처럼 찾아온다. 나뿐만 아니라 이 세상 모든 사람들에게도 똑같이 말이다. ▫

여인, 그것은 하나의 쓰라린 조국

어렸을 적 어머니가 외아들인 내게 이르길, 여자 잘못 만나면 신세 망치니까 늘 조심하거라. 그것들은 남자들 입에 빨간 사탕 하나를 물려주고 아래로 간을 빼먹거든. 그렇게 말씀하시는 어머니 자신이 여인이었으려니와, 마침 내 옆에는 또 다른 여인들인 누나와 누이 셋이 나란히 앉아서 그 얘기를 경청하고 있었다. 다들 표정이 좋지 않았다. 나 역시도 그 얘기를 들으면서 유쾌했던 기억은 없다. 어머니는 세 딸과 어쩌면 자기 자신까지도 한꺼번에 싸잡아 여자란 존재를 그렇게 경계 대상 1호로 지목하고 있었던 것이다. 그때 그 말을 귀에 잘 담아둬야 했음인데. 사람이란 쓰라린 경험을 하고 난 뒤에야 비로소 남의 말에 귀를 기울이게 된다. 그러나 이미 때가 늦어 있음도 알게 된다.

내 생애 처음 만난 여인은 같은 교회에 다니던 여고 1학년생이었다. 당시 나는 중학생이었다. 그녀는 성가대의 일원이었으므로 노래를 곧잘 불렀고 무엇보다도 아름다웠다. 목이 사슴처럼 길고 눈빛이 맑고 깊었다. 그리고 조용했다(지금도 나는 조용한 여자를 좋아한다). 교회에 가면 예수님은 안중에 없었고 그녀만 쳐다보았다. 어느 날 저녁 예배를 마치고 나오면서 그녀가 내게 다가와 물었다. 너 왜 그렇게 나를 빤히 쳐다보는 거니? 사람 민망하게. 나는 준비해두었던 답변을 그 즉석에서 내뱉었다. 그것은 당신이 나를 쳐다보는 이유와 같습니다. 그리고 주머니에서 역시 준비해두었던 편지를 그녀에게 꺼내주었다. 일부러 남들이 보는 앞에서. 그 편지엔 다음과 같은 단 한 줄의 말이 씌어 있었다. "나는 너를 알고 모든 사람을 알게 되리라." 그녀는 처음엔 웃더니 곧 얼굴이 붉어졌고 이윽고 몸을 돌려 바삐 교회 문을 빠져나갔다.

그 다음날 저녁 누군가 대문을 두드려 나가보니 그녀가 우산을 쓴 채 혼자 서있었다. 마침 정전이 돼서 나는 촛불을 손에 들고 있었는데 그 희미한 빛 속에서 그녀는 성모 마리아처럼 서있었다. 부엌에서 어머니가 소리쳤다. 이 궂은 밤에 누가 찾아온 거니? 그 말에 깜짝 놀라 그녀는 손에 들고 있던 것을 내게 건네주고 도망치듯 어둠 속으로 사라졌다. 그것은 헤르만 헤세의 『데미안』이라는 책이었다. 그녀는 나보다 두 살이 많았고 처음부터 나는 그렇게 연상의 여인을 사랑하게 되었다. 그녀는 대학 입시에 실패하자 나와 헤어지고 서울로 떠난 뒤 아직까지 연락이 없다. 소문에 듣기론 음대를 나와 성악가가 된 다음 지금은 미국에 산다고 한다. 내가 사람을 보기는 제대로 봤던 것이다. 그러나 그녀와 헤어지고 나서 나는 꽤나 상처를 받았다.

그게 첫사랑이었는지 몰라도 그후에 만난 여인은 모두 다 나머지라는 생각이 들 때조차 있었다. 나는 한 여인한테 했던 말은 다른 여인한

테는 반복하지 않는다. 그때 나는 그녀에게 모든 것을 말해버렸으므로 다른 여인들을 만나면 할 말이 남아 있지 않게 되었다.

그 즈음 나는 프랑스 작가 알베르 까뮈의 『작가수첩』, 일명 『까르네』를 읽다가 이런 말을 발견했다. "여인은 하나의 쓰라린 조국". 나는 그게 정말 그렇다는 것을 인정하지 않을 수 없었다. 어머니를 붙잡고 목 놓아 울고 싶을 때가 한두 번이 아니었다. 실제로 나는 그 여인을 잊지 못해 스물두 살 때까지 다른 어떤 여인하고도 만나지 않았다. 조국은 그리 쉽게 배반할 수 있는 것이 아니므로. 그후 나이를 먹어가면서 나는 자발적 혹은 우발적으로 때로는 우연찮게 혹은 필연이라는 느낌이 들기도 하는 몇몇 여인들과의 만남을 경험하며 살았다. 그런 일은 그때마다 내 의지의 몫이라기보다는 마치 삶에서 반드시 치러내야 하는 과업인 것처럼 피할 수 없이 다가왔다. 나는 여인에 대해 수동적이었고 그리고 헤어질 때는 돌연 능동적으로 행동했다. 그들이 그렇게 원한다고 판단했기 때문이었다. 그런데 그것이 과연 옳은 판단이었을까? 아직도 나는 여인에 대해 정의하기를 꺼리고 말하기를 두려워한다.

여인 앞에서 남자들은 희망이 없는 존재였다가도 갑자기 무모한 용사로 돌변하고 그러다 어느 날은 또 쓸쓸하게 패잔병이 되어 다리를 절룩거리며 되돌아온다. 그림을 보듯 그것은 원경遠景이어야 더욱 본색이 뚜렷하고 그 거리 자체를 사랑하지 않으면 오래 가까이 할 수 없다.

천둥번개가 치고 바위가 깨지는 찰나의 순간에만 오로지 여인은 모든 것을 드러내는데 그 순간에도 실은 그녀들의 전모가 다 드러나는 것은 아니다. 여인은 끊임없이 변모하고 가꾸어지고 성숙하면서 더욱 많은 수수께끼를 거느린 스핑크스가 된다. 그들은 어머니였다가도 거울 앞에 앉으면 소녀가 되고 늙어 죽을 때까지도 꽃신만은 버리지 않는다. 그러나 누가 여인을 탓하랴. 그 많은 변화와 다양성이 이 지루하고 단조롭기 짝이 없는 세계에 끊임없이 생기를 불어넣는 것을.

까뮈가 여인을 두고 하나의 쓰라린 조국이라고 했을 때 그것은 '어머니'였다. 그런데 이 말이 남자들에게 있어서 어머니만이 아닌 모든 여성에게 적용되고 있음을 보면 한 여인 속에 이 세상의 모든 비의가 깃들어 있기 때문이리라. 그러니 그때 내가 그녀에게 했던 말은 실로 옳았다.

나는 너를 알고 모든 사람을 알게 되리라. ▫

안개의 섬에서

얼마 전 전국이 며칠 동안 안개에 싸여 있었다. 사소한 일들이 잇달아 발생해 가을 초입부터 여지껏 나들이를 못 해본 터라 차를 몰고 강화에 갔다. 거리엔 그새 낙엽이 바람에 휩쓸리고 있었다. 토요일이어서 도로는 오후 일찍부터 막혔다. 뒤늦게 가을 여행을 가는 사람들로 붐비고 있었던 것이다. 안개는 대낮부터 한강 북단과 바다에서 스멀스멀 뭍으로 올라오기 시작해 서너시가 되자 사방이 들불 연기에 휩싸인 듯 흐리게 변했다. 엉금엉금 외포리까지 가서 석모도로 들어가는 배를 기다렸다. 선착장도 붐비기는 마찬가지였다. 도대체 배가 언제 나를 석모도로 데려가줄지 의심스러운 가운데 표를 끊고 차 안에 앉아 기다렸다.

라디오에서는 안개주의보를 발령하고 있었다. 가까운 슈퍼마켓에서 과자와 음료수를 사와 끼니를 때우며, 도선장 앞에 곤충들처럼 낮게 엎드려 있는 차들을 바라보았다. 사람들은 어디로들 그렇게 떠나려 하는 것일까. 우리처럼 계절에 민감한 민족도 없다는 생각을 하며 초조하게 손목시계를 자꾸 살펴보았다.

가까스로 배에 올라타자 갈매기떼가 뱃전으로 우우 몰려들었다. 사람들이 과자 부스러기를 던져주고 있었던 것이다. 옆에 있던 어떤 사람이 석모도 갈매기는 더이상 물고기를 잡을 수 없을 것이라는 씁쓸한 말을 했다. 10분 만에 배는 석모도에 입항했고 나는 차를 끌고 뭍에 올라 낙가산 보문사를 찾아갔다. 양양 낙산사, 남해 금산 보리암과 더불어 보문사는 남한 3대 비경 사찰로 알려져 있다. 4백 몇 십 계단인가를 타고 올라가면 눈썹 바위에 새겨진 부처상을 볼 수 있다. 그 부처는 시간이란 것을 잊고 마치 영원처럼 서해로 떨어지는 낙조 장관을 저녁마다 관람하고 있는 것이다.

눈썹 바위 부처에게 엎드려 오체투지 삼배를 올렸다. 이 덧없고 가난한 중생의 생을 살펴주십사고. 그새 안개 속에서 붉게 가라앉는 노을을 망연히 바라보다 날이 어두워져옴을 느끼며 나는 서둘러 산을 내려왔다. 안개는 농밀함을 더하며 마치 땅 속을 걸어가고 있는 듯한 무거운 느낌을 주었다. 산의 나무들도 침침한 안개에 싸여 하늘인지 바다인지로 사라져 있었다.

안개 속을 더듬어 다시 선착장으로 향했다. 강화로 가기 위하여. 아니 다시 삶의 자리로 돌아가기 위하여. 시속 10킬로미터에도 못 미치는 속도로 차는 안개 속을 더듬어갔다. 이런 식으로 가다가는 일곱시 막배를 탈 수 없으리란 불안이 차츰 엄습했다. 모두 안개등을 켰을 텐데 줄을 서가는 앞뒤의 차들조차 눈에 잘 들어오지 않았다.

잊고 있던 마음속의 외로움과 고독감이 되살아나면서 눈썹 바위의 부처 형상이 눈에 어른거렸다. 그리고 어느덧 나는 안개 속에 나타난 부처에게 이렇듯 빌고 있었다. 뭐든 잃었던 기회를 다시 주기만 하면 이제부터는 제대로 살아보겠노라고. 다시는 사람의 마음에 상처를 남기는 일은 하지 않겠다고. 애초에 그러했듯 가난한 마음으로 다시 돌아가 가까운 사람들을 위해 한 종재기(종지)의 꿈을 일구며 살겠다고.

선착장으로 들어가는 도로엔 강화에서처럼 차들이 어둠과 안개 속에서 줄을 지어 서있었다. 낮에 섬에서 섬으로 건너온 이들이 도로 제 둥지로 돌아가기 위해 담배를 피우거나 옆사람과 얘기를 나누거나 하면서 걱정스런 얼굴들로 배에 올라탈 차례를 기다리고 있었다. 나는 알 수 있었다. 저들 또한 안개 속을 지나오면서 나와 똑같은 생각을 했으리란 것을. 그리고 지금 초조하게 막배를 기다리며 사랑하는 사람들의 얼굴을 떠올리고 있으리란 것을.

연장 운행하는 배를 타고 탈출하듯 강화로 나와 가장 먼저 눈앞에 떠오른 사람에게 전화를 걸었다. 네가 그립다고. 지금 너를 보고 싶다고. 전화를 받은 이는 무얼 생각하는지 한동안 침묵하고 있다가 자기도 그렇다고 대꾸해왔다.

밤안개를 뚫고 서울로 돌아오는 길은 오히려 사방이 환하였다. ▫

3—나의 기차 이야기

딱따구리의 선물

내가 하루의 거의 모든 시간을 보내는 연구실(겸 작업실)은 북쪽으로 창이 나있다. 그래서 햇빛이 잘 들지 않아 낮에도 형광등을 켜놓아야 하고 저녁참이 되면 곧잘 을씨년스러운 기분에 사로잡히곤 한다. 하지만 나는 나만의 장소이자 공간인 이곳을 무척 좋아한다. 북향인 대신 바로 창 밖에 숲이 있기 때문이다. 그러므로 일년 동안 계절의 변화를 숲을 통해 느끼고 지켜볼 수가 있는 것이다. 이는 확실히 행운에 속하는 일이 아닐까? 더불어 내가 이 공간에 애착을 갖는 비밀스런 이유가 하나 더 있다.

재작년 봄, 나는 숲에서 들려오는 그 소리를 처음 들었다. 긴가민가 했는데 숲 쪽으로 귀를 기울이니 따르르르르…… 혹은 또르르르르…… 하는 소리가 규칙적으로 들려오는 것이었다. 마치 목탁 소리의 후렴처럼 말이다. 나는 그 소리가 신기했을뿐더러 몹시도 반가웠다. 오랫동안 잊고 있었던 옛 친구가 어느 날 찾아온 기분이었다. 더이상 의심할 나위 없이 그것은 딱따구리 소리가 분명했다. 달력을 확인해보니 4월 초순이었다.

딱따구리 소리는 대개 햇빛이 따스하게 변하는 오전 열시쯤에 들려오기 시작해 오후 서너시가 되면 사라지곤 했다. 비록 한 번도 얼굴을 보지는 못했으나 그 소리를 듣고 있으면 더없이 마음이 푸근해지는 것이었다. 따르르르르…… 또르르르르……. 그렇듯 딱따구리는 봄에 찾아와 가을로 접어드는 9월쯤 문득 사라져버렸다. 어느 날 그러한 사실을 깨닫고 나는 몹시 허전한 느낌에 사로잡혀 있었다. 아예 가버린 것일까?

그런데 작년 봄에 딱따구리가 다시 찾아왔다. 그 반가운 마음은 처음 딱따구리 소리를 들었던 일년 전보다 한결 더했다. 이곳은 엄연히 서울일뿐더러 딱따구리는 천연기념물로 지정돼 있는 새였다. 그러므로 나는 작년에 다녀갔던 그 딱따구리가 다시 찾아온 거라고 믿었다. 아니, 그렇게 믿을 수밖에 없었다. 책을 읽거나 글을 쓰다 딱따구리 소리가 들려오면 나는 저절로 손을 멈추고 창 밖으로 고개를 돌리곤 했다. 그리고는 아무도 알 길 없는 혼자만의 미소를 지으며 몽상과 추억에 빠져드는 것이었다. 언젠가부터 딱따구리 소리는 그동안 잊고 있었던 유년의 추억이나 옛 기억들을 일깨워주곤 했다. 가령 이런 기억들.

학교에 들어가기 전이니까 아마 다섯 살 무렵이었을 것이다. 어느 봄날 나는 할머니의 손을 잡고 장에 가고 있었다. 마을이 끝나는 곳에서 시내의 징검다리를 건너고 또 먼지를 뒤집어쓰며 한참 동안 신작로를 따라가야 장터에 도착했다. 그날 나는 새 신발이 몹시도 갖고 싶었으나 할머니에게는 그런 얘기를 할 수가 없었다. 내 속마음을 모르는 할머니는 신발 대신 고작 엿을 사주었고 결국 나는 울 듯한 심정으로 집으로 돌아와야만 했다. 그때 시내의 징검다리를 건너오는 동안 나는 어디선가 난데없이 들려오던 딱따구리 소리를 듣고 있었던가. 다음날 아침 잠에서 깨어보니 머리맡에 하얀 운동화가 놓여 있었다.

고등학교 2학년 봄에 나는 설악산으로 수학여행을 떠났다. 그 당시 나는 아버지와의 관계가 서먹했다. 하라는 공부는 하지 않고 문학을 한답시고 만날 방구석에 틀어박혀 소설을 쓰다 보니 학교 성적이 좋지 않았던 것이다. 수학여행을 간다는데도 아버지는 잘 다녀오라는 말조차 해주지 않았다. 설악산을 떠나오며 나는 기념품 가게에 들러 어머니에게 받은 용돈으로 아버지에게 드릴 재떨이를 하나 샀다. 평소에 아버지에게 죄송한 마음을 품고 있었던 것이다.

이런 기억들이 딱따구리 소리를 듣고 있으면 어느 결에 하나씩 마음 속에서 되살아나곤 했다. 스무 살의 여름 날 뜨거운 철로를 따라 혼자 한없이 걷던 일, 30대 중반에 타클라마칸 사막에서 맞이했던 봄, 거기서 만났던 회족 여자와의 몇 시간에 걸친 필담과 저녁 식사 자리에서 어색하게 함께 추던 춤, 해마다 찾아가던 하동 쌍계사 입구의 벚꽃과 그 아래 놓인 평상에서 동동주를 마시며 그리운 사람에게 쓰던 편지, 그해 남해 금산에서 내려다본 섬들의 신비롭던 풍경…….

올해도 어김없이 그 딱따구리가 찾아왔다. 재작년, 작년보다도 더욱 반가운 마음이 드는 것은 당연한 일일까? 이토록 내 마음을 풍요롭게 해주는 이가 봄마다 찾아온다는 것은 얼마나 크나큰 선물인가. 오늘도 딱따구리는 내 희미한 기억의 문을 두드려 온갖 사념에 젖어들게 한다. 따르르르르…… 또르르르르…….

그런데, 나는 태어나서 마흔아홉이 된 지금까지 실제로 딱따구리를 본 적이 없다. ㅁ

두부 두루치기

초등학교를 다니던 시절 마을에 두부집이 있었다. 공장이라고 할 수는 없고 무허가 영세 수공업으로 두부를 만들어 마을 사람들에게 팔았다. 지나가다 대문 안을 기웃거리면 마당에 욕조만 한 커다란 양동이들이 여러 개 놓여 있었고 머리에 수건을 쓴 두부집 아주머니가 하얗게 씻은 콩을 그 안에 쏟아붓고 있는 모습이 보였다. 처마 밑에 쌓여 있는 콩자루들이 왠지 부럽게 느껴졌다.

어머니는 아침 일찍 그 집에서 두부를 한 모씩 사왔다. 만져보면 그때껏 손이 뜨거웠다. 어머니는 두부 한쪽을 떼어내 양념간장에 찍어 내 입에 넣어주기도 했다. 두부는 반으로 나눠 된장찌개나 김치찌개에 쓰고 나머지 반은 저녁상에 대개 두루치기를 만들어 올려놓았다. 아버지가 저녁마다 소주로 반주를 하셨는데 두부 두루치기를 아주 좋아하셨던 것이다. 매일 드셔도 조금도 물리지 않는 눈치였다. 어렵게 살던 시절이었다. 내 젓가락도 가끔 두부 두루치기로 옮겨갔으나 아버지는 별 말씀이 없으셨다.

나중에 들은 바로는 두부 두루치기는 외할아버지가 생전에 즐겨 드시던 술안주였다고 한다. 외할아버지는 6·25 때 좌익활동을 하다 수복과 함께 국군에게 총살당한 남로당원이었다. 그러므로 어머니가 만드는 두부 두루치기 비법은 외할머니에게서 전수받은 것이라는 걸 쉽게 짐작할 수 있다.

아버지는 미군부대 출신이었다. 우리 가족은 한때 온양 근처에서 구멍가게를 하고 살았는데, 가끔 미군들이 트럭을 타고 지나가다 콜라를 사먹기 위해 마당에 차를 세우는 일이 있었다. 그러다 아버지와 말이 통하는가 싶으면 곧잘 평상에서 술판이 벌어지곤 했다. 아버지는 골탕을 먹일 셈으로 어머니에게 두부 두루치기를 만들어 내오라고 했다. 미군들은 위스키와 함께 그것을 먹으며 눈물을 짜내며 야단법석을 떨었다. 나는 그 틈에 끼어 앉아 도깨비처럼 킬킬거리며 웃었다. 술자리가 끝날 무렵엔 미군들이 트럭에서 맥주를 꺼내와 입가심을 하고 잔뜩 취해서 돌아갔다. 그러다 나중에 두부 두루치기를 먹기 위해 맥주 박스를 들고 우리 집을 다시 찾아오는 미군도 있었다.

두부 혹은 두부 두루치기는 우리 가족이 어려운 삶을 살아오면서 끼니때마다 남모를 위안을 준 음식이었다. 그토록 희고 부드럽고 따뜻한 음식이 어디 있으랴. 아버지는 매일 노동에 지쳐 돌아왔으므로 뜨겁게 속을 풀어내야만 했다. 그것이 바로 매운 두부 두루치기였다. 나이가 들어 술을 마시기 시작하면서 나는 음식점에서 나오는 두부 두루치기가 내가 어렸을 때 먹었던 것과는 조리법이 다르다는 것을 알았다.

보통 두부 두루치기는 우묵한 팬 안에 돼지고기와 양파, 당근, 애호박, 파, 고추 따위를 섞어 넣고 볶은 다음 물엿, 진간장, 다진 마늘, 참기름 등등을 넣고 깍두기처럼 조각을 낸 두부와 함께 다시 볶아 접시에 내놓는다. 그러나 어머니가 만드는 두부 두루치기는 두부를 통째로 냄비에 물을 부어 따로 익힌 다음, 크게크게 썰어 접시에 올려놓고 나중에 양념장을 끼얹는다. 그리고 약간 덜 익힌 대파를 역시 크게크게 썰어 함께 올려놓으면 두부의 흰색과 대파의 파란색이 그대로 남아 있어 매우 깔끔하고 맛깔스러워 보인다. 또 고추장 대신 청양고추와 고춧가루를 많이 써서 탁한 느낌이 없고 맵되 입 안에 남는 뒷맛이 개운하다.

40대에 접어들자 나도 옛날 아버지 입맛으로 돌아가는지 일에 지쳐 돌아오는 날이면 두부 두루치기에 소주 한잔이 그리울 때가 많다. 아내에게 조리법을 알려주고 몇 번 만들어보라 했지만 아무래도 어머니가 만들었던 그때 그 두부 두루치기 맛이 아니었다. 별 수 없이 내가 직접 냄비에 두부를 익히고 야채와 온갖 양념을 넣어 볶은 다음 뜨거운 두부를 크게 썰어 커다란 접시에 올려놓고 대파와 양념장을 얹어 먹으면 아리하게 옛날 맛이 되살아난다. 더불어 어렸을 때 여기저기 이사를 다니며 어렵게 살아왔던 시절이 오히려 그리워지기도 한다.

아버지는 늘 일터에서 밤늦게 돌아왔고 그때까지 식구들은 밥을 굶은 채 가장을 기다리곤 했다. 그게 그 시절의 풍속이었다. 반찬이래야 기껏 계란찜에 김치 깍두기에 된장국이 전부였다. 운이 좋아야 비린 생선 한 토막이 올라오는 정도였다. 희미한 백열등 아래 등을 구부리고 앉아 여섯 식구가 조용히 밥을 먹었다. 고흐의 그림 〈감자 먹는 사람들〉처럼 말이다. 밥상 위에는 늘 소주 한 병이 놓여 있었고 숭늉이 나올 때쯤 어머니는 따로 두부 두루치기를 만들어 내왔다. 외아들이었던 나는 아버지가 술을 다 마실 때까지 밥상머리에 앉아 있었다. 술김에 아버지가 내게 잔을 내밀고 술을 따라주는 시늉을 하며 흐흐 웃으면 어머니도 말없이 따라 웃었다. 눈치껏 두부 두루치기를 먹으며 나는 매운 속을 숭늉으로 달랬다.

비록 어려웠더라도 지나고 보면 모두 아련한 추억이 되는 것인가. 나는 두부 두루치기를 먹을 때마다 젊은 나이에 죽은 외할아버지와 청상과부로 평생을 살다 역시 10년 전에 돌아가신 외할머니와 힘겹게 가족을 돌보며 살아야만 했던 내 부모의 삶이 아득히 겹쳐져 온다. 그리고 그 시절의 두부 두루치기가 이제는 중년의 내 속을 사이사이 뜨겁게 풀어주는 상징적인 음식이 돼버렸다. ▫

도깨비들이 다 어디로 갔을까?

며칠 전 고향에 다녀올 일이 있었다. 기껏해야 명절에 맞춰 일년에 두어 번 다녀오는 곳임에도 고작 방 안에 틀어박혀 책이나 읽고 서둘러 돌아오는 게 예사였다. 그런데 이번에는 무슨 바람이 불었는지 어릴 때 뛰놀던 들판과 고기잡이하던 개울이 그리워 슬그머니 대문 밖으로 나가보았다. 그새 봄기운이 담을 타넘어 들어와 마당에 따스한 햇빛을 드리우고 있었던 것이다.

미루나무가 듬성듬성 서있는 들판을 가로질러 시냇가에 다다랐을 때, 나는 문득 유년시절로 돌아가 있었다. 장마철에 둑이 무너지지 않게 석축을 쌓아놓은 것 말고는 믿을 수 없을 만큼 옛적 풍경이 고스란히 남아 있었다. 나는 석축 사이에 난 계단을 따라 개울로 내려가보았다. 변한 게 하나 더 있었다. 개울 건너편으로 큰 자두밭이 있었는데 (자두밭 속에서는 늘 개 짖는 소리가 들려오곤 했다) 그 자리에 청소년수련원 건물이 들어서 있었다. 하지만 나머지는 모두 그대로였다. 왠지 모를 안도감에 조용히 가슴을 쓸어내렸다.

사람의 기억이란 참으로 불가사의하다. 어항에 된장을 넣어 피라미를 잡던 여울의 위치와 벌거벗은 채 물장구를 치고 나와 해바라기를 하던 바위까지 고스란히 기억에 떠올랐다. 나는 무려 35년 만에 그 바위 위에 걸터앉아 여울의 흐름을 내려다보았다. 그때 그 물고기들이 여전히 물 속에서 떼지어 노닐고 있었다. 기억이 너무나 생생하게 되살아나 나는 잠시 눈을 감았다. 그러자 이런 생각이 설핏 뇌리를 스치고 지나갔다. 그동안 나는 어디에 갔다온 것일까? 이윽고 눈을 뜨자 나는 완벽하리만치 35년 전의 바로 그 시간(순간)으로 돌아와 있었다.

저녁 무렵 집으로 돌아와 신발을 벗고 방으로 들어가다 보니 바짓가랑이 여기저기에 도깨비바늘이 박혀 있었다. 나는 마루에 앉아 도깨비바늘을 하나씩 떼어내며 또한 옛 생각에 빠져들었다. 어릴 적 개울에서 놀다 돌아오면 바짓가랑이에 늘 도깨비바늘이 다닥다닥 박혀 있어 그걸 하나씩 떼어내는 일이 꽤나 고역스러웠다. 그 시절 나는 들판에 실제로 도깨비들이 살고 있다고 믿었다. 가끔 아니, 자주 들판에서 도깨비불을 보았던 것이다. 그때마다 어둠이 내리는 들판을 가로질러 도망치듯 집으로 돌아오곤 했다.

도깨비바늘은 일명 귀침초鬼針草로 불린다. 경상도는 도둑놈바늘 혹은 개찰밥, 강원도는 귀사리 혹은 까막사리, 충청도에서는 까치바늘로도 불린다. 국화과의 한해살이 풀로 들판이나 길가 습지에서 자라며 여름에 노란 꽃을 피운다. 한편 도깨비불은 곤충이나 새들의 몸에서 뿜어져 나오는 빛이거나 밤에 광선의 이상 굴절에 의해 나타나는 현상으로 알려져 있다. 그러나 우리는 과학적으로 이를 설명하기 전에, 오랜 세월 사람과 함께 어울려 살았던 조금은 무섭기도 하지만 친숙한 도깨비의 이미지를 먼저 떠올린다. 그것은 우리들 유년의 꿈에 늘 등장하던 전설의 주인공이었으며 그 신화적인 시간 속에서 우리는 성장하고 나이를 먹어왔다.

도시에 사는 우리는 더이상 도깨비를 볼 수 없게 되었다. 어쩌면 영원히 잃어버렸는지도 모른다. 도시의 온갖 네온사인들이 신종 도깨비들일까? 이제 어디에서 바짓가랑이에 도깨비바늘을 묻히고 도깨비불을 보며 돌연 무서움에 사로잡힐 수 있을까?

언제부터인가, 반딧불이(개똥벌레) 보호지역이었던 전북 무주에 가도 더이상 반딧불이는 찾아보기 힘들어졌다. 반딧불이는 일급수에서만 자라는 다슬기와 우렁을 먹고 살기 때문이다. 그 또한 작은 도깨비불이었다. 그러나 그 작은 도깨비불도 어디론가 죄 사라지고 말았다. 이런 생각을 하면 마음이 몹시 쓸쓸해진다. 얼마 전까지만 해도 우리는 밤마다 여기저기서 설쳐대는 도깨비들과 함께 살아왔다. 밤마다 벽장 속에서 낄낄거리며 화투를 치던 도깨비들의 얘기를 기억하실는지. 그 시절 꾸었던 그토록 순수한 꿈이 우리의 마음에 여전히 아름다운 추억으로 남아 있지 않은가.

그럼에도 사람들은 더이상 도깨비의 존재 자체를 믿지 않는다. 심지어는 어린아이들도 도깨비 얘기를 하면 시시하다는 듯 웃어넘기고 만다. 한글을 떼기도 전에 컴퓨터 게임에 빠져 지내는 우리의 아이들이 앞으로 도대체 어떤 꿈을 꾸며 인생을 살아갈지 생각하면 실로 안타깝기 짝이 없다.

그날 저녁 들판에서 온몸에 도깨비바늘을 묻히고 돌아온 나는 행복하였다. 그리고 오랜만에 도깨비들과 밤새 화투도 치고 윷놀이도 하며 문 밖에 새벽이 찾아올 때까지 실컷 어울려 놀았다. ▫

우체통이 있는 집

신도시에서 13년을 살다 서울 정릉으로 이사 온 지 2년이 넘었다. 사는 환경이 달라지다 보니 일상에도 보이지 않는 변화가 찾아왔다. 이사 와서 처음 느낀 점은 낯섦보다는 불편함이었다. 신도시는 학교, 병원, 교통 여건을 비롯해 편의 시설이 대부분 잘 갖춰져 있다. 그래서 10년 넘게 살아오는 동안 별다른 불편함을 느끼지 못했다.

내가 지금 살고 있는 곳은 정릉초등학교 아래에 있는 아파트다. 그런데 3천 세대가 넘는 아파트단지 상가에 있는 것이라곤 작은 슈퍼마켓 두 개, 미장원 세 개, 음식점 두 개, 빵집 한 개 정도다. 할인마트나 백화점을 가려면 차로 약 30분이 걸린다. 또 신도시에 살 때는 주말마다 외식을 하는 습관이 있었는데, 이제 샤브샤브집과 뼈다귀 해장국집 말고는 아예 선택의 여지가 없어졌다. 아파트 단지를 벗어나면 교통이 복잡해 움직일 마음이 좀처럼 생기지 않는다.

한 가지 좋은 점이 있다면 북한산이 가깝다는 것이다. 사실은 이 때문에 정릉으로 이사를 오기로 결심했다. 아파트단지 뒤편으로 곧장 북한산으로 이어지는 길이 있으니 더할 나위 없이 좋다. 서울에 살면서 이토록 쉽게 산에 오를 수 있다는 것은 분명 축복에 속하는 일이다. 주말마다 등산을 하면서 깨달은 사실이 있다. 그동안 신도시에 살면서 지나친 소비의 유혹에 시달렸다는 것을. 신도시는 온갖 편리함을 제공하지만 그 대가 또한 만만치 않다. 일상생활에서 늘 소비의 유혹을 받는다는 것은 곧 억압이다. 그것은 부사연스러운 신대을 강요하게 마련이고 늘 공허한 여운을 남긴다.

지난 주말 산에 갔다 내려오면서 나는 정릉시장에 들렀다. 저녁 끼니가 될 만한 것을 마련하기 위해서였다. 시장으로 들어서는 순간 나는 갑자기 들뜬 기분이 되었다. 시골에서나 볼 수 있는 조그만 재래시장이 골목골목 펼쳐져 있었던 것이다. 운동화 가게, 과일 가게, 생선가게, 철물점, 떡집, 뻥튀기집, 순대집들이 눈에 안기듯 포근하게 들어왔다. 여기저기 구경하는 재미에 빠져 나는 정릉천을 건너 동네로 들어가 보았다. 그곳도 역시 길 양옆으로 시장이 이어져 있었다. 더욱 놀라운 것은 재래식 방앗간과 이발소, 양복점들이 아직도 군데군데 남아 있는 것이었다. 안을 들여다보니 나이 든 할아버지들이 영업을 하고 있었다. 그뿐이 아니었다. 골목마다 한옥집들이 서로 처마를 맞대고 서있는 것이었다. 말하자면 1960년대 혹은 1970년대의 풍경을 고스란히 간직하고 있었다.

시장 골목을 돌아내려오면서 나는 가게 주인들의 표정을 유심히 살펴보았다. 대개가 나이 든 사람들이었고 그 동네에서 오랫동안 살아온

주민이라는 것을 알 수 있었다. 그들의 표정에는 도시의 일상인들에게서 흔히 보여지는 피로한 기색이 없었다. 어디에서도 쫓기는 느낌은 찾아볼 수 없었다. 단지 하루하루를 온전히 살아내고자 하는 담담하고 생생한 빛이 얼굴마다 그윽하게 서려 있었다. 그곳은 낡은 것과 새것이 공존하고 있었고 과거와 현재가 조화를 이루며 삶이 흘러가고 있었다. 그것은 신도시에서는 찾아보기 힘든 풍경이었다.

'우체통이 있는 집'이란 허름한 간판 앞에서 나는 발을 멈추었다. 그곳은 분식집이었다. 진빵을 찌는 커다란 솥에서 김이 솟아나오고 있었다. 50대의 주인 아주머니가 라면을 끓여 손님이 앉아 있는 식탁에 막 내려놓고 있었다. 나는 안으로 들어가 찐빵 일인분을 주문했다. 그 찐빵은 아주 맛있었다. 그런데 밖을 내다보니 웬일인지 우체통이 보이지 않았다. 나는 아주머니에게 조심스럽게 물었다.

"우체통은 어디 갔어요?"

무슨 뜻인지 아주머니는 얼른 알아듣지 못했다. 하지만 곧 내 말 뜻을 이해했다.

"옛날엔 문 옆에 조그만 우체통이 달려 있었어. 그런데 어느 날 우체국에서 나와 떼가 버리더라구."

아주머니가 그 자리에서 분식집을 차린 건 20년 전이었고 우체통이 없어진 것은 5년 전쯤이었다. 하지만 그 집 이름은 계속 '우체통이 있는 집'이었다. 나는 계산을 마치고 나오며 아주머니에게 앞으로도 가게 이름을 바꾸지 않았으면 좋겠다고 넌지시 말했다. 그러자 아주머니는 그저 빙그레 웃어 보였다. ▫

나의 기차 이야기

경부선

'경부선'이라는 문학 동인회가 있었다. 서울-수원-대전-대구-부산에 거주하는 고등학생 문사文士들이 대학 백일장이나 현상문예 시상식장에서 자주 만나다 서로 낯이 익어 만든 모임이었다. 빡빡머리에 검은 교복을 입던 1970년대 말이었다. 당시는 고교 야구와 함께 고교 문단의 르네상스 시대였다. 다들 가난하였으나 돌아보면 행복했던 시절이었다. 학교에서 지원한 경비를 들고 전국 곳곳에서 열리는 백일장에 나가 낯익은 얼굴들을 만나는 일 자체가 커다란 즐거움이었다. 상을 받고 안 받고는 오히려 중요하게 생각되지 않았다.

고등학교 졸업반이었던 1979년 봄, 나는 밀양에서 열리는 '아랑제'에 참석하기 위해 대전에서 부산으로 가는 열차를 탔다. 자정이 넘어 출발하는 이른바 '대전발 0시 50분' 완행열차, 그것도 입석이었다. 부산까지는 여섯 시간 정도 걸렸던 것으로 기억한다. 행락철이었으므로 열차 안은 만원 버스처럼 복잡했다. 에어컨은 설치돼 있지도 않았고 신문지를 깔고 앉을 자리조차 찾아보기 힘들었다. 간혹 그런 공간이 남아 있다 해도 노약자에게 양보하는 게 그 시대의 풍속이었다. 컴퓨터도 인터넷도 휴대폰도 심지어는 카메라조차 구경하기 힘든 최후의 아날로그 시대였던 것이다.

부산으로 가는 길은 멀고도 멀었다. 콩나물 시루 같은 열차 안에서 선 채로 졸다 깨다를 반복하며 네모난 차창 밖으로 흘러가는 밤풍경을 내다보았다. 몸은 힘들었으나 설렘 때문에 지루한 줄을 몰랐다. 한 시간쯤 간격으로 그 비좁은 통로를 헤집고 홍익회 직원이 카트를 밀며 열차 안을 왕복했다. 새벽녘에 배가 고파 계란과 사이다를 사먹었다. 그리고 먹다 남은 계란 한 개를 주머니 속에 넣어두었다. 아침녘에 부산역에 도착하니 해동고등학교에 다니는 친구가 사복 차림으로 마중을 나와 있었다. 나뿐만 아니라 그는 수원에서 내려오는 친구를 함께 기다리고 있었다. 영복여고에 다니는 아리따운 여학생이었다. 세 사람은 부산역 앞에 있는 식당에 들어가 아침밥을 먹었다. 미리 얘기하면, 그날 같은 기차를 타고 내려온 여학생에게 나는 미묘한 연정을 느꼈다. 훗날 그녀는 신춘문예를 통해 시인이 되었고 방송국에 취직했다. 그런데 웬일인지 지금껏 미혼으로 살고 있다고 들었다.

아랑제에 참석하기 전에 우리는 현대칼라 전시장에서 열리고 있는 친구의 시화전을 먼저 관람했다. 그리고 거기서 만난 다른 문우들과 함께 밀양으로 가는 버스에 올라탔다. 구름 한 점 없이 푸르른 날이었다. 낙동강의 지류인 밀양강 주변엔 봄꽃들이 흐드러지게 피어 있었다. 백일장 본부에서 내준 시제詩題를 받아들고 우리는 밀양강 다리 아래로 내려갔다. 따뜻한 자갈밭에 누워 나는 그날 처음 만난 수원 여학생에게 아랑을 빗대 기나긴 연시를 적어나갔다. 그리고 막걸리를 먹고 자갈밭에서 잠들었다. 깨어나니 이미 시상식이 끝난 후였다.

그날 저녁 서울행 기차 안에 그녀와 나는 같은 좌석에 앉아 있었다. 그녀는 별 얘기가 없었다. 대전에서 먼저 내리며 나는 주머니 속에 들어 있는 시詩와 삶은 계란을 꺼내 그녀의 손에 쥐어주었다. 그러나 아무리 기다려도 그녀에게선 연락이 오지 않았다. 나중에 알고 보니, 아뿔싸, 그녀는 부산 친구와 서로 좋아하는 사이였던 것이다. 지금도 기차를 타고 수원을 지날 때면 가끔 그녀 생각이 나곤 한다. 연전에 낸 시집詩集은 잘 보았는데, 아직도 시집은 안 간 거요?

호남선

문학을 한답시고 만날 술이나 먹고 다니다 나는 결국 대학 입시에 실패하고 혼자 여행을 떠났다. 서대전역에서 무작정 남쪽으로 가는 열차표를 끊고 내가 내린 곳은 정읍이었다. 때마침 차창 밖으로 폭설이 내리고 있었다. 그 뽀얀 눈발에 홀려 나는 기차에서 다급히 뛰어내렸고 플랫폼에서 나와 비슷한 또래의 청년을 만났다. 그가 먼저 내게 말을 걸어왔는데, 얘기를 나누다 보니 사정이 나와 똑같았다. 그는 서울이 집이었고 대학 입시에 실패해 나처럼 혼자 여행 중이었다. 실패자끼리 서로 딱 알아본 것이다. 그런데 왜 정읍에 내렸냐고 하자, 그가 말하길, 작년에 연애에 실패했는데, 그 여자 고향이 바로 정읍이란다. 이거야 원.

우리는 DJ가 음악을 틀어주는 카페에서 늦도록 맥주를 마시고 여관을 찾아갔다. 마당이 있는 허름한 한옥 여관이었다. 눈은 밤새도록 퍼부었다. 이따금씩 문 밖에서 찹쌀떡 장사가 '찹싸알 떡! 찹싸알 떡!'을 외치고 다녔다. 찹쌀떡을 안주 삼아 구멍가게에서 사온 맥주를 마시다 나는 불현듯 눈시울을 붉혔다. 왜 그러냐고, 그가 놀란 얼굴로 조용히 물어왔다. 나는 술김에 작년 봄 부산에서 만났다 열차 안에서 헤어진 수원 여학생 얘기를 그에게 들려주었다. 술이 떨어지자 그가 맨발에 운동화를 신고 다시 맥주를 사러 나갔다.

그가 돌아오기도 전에 나는 꾀죄죄한 요 위에 쓰러져 깜빡 잠이 들었다. 아침에 일어나니 뚜껑을 따지 않은 맥주 세 병과 새우깡과 먹다 남은 찹쌀떡이 신문지 위에 놓여 있었다. 그리고 그는 아침 일찍 여관을 나간 다음이었다. 문을 열자 마당엔 하얗게 눈이 쌓여 있었고 방 앞에서부터 대문까지 운동화 자국이 남아 있었다. 오늘날까지 나는 그와 다시 만나지 못했다. 어디서 애 낳고 잘살고 계쇼?

경춘선

경춘선을 처음 타게 된 것은 춘천 시인 최돈선의 시 「샘밭」 때문이었다.

샘밭에 비 내린다

어디든 가고 싶구나

딱 두 줄뿐인 시다. 대학 도서관에서 이 시를 읽다 나는 그 길로 청량리로 갔다. 마침 밖에 비가 내리고 있었던 것이다. 함께 갈 사람이 없었으므로 이번에도 혼자 기차를 탔다. 강촌을 지나 남춘천역에 내려 소양댐 아래에 있는 샘밭을 찾아갔다. 그곳은 배추밭이었다. 드넓은 배추밭. 거기도 안개 같은 비가 뿌옇게 내리고 있었다. 춘천에서는 만날 사람이 없었기에 그냥 서울로 돌아가려다, 나는 소양호 도선장에서 청평사로 가는 배를 탔다. 호수 기슭에 텐트를 쳐놓고 낚시를 하는 사람들이 보였다. 빗속에서 무얼 잡고 있는 것일까?

청평사에 들렀다 나오는 길에 파란 우산을 쓴 여자와 만났다. 그녀는 내가 재수할 때 학원에서 함께 공부하던 여자애였다. 여긴 왜 왔냐고 하자, 그녀 왈, 그럼 너는 왜 왔는데? 라고 되물었다. 더이상 할 얘기가 없어 구멍가게 앞에서 파전을 시켜놓고 막걸리를 마시다 여섯시 30분에 도선장으로 가보니, 춘천으로 나가는 막배가 이미 끊겨 있었다. 민박에 들어 나란히 방 두 개를 잡고 마루에 앉아 저녁 겸으로 다시 막걸리를 마셨다. 그녀도 집이 서울이었고 지금은 대학에 다니고 있었다. 작년에도 청평사에 온 적이 있다고 했다. 그때는 누군가와 둘이었다고 한다.

다음날 남춘천역에서 그녀와 함께 청량리행 기차를 탔다. 강촌을 지날 때 그녀가 물어왔다. 근데 넌 왜 혼자 춘천에 온 거니? 둘러댈 말이 없어 나는 곧이곧대로 그녀에게 고백했다. 도서관에서 최돈선의 시를 읽다…… 비가 와서, 뭐 어쩌구 저쩌구. 다 듣고 나서 그녀가 피식 웃더니 이렇게 중얼거렸다. 여기 또 시인 한 사람 났네. 청순발랄한 그녀와는 일년 정도 만났는데, 어느 날 그녀가 가족과 함께 미국으로 이민을 가버리는 바람에 갑작스럽게 인연이 다하고 말았다. 그런데 나 시인이 아니고 소설가가 됐는데, 혹시 알고 있소? ▫

동강기행

1982년판 『동아대백과사전』은 동강東江을 이렇게 적고 있다.

강원도 영월군寧越郡 영월읍 일대를 남서류하는 강. 평창군의 오대산에서 발원하는 오대천五臺川과 정선군 북부를 서류하는 조양강朝陽江에 수원水源을 두는 동강은 완택산完澤山(916m)과 곰봉(1,015m) 사이의 산간지대를 감입곡류嵌入曲流하여 남서쪽으로 흐르다가 남한강으로 흘러든다. 동강 하류 일대를 태백선太白線이 통과하며 그 부근에 대림광산, 영월탄광 등이 있다.

남한의 꽤 여러 곳을 두루 다녀본 편인데 동강에 다녀온 적은 없었다. 몇 해 전 정선에 갔었으나 그 남서류南西流 아래 영월까지는 미처 발길을 뻗지 못했던 터였다. 동강댐 건설에 반대하는 시민단체 모임에서 주최한 서명운동에 의례적인 참여를 하기도 했지만 부러 들를 기회도 없었다.

그러다 다시 동강을 접한 건 모 월간지 5월호에 게재한 환경운동연합의 광고를 보고 나서였다. 그것은 시민의 성금으로 만들어진 광고임을 밝히고 있었다. '동강을 지키는 소리' 아홉번째 시리즈로 게재한 이 광고는 이석필이 '가수리의 나무 다리'를 찍은 사진에 '동강은 흘러야 한다'라는 단 한 줄의 카피를 싣고 있었다.

그것은 참으로 아름다운 풍경이었다. 저녁참인지 아침참인지 모를 때 찍은 이 사진은 푸른 은빛 톤으로 풍경의 깊은 고요를 처녀처럼 드러내고 있었다. 그것은 절대 사진으로도 찍어내서는 안 될 것만 같은 내밀하고도 장려한 풍경이었다.

거기엔 또한 은빛으로 잘게 부서지는 강물 위에 걸린 나무 다리로 어린 남매가 서로 뒤를 좇듯 건너고 있었다. 그들은 아마 놀러 나왔다가 저녁참이 되어 서둘러 집으로 돌아가고 있는 듯이 보였다. 그 풍경 속에 사람이 없었더라면 그건 한갓 잘 찍은 사진 한 장에 지나지 않았을지도 모른다. 한데 거기 풍경이 있고 또한 사람이 있었다. 말하자면 자연과 삶의 동시성 그리고 신화가 내포돼 있었다.

동강에 다녀온 것은 잡지 광고를 보고 난 며칠 후였다. 그때 나는 봄맞이를 변변히 못했던 터라 가벼운 여행을 준비하고 있었다. 출발 날짜는 5월 1일이었고 행선지는 동강이 아닌 고창 선운사와 격포 그리고 근처에 있는 내소사였다. 사실 동강은 먼 길에 운전이 힘들어 엄두를 못 내고 있었을 것이다. 선운사, 내소사, 격포야 여러 번 다녀본 길인데다 춘백에 격포 앞바다 횟집에 내소사 꽃창살문까지만 보고 돌아오면 되지 싶었다.

5월 1일은 토요일이었다. 알다시피 올림픽대로는 토요일이면 상습적으로 막힌다. 그래서 내가 살고 있는 일산에서 강남 톨게이트까지 빠져나가는 데 무려 두 시간 가까이 걸렸다. 그런 데다 경부고속도로 하행선은 까맣게 차로 막혀 있었다.

급한 성미에 더듬더듬 거북이걸음을 하다 발견한 것은 강릉으로 빠지는 영동고속도로 표지판이었다. 꼭이 선운사, 격포가 아니어도 된다는 생각이 든 것도 그때였다. 경험을 해봐서 알지만 길을 가다 그때그때 사잇길로 바꾸는 것도 여행의 한 재미에 속한다. 그래서 나는 영동고속도로로 진입했고 훤하게 뚫린 도로를 질주해 여주휴게소에서 잠시 쉰 다음 대관령까지 단숨에 내달았다.

동강이 머리에 떠오른 것은 해가 막 떨어진 뒤 대관령 휴게소에서 우동을 먹고 있을 때였다. 그러자 그때부터 가슴에 이상한 설렘이 일었다. 어린 남매가 건너고 있던 가수리의 나무 다리가 보고 싶었던 것이다.

강릉 바닷가에서 하루 묵고 난 뒤 나는 '전국교통지도'를 펴놓고 정선, 영월로 가는 국도를 찾아내 일단 동해로 내려가 42번 국도를 타고 백복령을 넘어 정선으로 향했다. 산은 낮에도 깊고 어두웠으며 허리춤마다 안개인지 구름인지가 띠를 두르고 있어 미처 신비를 다 관람할 수 없었다. 산은 우리에게 그런 것이다. 유구한 세월을 두고 봉우리끼리 서로를 조금씩 밀쳐 물길을 바꾸며 우리네 삶을 조율하고 있는 것이다.

아우라지에 도착한 것은 오후 서너시쯤. 사공이 부르는 〈정선아리랑〉이 듣고 싶어 굳이 1천 원을 내고 강을 건넜다. 그리고 건너편 조그만 구멍가게에서 사이다를 사먹다 주인 할아비와 말문이 트여 내가 방금 건너온 강이 조양강임을 확인했다. 또 그것이 동강이란 이름과 함께 불린다는 말도 들었다. 다시 배를 타고 아우라지를 건너며 중국 계림보다야 여기가 낫지 않냐는 옆사람의 정다운 말도 귀기울여 들을 수 있었다.

영월로 가는 길엔 약속처럼 집집마다 꽃들이 몇 그루씩 피어 있었다. 그때 내가 보았던 집들이란 녹슨 함석지붕이거나 더러 슬레이트 지붕이거나 담벼락조차 없는 산모퉁이의 방 한 개 헛간 한 개가 전부인 누추하고 그래서 더욱 삶이 곡진하게 다가오는 각개누옥이었다. 거기 피어 있는 꽃들은 어찌 그리 아름답고 나일론 줄에 걸려 펄럭이던 흰 빨래는 또 얼마나 눈부시던지. 과수원의 사과꽃들은 왜 그토록 만발해 있고 그 옆으로 소를 몰고 지나가는 중년 부부의 삶은 얼마나 갸륵하고 거룩해 보이던지. 정선 넘어 영월로 가는 길은 사방 산자락 물빛이 우리네 아프고 고단한 삶을 변함없이 두둔하고 있었다.

밤늦게 영월 동강에 이르러 나는 생각했다. 내가 오늘 하루 달려온 길에 우리네 삶의 신화가 고인돌처럼 남아 있다고. 싹쓸이라도 하듯 그것들이 모두 사라질 때 역설적으로 우리가 수천 년 가꿔온 문명도 함께 사라질 것이라고. 원인 부재와 마찬가지로 그렇게 풍경과 신화가 사라진 땅에선 사람의 삶도 더이상 계속될 수 없을 것이라고. ▫

바다와 매화

봄이 되자 꿈속에 바다가 자주 나타난다. 어느 순간 무심결에 세상이 환하게 열리고 빛의 농담이 투명하게 변하면서 먼 바다의 빛이 던져져 온다. 그것이 꿈까지 따라와 자꾸 겨드랑이를 간질이는 것이었을까? 3월이 오고 이렇듯 다시 세상이 투명해지면 여지없이 봄바다로 향하고 싶은 마음에 주위가 산만해진다. 봄빛은 사람을 그렇게 집요하게 흩뜨려놓는다.

부러 시간을 낸다는 게 쉽지 않았는데 엊그제 문득 바다 쪽에서 전화가 걸려와 밤길을 나섰다. 부음. 누군가 또 봄기운을 이기지 못하고 기어이 세상을 뜬 것이다. 절로 마음의 추가 무겁게 가라앉는데 그래도 바다나 슬쩍 관람하고 돌아올 생각을 하고 밤길에 차를 몰았다. 동해, 묵호. 가여운 것이 사람의 목숨이어서 해마다 봄이면 주위의 여럿이 꽃을 흘겨보며 홀연히들 떠난다.

새벽 두시에 병원에 도착해 상주인 친구와 소주를 두어 잔 주고받으며 고인에 대한 얘기를 나눈다. 또 앞으로 살아갈 사람들에 대한 얘기를 나눈다. 고적히 깊어가는 밤에 바다가 어디에 있고 봄은 또 어디쯤에서 서성이는지 가늠할 길이 없다. 통음을 삼가야 하므로 병원을 나서 막연히 동쪽으로 몸을 기울여 움직인다. 그러다 매복병처럼 골목이 떡 나타나 한순간 길을 잃고 만다. 아무 데나 여관으로 들어가 양치만 하고 눅눅한 이불 위에 드러눕는데, 환청인 듯 아득히 귀에 바다 소리가 들려온다. 그렇게 10리 곁에 바다를 두고 고단한 잠에 빠진다.

정오께 겨우 눈을 비비고 일어나 창 밖을 내다보니 햇살이 요사스러운 빛으로 바람을 태우고 있다. 바람 속에서 빛의 미립자가 눈처럼 떠다니고 있다. 근처에서 해장국으로 끼니를 때우고 슬금슬금 바다 쪽으로 향한다. 새벽엔 보지 못했던 것들이 눈에 연둣빛으로 파고든다. 목련이 툭툭 흰 속살을 틔우고 있고 연못에 물이 차오르고 있다. 백양목 울타리에도 분명 희미한 연둣빛이 서리처럼 끼어 있다. 잊은 듯 사방을 휘둘러보았으나 바다는 아직 눈에 들어오지 않았다. 무색할 지경으로 세상이 밝다. 하지만 누리가 맑고 따뜻하니 새벽에 마지막 인사를 하고 헤어진 고인도 편안하리라는 생각을 한다.

묵호항에 다다라 어시장을 기웃거린다. 항구를 둘러싸고 있는 산자락에 다닥다닥 붙어 있는 가난한 집들의 문이 바다를 향해 갸웃이 열려 있다. 거기 웬 아낙네 하나가 꼼짝도 하지 않은 채 봄바다를 내려다보고 있다. 바다는 밤에 벗었던 옷을 미처 주워 입지 못한 여인처럼 벌거벗은 몸으로 부시게 빛나고 있다.

올 봄은 이상하게도 복어가 많이 올라온다고 묵호항의 한 사내가 말한다. 방파제 여기저기 복어들이 널려 있다. 등대 앞에서 나무처럼 바다를 바라보고 있다가 뒤통수가 가려워 뒤를 돌아보니 아까 그 아낙이 이쪽을 내려다보고 있다. 그녀는 무엇을 보고 있는 것일까. 거리를 핑계 삼아 나는 눈을 피하지 않고 그녀를 한참 마주본다. 그녀의 주위가 유독 환하다. 가만히 보니 아낙이 서있는 옆에 흰 꽃들이 만발해 있다. 나도 모르게 그쪽으로 발길을 옮긴다. 산동네로 이어진 계단을 하나씩 오르며 숨이 가쁠 때마다 바다로 고개를 돌리며 숨을 몰아쉰다.

아낙이 서있던 곳으로 왔을 때 그녀는 이미 모습을 감춘 뒤였다. 대신 그녀가 서있던 자리에 지천으로 피어 있는 매화꽃을 보았다. 나도 모르게 아, 하고 감탄사가 목구멍에서 흘러나왔다. 이곳은 강원도이고 아직 3월 초순인데 꽃이 흐드러지게 피어 있는 사연이 못내 궁금하였다. 그녀는 매화가 피는 동안 겨우내 그 옆에 서서 바다를 내려다보고 있었던 것은 아니었을까?

지나가는 노인을 붙잡고 그새 웬 꽃이냐고 물었더니 대답이 싱거웠다. 봄 난류로 바닷바람이 따뜻해 이때쯤이면 어김없이 매화가 만발한다는 것이었다. 그래도 산을 내려오면서 나는 그 아낙이 매화를 피웠을 거라는 생각을 버릴 수 없었다. 무슨 사연이 있는지 모르지만 그녀가 겨우내 추운 문 밖에 서서 그 맵고 아득한 그리움으로 먼 바다의 복어떼를 부르고 꽃을 피웠을 거라고 말이다.

그래, 누군가 삶에 지쳐 소리 없이 세상을 떠나는 동안 또 누군가는 가슴에 맺힌 그리움으로 먼 바다의 고기떼를 부르고 저 자신은 흰 꽃이 되어 산자락에 홀로 만발해 있었던 것이리라. ▫

나와 연등 이야기

연등燃燈. 등불을 밝히다, 라는 뜻이다. 『화엄경』에서는 이를 두고 '믿음을 심지 삼고 자비를 기름으로 삼으며, 생각을 그릇으로 하고 공독을 빛으로 하여 삼독을 없앤다'고 풀이하고 있다.

연등의 기원은 『현우경』의 '빈녀난타'에서 비롯된다. 부처님이 영취산에 계실 때의 일로, 밤이 깊어 다른 등은 다 꺼졌으나 난타라는 가난한 여인이 지극한 성심과 발원으로 밝힌 등불만이 끝까지 밝게 빛나고 있었다. 이를 본 부처님께서 '이 여인은 등불 공양의 공덕으로 성불할 것이며 수미동광여래라 할 것이다'라고 하셨다.

우리나라에서는 신라 진흥왕 때 간등看燈이란 이름으로, 선덕여왕 때는 정월 대보름에 황룡사에서 백고좌대회百高座大會를 열어 부처님의 등을 밝혔다고 기록에 나와 있다. 고려 때는 연등도감을 설치해 국가적 행사로 팔관회와 연등회를 주관하였는데, 음력 정월이나 2월 보름에 국왕과 온 백성이 풍년을 기원하며 궁궐부터 시골까지 갖가지 화려한 연등을 밝히고 잔치를 열어 가무를 즐겼다. 그러다 고종 23년(1245)부터 연등 행사를 '부처님 오신 날'인 4월 초파일에 시행하여 오늘날까지 장구하게 이어지고 있다. 유교를 국가의 지배 이념으로 삼았던 조선조에도 그 풍속은 변하지 않았다. 초파일이 되면 낮에는 절에 가서 공양을 하고 밤에는 거리 곳곳에 온 장안의 남녀들이 등을 들고 나와 불꽃 바다를 이루었으니, 그 장관을 구경하는 행사가 바로 관등놀이였다.

연등에 대한 내 처음의 기억은 대여섯 살 무렵으로 거슬러 올라간다. 해마다 진달래 필 즈음 예산 덕숭산 수덕사 아래서 종친회를 열었다. 버스를 타고 마을을 벗어나 산문으로 접어드는 길엔 그새 연등이 양옆으로 내걸려 있었다. 마침내 일주문을 지나 대웅전 앞에서 잠시 지체하다 뒤돌아보면, 암자로 가는 길마다 연등은 또 꼬리를 물고 이어져 있었다. 밤이 되자 수덕사 일대가 온통 산불이라도 난 듯 낮보다 더욱 환하였다. 어리디어린 가슴에도 그 밤의 풍광은 장려하기 그지없었다. 저게 다 무어냐고, 삼촌에게 물어보았으나 군에서 막 제대한 삼촌은 묵묵부답이었다. 연등蓮燈인지 연등燃燈인지를 구별하여 설명하기 힘들었던 탓이었을까? 그날 밤 삼촌은 나를 등에 업고 가파른 돌계단을 오르고 또 올라 정혜사에 다다른 다음, 자정 무렵에나 힘겹게 여관으로 돌아왔다.

그후에도 나는 조모의 손에 이끌려 자주 수덕사를 찾았다. 그곳이 만공 스님이 주석하던 절이었음을 안 것은 더욱 훗날이었다. 그제야 나는 연등이 무명無明의 세상을 밝히는 등불이라는 것을 알았다. 20대 중반의 일년을 꼬박 공주의 한 암자에서 보낸 나는 초파일 행사에 직접 연등을 짓고 흰 종이에 중생들의 이름을 붓으로 써서 등 밑에 달기도 했다. 막상 초파일이 오면 한복을 곱게 차려입은 불자들이 발소리를 죽여 경내로 드나드는 모습을 종일 요사채 마루에 앉아 구경하였다. 그날은 사람 하나하나가 모두 부처처럼 보였다. 번뇌와 무지로 가득한 무명의 세상이 저마다 켜든 등불로 다들 한 소식이라도 한 듯 얼굴들이 환했다.

그로부터 10년쯤 지나 나는 아이를 업고 초파일에 남해 금산 보리암을 찾았다. 그리고 잠든 아이를 등에 업은 채로 바다를 발밑으로 내려다보며 불자들과 함께 탑돌이를 했다. 그것은 깨달음을 향한 일이었고 또한 부처님께 공양을 올리는 일이기도 했다. 어둠이 내리자 사방에 일제히 등불이 켜졌다. 순간, 일체 만상이 활연하였다. 그때 나는 무섭게도 부처를 등에 업고 있었다.

이제 나는 그곳에 없다. 하지만 있다. 어쩌다 스스로 마음의 등불을 켜드는 때가 찾아오면 여전히 나는 그곳에 있다. 천우사화天雨四花의 계절에 정녕 부처는 오셨는가. 그날을 축복하기 위해 세상이 그새 연등으로 가득하다. 더이상 산으로 가지 못하는 나는 부처님 오신 날 밤에 식솔을 이끌고 종로 일대나 밤새 서성이다 돌아와야겠다. ▫

나는 아직도 출가를 꿈꾼다

1986년 봄, 군에서 제대하자마자 나는 담요 한 장과 책 몇 권만 챙겨 들고 충남 공주에 있는 어느 암자로 들어갔다. 그렇다고 불문佛門으로의 출가出家는 아니었다. 하지만 결과적으로 내겐 그것이 곧 출가와 다름없는 일이 되고 말았다. 덜컥 부처에 귀의하고 말았으니 말이다.

아무 의미도 뜻도 없었다. 그저 집에 머무는 것이 견딜 수 없어 짐을 싸들고 동냥하듯 여기저기 기웃거리다 마침 받아준다기에 요사채 한 칸을 빌려 일년쯤 머물렀을 따름이다. 그러나 그게 아무 인연도 없는 일이었다고 말할 수는 없으리라. 우체부가 땀을 뻘뻘 흘리며 산을 올라와 배달하고 간 불교계 신문을 먼저 뜯어 읽어보거나 마루에 놓여 있는 불경을 아무 곳이나 펼쳐보다가 어느 날 나는 내가 '큰 집'에 들어 있음을 깨달았다. 그렇게 문득 정신을 차리고 내가 비로소 읽기 시작한 경전은 혜능의 『육조단경』이었고 내처 『화엄경』과 『법구경』과 『법화경』을 차례로 읽어나갔다. 그때마다 까마득하게 먼 데서 종소리가 들려왔다. 어느 새벽엔 경내로 방울 소리를 쩔렁이며 소들이 몰려 들어왔다 우르르 빠져나가는 꿈을 꾸기도 했다.

그 여름에 나는 순례를 떠났다. 가까운 논산의 개태사와 관촉사를 휘둘러보고 부여로 넘어가 대조사와 무량사를 거쳐 남쪽에 있는 화엄사, 천은사, 쌍계사와 순천 선암사, 화순 운주사까지 돌아본 다음 가을 무렵에나 묵고 있던 공주의 암자로 돌아왔다.

대조사에 들러 경내를 거닐던 스님에게 나는 물었다. 도대체 어디로 가야 합니까? 스님은 말없이 나를 돌아보더니 무연한 표정으로 내가 방금 땀을 흘리며 올라온 길을 가리켰다. 그때 나는 마음이 크게 서운하였다.

삭발 귀의하지 못하고 이듬해 봄에 나는 속세의 집으로 내려왔다. 다니다 만 대학에 추가 등록을 하고 다시 집을 떠나 또 동냥하듯 살 수밖에 없었다. 그로부터 그새 20년. 그동안 나는 여인을 얻어 아이를 낳고 어찌어찌 소설가 명함을 얻어 글을 써내며 살고 있다. 그러나 그냥 그렇게 무심한 20년은 아니었다. 걸핏하면 집을 떠나 사찰 가까이에 방을 얻어 한 달씩, 두 달씩 겨우 연명한 세월이었다. 해마다 벚꽃 필 무렵이면 나는 하동 쌍계사 밑에 머물며 저녁 예불 시간이면 대웅전 문가를 세월의 거지처럼 서성이곤 했다. 『반야심경』이 문 밖으로 장엄하게 흘러나오는 소리를 들으며 설움에 복받쳐 눈물을 흘리기도 했다. 안에 들지도 못하면서 나는 왜 거기 서있었던 것일까. 한 말씀 듣기에 그토록 배가 고팠던가.

요즘도 나는 가끔 새벽이면 불현듯 깨어나 조용히 손과 얼굴을 씻은 다음 옷을 갈아입고 대문 밖을 노려본다. 여기서 '큰 집'이 어디인가. 바다 속의 진흙 소는 상기 북을 치며 어디로 가고 있는가. 효봉과 서옹은 어디 있는가. 지금 여기 있는가? 우주는 그저 한 줌의 사막인가 바다인가.

너무도 많은 살생을 하고 살았기에 이제는 잠시라도 돌아갈 수 없는 몸이 되어 나는 가끔 일주문 가까이나 기웃거릴 뿐이다. 통도사의 부처님 밥사발 탑이나 몇 바퀴 돌고 올 뿐이다. 부처님 오신 날이 오면 남해 금산 보리암이나 여수 향일암에 일출이나 보러 다녀올 뿐이다. 그러나, 그럼에도 불구하고 어느 세상에 다시 인연이 되어 큰 집에서 받아준다면 공부도 하고 면벽도 하고 또 만행도 열심히 하면서 활연대오를 꿈꾸며 한 세상 지내보리라. 그러다 한 소식했다고 누구한테 달려가 전할 때가 되면 그 얼마나 마음이 기쁘겠는가. 그때가 되면 과연 무엇이 이토록 괴롭고 또 무엇이 이토록 두렵겠는가. 만주의 수월 스님이 그때 어찌 입적했는지 기억하지 않는가.

『벽암록』을 펼쳐 덕산과 용담의 일화를 읽으며 다시 마음의 횃불을 끈다. 세상에 피어 있는 모든 연꽃들아. 너희 머리에 다들 흰 고무신을 얹고 있구나. ▫

바다에 고백한다

2003년부터 2005년까지 제주도에 사는 동안 나는 바다와 가깝게 지낼 수밖에 없었다. 그저 제주도에 살았던 게 아니라 하루가 멀다 하고 바다에 나가 낚시를 즐겼다. 처음엔 동네 방파제에서, 그 다음엔 유어선(낚시꾼을 갯바위로 실어 나르는 선박)을 타고 갯바위에 나가 낚시를 했고 나중엔 우도나 가파도, 마라도까지 원정 출조를 다녔다. 위험한 상황에 처한 적도 여러 번 있었다.

바다를 있는 그대로 바라보는 것과 직접 경험하는 것과는 많은 차이가 있다. 어부와 관광객이 동일한 심정으로 바다를 대할 수 없듯이 말이다. 낚시꾼은 그 중간쯤 되는 존재일 것이다. 낚시꾼에도 세 부류가 있다. 바다가 좋아서(자연친화주의자), 물고기를 낚는 재미로(조사형), 잡은 물고기를 집으로 가져가 먹기 위해(살림형)……. 내 경우는 세 가지 속성을 고루 갖춘 낚시꾼에 속한다. 나름대로 원칙이 있다면 갯바위에 쓰레기를 남기지 않는다는 것과 작은 물고기는 잡는 즉시 놓아준다는 정도다. 한 가지 덧붙이자면 봄철 산란기에는 낚시를 하지 않는다.

여기서 낚시 얘기를 하려는 건 아니다. 다만 바다를 자주 경험하다 보니 바다에 대해 어느 정도 알게 되었다는 말이다. 하루 두 번씩 들고 나는 들물과 날물(밀물과 썰물), 조류의 흐름, 달의 변화에 따라 발생하는 조수 간만의 차, 연중 가장 조수 간만의 차가 큰 백중 사리……. 이러한 것들은 바다에 나가 있다 보면 저절로 알게 되는 것인지도 모른다. 그러나 이 모든 일체성을 알고 나면 그때마다 새롭게 느껴지는 것들이 있다.

바다에는 변화와 순환의 아름다움이 존재한다. 알다시피 바다는 매일매일 변한다. 하지만 거기엔 지구의 공전주기에 따른 순환의 법칙이라는 게 있다. 그렇다고 해서 주기별로 똑같은 변화가 일어나는 것은 아니다. 즉 끊임없이 변화하면서 순환한다. 마치 우주가 변하며 성장하듯이 말이다. 이러한 사실은 평생을 바다와 함께하는 어부들이라면 누구든 알고 있다. 쉽게 말해 바다는 우주의 변화와 순환을 고스란히 반영하는 거대한 생명체다. 문학적으로도 바다는 생명이 깃들어 있는 어머니의 자궁에 비유되곤 한다.

갯바위에 서서 동이 터오는 고요한 새벽 바다를 수없이 목격했다. 또한 붉게 물든 저녁 바다를 바라보면서 나는 자연의 광대한 아름다움에 사로잡혀 그때마다 숨이 멎는 전율을 느끼곤 했다. 또한 함박눈이 퍼붓는 바다, 장마철의 바다, 태풍이 몰려가는 바다를 경험하면서 우주의 일체성에 대한 외경에 마음이 깊이 사로잡히곤 했다.

무엇이든 그 속성을 알기까지는 많은 시행착오와 그에 따른 사색이 필요하다. 환경운동을 하는 사람들이 낚시꾼을 달갑게 생각하지 않는다는 것을 알고 있다. 그리고 그 이유에 대해서도 물론 잘 알고 있다. 개중에 바다를 사랑하지 않는 낚시꾼들이 있기 때문이다. 생업에 종사하는 어부들도 대개는 낚시꾼을 좋아하지 않는다. 낚시란 '할 일 없는 사람들의 취미'로 여기는 것이다. 갯바위에 버려진 작은 물고기와 온갖 쓰레기를 볼 때면 나조차도 곤혹스럽기 짝이 없다.

다행히 요즘은 이런 풍경이 많이 줄어들었지만 아무튼 바다를 사랑하지 않으면 바다에 나갈 자격이 없다고 생각한다. 또한 그 자격은 스스로 규정하는 것이지만 바다를 어머니처럼 외경의 대상으로 바라보는 마음이 절실히 필요하다. 바다는 지금 여기의 우리만이 아닌 앞으로 대대로 후손에게 물려줄 인류의 영원한 자산이자 신의 선물이기도 하므로.

최근 6개월 동안 나는 낚시를 다니지 못했다. 그동안 이런 회의에 빠져 지냈다. 과연 그 많은 비용을 들여 제주도나 여수까지 가서 낚시를 해야만 하는 것일까? 이런저런 눈총을 받으면서 말이다. 그것도 못 잡는 날이 허다한데 말이다. 고기라면 수산시장에 가면 훨씬 저렴한 비용으로 살 수 있다. 그러나 아직은 결론을 내리지 못하고 있다. 나는 여전히 바다가 좋고 고기 잡는 일이 좋다. 그 과정에서 삶의 자유를 느끼고 인생을 살아가는 에너지를 보충하기도 한다.

산을 좋아하는 사람들이 산에 오르듯(산이 거기 있으니까) 바다를 좋아하는 사람들도 필연적으로 바다에 갈 수밖에 없다(그래서 그들은 바다로 갔다). 그러나 이는 자연과 평화롭게 공존하라는 신의 지령을 엄수하는 한에서 가능한 얘기가 아닐까 싶다. ▫

제주도 해안도로 일주하기

앞서 얘기했듯 제주에 2년 사는 동안 나는 차를 몰고 해안도로를 자주 일주했다. 낚시에 빠져 있었으니까. 그리고 그 때문에 제주도에 대해 보다 깊이 알게 되었다고 할 수 있다. 살아보니 제주도는 과연 더없이 아름다운 섬이었다. 자, 이제 해안도로를 따라 함께 떠나보자.

제주공항에서 출발해 서쪽으로 30분쯤 가다 보면 애월 해안이 나온다. 깎아지른 검은 절벽 아래 비취빛의 바다가 속까지 훤히 들여다보인다. 물허벅을 진 아낙네상이 서있는 정자에 오르면 맑은 날엔 제주와 추자도 사이에 있는 관탈섬이 보인다. 절벽 아래로는 일년 내내 낚시꾼들이 서있는 모습을 볼 수 있다. 정자 옆에 20대 중반의 젊은이가 운영하는 이동 커피숍이 있는데 맛이 꽤 괜찮은 편이다. 그가 틀어놓은 올드 팝송을 들으며 바다를 바라보면 어느덧 마음도 비취빛으로 변한다.

커피를 마시고 차에 올라 다시 30분쯤 가면 협제해수욕장이 나오는

데 여기는 꼭 들러야 한다. 동쪽 세화리 바다와 함께 제주에서 가장 물빛이 아름다운 곳이기 때문이다. 건너편에 떠있는 비양도를 바라보며 담배를 피우는 기분 혹시 아시는지. 해수욕장 옆에 스카이호텔이라는 하얀 건물이 있는데, 10년 전쯤 여기서 한 달간 묵으며 소설을 쓴 적이 있어 협제는 내게 또 다른 추억이 있는 곳이다.

그 다음엔 제주도 서쪽에 위치한 고산 자구내 포구로 가자. 그 앞에 차귀도라는 기괴묘묘한 섬이 떠있는데 나는 거기서 얼마나 숱하게 낚싯대를 드리웠던가. 그리고 얼마나 많은 새벽과 저녁을 갯바위에서 숨죽이며 맞이했던가. 수수께끼 같은 일이지만 그 무인도에는 여기저기 고양이 무리가 바위틈에 숨어 살고 있다. 점심을 먹으려면 근처 해녀의 집으로 가는 게 좋다. 서울에서 손님이 내려올 때마다 나는 항상 해녀의 집에 들러 성게국을 먹었다. 다들 회를 먹고 싶어하는 눈치였으나 그때마다 나는 모른 척했다. 나중에 따로 갈 데가 있는 것이다.

성게국을 먹고 계속 해안도로를 따라 돌다 보면 모슬포 지나 곧 산방산이 보이는 사계리 해안에 이르게 된다. 5만 년 전 사람 발자국 화석이 발견된 곳이다. 송악산에 오르면 한라산과 함께 남쪽으로 가파도, 마라도가 발 아래로 내려다보인다. 제주도 사람들이 제주 1경으로 꼽는 곳이 바로 송악산이다. 특히 달이 떠있는 밤엔 가히 비경을 연출한다. 가파도, 마라도 역시 내가 자주 낚시를 다녔던 곳으로 그곳으로 가고 싶으면 송악산 아래에서 유람선을 타면 된다. 국토 최남단 마라도에서 자장면을 먹는 것도 어쩐지 의미가 있지 않을까? 그곳 민박에서 하루쯤 묵다 보면 제주도가 너무나 멀게 느껴진다. 마라도에는 장시덕이란 유명한 낚시 포인트가 있는데, 옛날에 사람이 죽으면 장사를 지내던 곳이었다고 한다. '덕'은 바위를 뜻하는데 좀 끔찍한 느낌이 든다.

중문단지는 누구나 다 아는 곳이니 생략하고 넘어간다. 하지만 서귀포에서는 잠시라도 머물러야 할 이유가 있다. 서귀포는 제주에서 날씨와 풍광이 가장 빼어난 곳이다. 그래서 이중섭이 서귀포를 선택했던 것일까? 포구에서 노란 잠수함을 타고 바다 속을 유영한 적이 있다. 누구와 함께 였더라? 아무튼, 서귀포에 살고 싶어 집을 자주 알아보았는데 결국엔 실패하고 말았다. 제주도는 '신구간'이라는 이사철이 따로 정해져 있어 아무 때나 집을 옮길 수가 없는 것이다.

마침내 일출봉이 보이는 동쪽 신양리 섭지코지에 이른다. 여기에도 특별한 추억이 있다. 신양리에는 뉴질랜드식 목조주택(바닷바람)이 있는데, 그 집에서 한 달 혹은 두 달씩 묵으며 소설을 쓴 적이 있는 것이다. 서울에서 내려온 은행원 출신의 그 집 주인 내외와는 이제 친척처럼 지내는 사이가 되었고 제주에 사는 동안에도 사람이 그리우면 찾아가 종종 어울리곤 했다. 성산 일출봉 아래 골목에 '경미네'라고 해녀들이 채취해온 전복, 돌문어, 해삼을 파는 집이 있다. 이 집 삶은 돌문어 맛이 아주 그만이다. 돌문어 삶은 물로 라면까지 끓여주는데 속풀이에 제격이다. 주인은 50대 초반의 여자로 늘 옷을 곱게 차려입고 손님을 맞이한다.

성산을 지나면 빨간 등대가 있는 세화리 바다가 나오는데, 바닥이 모래로 형성돼 있어 광어가 많이 서식하고 있다. 거기서 또 한 시간 남짓 가면 함덕해수욕장이 나온다. 제주도 사람들이 여름에 가장 즐겨 찾는 곳이다. 관광객들은 왜 이곳에 오지 않나 모르겠다. 밤풍경이 이루 말할 수 없이 아름다운 곳인데, 중문해수욕장이나 협제해수욕장에 비해 아무래도 지명도가 떨어져 찾지 않는 것 같다.

함덕에서 제주공항까지는 약 40분 정도 걸린다. 하지만 하루쯤 묵을 요량이면 다시 애월 쪽으로 차를 몰아 제주시 경계에 있는 '해미안'에 짐을 풀고 통유리창으로 바다를 내다보며 해수로 몸을 씻은 다음, 근저 '노근네 횟집'을 찾아가 보라. 어부가 하는 횟집으로 그가 직접 잡은 자연산 참돔, 벵에돔 회를 맛볼 수 있는 곳이다. 값도 양식 물고기를 취급하는 관광객 상대의 식당보다 오히려 싸다. 회를 다 먹을 때쯤 뼈를 사골국물처럼 우려내온다. 일명 미식가라고 하는 사람들이 쉬쉬하며 찾는 곳이다. 그중엔 오케스트라 지휘자도 있다.

이상은 내가 여행하듯 살았던 제주 생활에서 얻은 '제주도 여행하는 법' 중의 하나이다. ▫

4—나는 왜 문학을 하는가

글 복통

근 한 달째 복통이 지속되고 있다. 명치께가 부은 느낌이 들고 소화가 제대로 되지 않는다. 먹는 양도 반으로 줄어들었고 울렁증에 구토감을 동반할 때도 있다. 밤에는 더욱 심해져서 쿡쿡 쑤시기까지 한다. 그럴 때마다 머리가 복잡해지면서 등줄기에 식은땀이 흐른다.

위염이려니 싶어 약국에 가서 문의하니 역류성 식도염이라면서 3일치 약을 처방해준다. 하지만 별 효과가 없다. 소설 원고 마감이 코앞인데 이래저래 초조해진다. 때맞춰 편집자에게서 독촉 전화가 걸려온다. 몸이 가볍지 않으니 집중력이 떨어질 수밖에 없고, 안 되겠다 싶어 거의 매일 러닝머신 위에 올라가 4킬로미터씩 뛴다. 그런데도 복통이 사라지기는커녕 오히려 더 심해지는 느낌이다. 밥은 아예 생각조차 없다. 배가 고프지 않은 것이다.

고등학교 후배인 의사에게 전화를 걸어 문진을 요청했다. 형이 올해 몇 살이죠? 내가 전화를 건 시각, 그는 진료를 끝내고 막 퇴근하는 길이었다. 가뜩이나 신경이 예민한 터에 후배는 엘리베이터 안이라 통화 상태가 좋지 않을 거라고 말한다.

"마흔아홉이라……. 내시경 검사 받아본 적이 언제죠?"

역시 통화감이 좋지 않다. 헤아려보니 거의 10년쯤 된 것 같다. 당시 위염 판정을 받고 두 달간 약을 복용했던 기억이 떠올랐다.

"그러고 나서 지금까지 한 번도 내시경 검사를 안 받았단 말예요? 마흔이 넘으면 2~3년 주기로 위, 대장 내시경을 받아보는 건 상식이에요. 일단 증상을 얘기해보세요."

무슨 잘못이라도 범한 사람처럼 나는 맥빠진 소리로 주절주절 늘어놓았다.

"명치께가 딱딱하게 만져진단 말이죠? 몸무게의 변화는 없어요?"

먹는 게 부실하니 몸무게도 그새 몇 킬로그램이 빠졌다. 당연한 것 아닌가. 후배는 한참을 침묵하더니, 이윽고 선고라도 하듯 엄숙하게 말했다.

"내일 당장 병원에 가보세요. 결과 나오면 연락주시고요. 저 지금 운전 중이니까 그럼 나중에 통화해요."

전화를 끊고 나니 온갖 상념이 뇌리를 스치고 지나간다. 습관적으로 책상머리에 앉아보지만 글이 제대로 나올 리 없다. 망발이 되겠지만, 내 주위에 일찍 세상을 떠난 사람들의 얼굴이 차례로 떠오른다. 이어 가족들의 얼굴이 돋을새김으로 하나씩 눈앞에 스치고 지나간다. 지금 병이 생기면 안 되는데. 글을 써주기로 계약한 출판사와의 약속은 어찌한단 말인가. 아직은 아니라는 생각이 든다. 저질러놓은 것들을 정리하려면 족히 10년은 걸리리라. 글도 글이지만 부모, 가족은 도대체 어찌한단 말인가?

용기를 내어 가까운 내과에 갔다. 지금은 수면내시경이 생겼다는데, 10년 전에 나는 동물처럼 생生으로 검사를 받았다. 가스레인지 호스처럼 생긴 굵은 관이 목울대를 거쳐 복부로 들어가던 느낌을 아직도 생생히 기억하고 있는 것이다. 간단한 문진 뒤에 수면내시경을 받고 깨어나니 사방에서 고통에 찬 신음들이 들려온다. 잠시 후에 알았는데 나는 임산부들이 대기하는 방에서 커튼을 사이에 두고 누워 있었다. 마취에서 깨어났지만 간호사는 나타나지 않았다. 앞섶은 위액으로 젖어 있고 머리가 둔중하다. 입으로 호스가 드나들었으니 당연히 목구멍도 아프다. 다시금 온갖 생각이 어지럽게 밀려온다.

초췌한 몰골로 의사와 마주앉았다.

"상복부 통증이 심하다고요?"

아까 그렇다고 말하지 않았는가. 의사가 지휘봉 같은 걸 들고 모니터를 가리키며 설명한다.

"여긴 식도, 여긴 위, 여긴 십이지장……. 보시다시피 깨끗합니다. 근데 왜 아프다는 거죠?"

그걸 내가 어찌 알겠는가. 스트레스가 심한 직업이냐고 의사가 묻는다. 아마 그럴 거라고 나는 대답한다. 의사가 빤히 나를 바라보다 다시 묻는다.

"혹시 직업을 물어봐도 되겠습니까? 처방에 도움이 될지도 모르니까요."

나는 결국 사실대로 말한다. '결국'이란 지금까지 어디 가서 내 입으로 소설가라고 자신을 소개한 적이 없기 때문이다. 일순 의사의 표정이 변하면서 한껏 누그러진다.

"그럼 뭐 그럴 만도 하네요. 그게 쉬운 일이 아니지 않습니까?"

그런가? 나는 특별히 그렇다고는 생각한 적이 없다. 세상 사람들 누구나 힘들게 살고 있다고 생각했으니까. 의사는 내게 신경성 위염약을 일주일치 처방해주었다. 일어서서 나가려는데 의사가 물었다.

"근데 혹시 대표작이 뭐죠? 한번 사서 읽어보고 싶네요."

나는 조용히 웃으며 아직 대표작이 없다고 말하고는 진료실을 돌아나왔다. ▫

청회색의 시절

결국 새 노트북을 장만하기로 했다. 지금까지 써온 노트북 컴퓨터를 산 게 2000년 여름이었으니 10년 만에 바꾸는 셈이다. 다들 오래 썼다고 한다. 대개 컴퓨터는 4~5년을 사용하면 성능이 떨어질뿐더러 그 사이 업그레이드된 프로그램이 많아 교체할 수밖에 없다는 얘기였다. 그럼에도 내가 10년을 쓸 수 있었던 것은 사용 범위가 극히 제한돼 있었기 때문이었다. 말하자면 글을 쓰는 일 외에는 노트북 컴퓨터를 거의 사용하지 않았고 가끔 인터넷에 접속해도 메일만 확인하는 정도에 그쳤다. 즉 컴퓨터를 제대로 사용할 줄 몰랐기 때문에 오래 쓸 수 있었다고 말할 수 있다.

한 번 고장이 난 적이 있었다. 몇 년 전 강원도에 머물며 소설을 쓰고 있을 때인데, 저장 기능이 작동하지 않아 서비스센터를 찾아가 수리를 맡겼더니 직원이 내게 이런 말을 하는 것이었다.

"어지간하면 이참에 바꾸시지 그래요? 하드를 교체하면 약 30만 원이 나오는데 중고 컴퓨터 가격과 비슷하거든요."

물건을 바꾸는 것을 좋아하지 않는 나는 그냥 수리해달라고 했다. 그러고 나서 2~3년은 괜찮은가 싶더니 작년부터 다시 속을 썩이기 시작했다. 급기야 글을 이어서 쓸 수 없는 상태가 되고 말았다. 명색이 소설가인데 투자(?)에 너무 인색한 게 아니냐는 소리를 비아냥조로 듣기도 했다. 그 누구도 아닌 아내에게서 말이다. 그래서 결국 가까운 대리점에 찾아가 새 노트북을 구입했다. 그게 바로 어제 일이었다.

전에 쓰던 컴퓨터에 저장된 파일을 새 컴퓨터에 옮긴 뒤, 나는 완전히 공空 혹은 무無의 상태로 돌아간 낡은 노트북을 내려다보았다. 이걸 또 아내 몰래 창고에 보관했다가는 한마디 들을 게 뻔했다. 그렇다고 차마 재활용 쓰레기통에 집어넣을 수는 없었다. 이 무용지물이 된 노트북 컴퓨터에는 '청회색의 시절'이라는 나만이 알고 있는 이름이 붙어 있었다. 그런데 왜 나는 하필 그런 이름을 갖다 붙였던 것일까?

10년 전이면 내가 서른아홉 살이었고 아내는 임신 중이었다. 뱃속에 있던 그 아이는 지금 열 살이 되었다. 당시 배가 잔뜩 부른 아내와 함께 전자제품 대리점을 찾아갔던 기억이 난다. 무더위가 기승을 부리던 날이었다. 그래서였을까? 어쩐지 비감한 심정으로 대리점에서 나와 근처 커피숍에서 아내와 냉커피를 마시며 나는 생각했다. 앞으로 좀더 글을 열심히 쓰리라고. 그리고 바야흐로 내게 '청회색의 시절'이 찾아왔음을 자각하고 있었다. 말하자면 젊음과 늙음의 경계에 들어섰다는 느낌을 받고 있었다.

이후 나는 글을 열심히 쓰며 살아온 편이다. 그날 임신 중의 아내와 함께 대리점에 가서 사온 노트북 컴퓨터로 거의 매년 한 권씩의 책을 썼다. 그리고 그동안 아이가 태어났고 네 번의 이사를 했으며 제주도에서 2년을 살기도 했다. 그럴 때마다 가장 먼저 손에 챙긴 것이 다름 아닌 노트북 컴퓨터였다. 어디 이사뿐이랴. 이 노트북과 함께 나는 적어도 10개국 이상의 나라를 여행했다. 저 동유럽에서부터 서유럽으로 동남아로 일본으로……. 그리고 그 사이에 나는 마흔아홉 살의 어쩔 수 없는 중년이 되고 말았다. 그렇다면 지금부터는 '회색의 시절'이 시작되는 것일까?

무용지물 컴퓨터를 어떻게 처리(!)할 것이냐고 아내가 내게 물어왔다. 나는 깜짝 놀라는 시늉을 하며 버려야지 뭐, 라고 얼떨결에 얼버무렸다. 그러자 아내가 내게 이렇게 말하는 것이었다.

"버리지 말고 서재에 보관하는 게 어때요? 그 노트북 하나로 우리가 무려 10년이나 먹고살아 왔잖아요. 안 그래요?"

그 말 속에는 10년 전 그 무덥던 날에 함께 전자제품 대리점을 찾아갔던 기억이 아내에게도 남아 있다는 뜻이 담겨 있었다. 그럴까? 라고 되받으며 소파에서 일어나 슬그머니 서재로 들어갔다. 그러자 기다렸다는 듯이 내 눈에 들어오는 물건이 하나 있었다. 비닐에 포장된 채 책장 위에 올려져 있는 낡은 타자기였다. 이사를 갈 때마다 내가 버리자고 했지만 그것만큼은 안 된다고 아내가 고집을 부려 보관하고 있는 물건이었다.

그 타자기는 20여 년 전, 그러니까 내가 등단을 하기 전 세운상가에 가서 중고로 구입한 미제 '스미스 코로나'였다. 그리고 몇 년 후 나는 그 타자기로 쓴 소설로 문단에 등단했다. 그러나 이미 오래전부터 아무 쓸모가 없게 된 물건이었다. 나 스스로 기념이 될 만한 물건이라고 생각하지 않고 살아온 것도 사실이었다. 그런데 그것이 아직도 보관돼 있었던 것이다.

나는 밤늦도록 서재에 앉아 앞으로 10년을 또 어떻게 살아가야 할지를 생각하고 있었다. ▫

나는 왜 문학을 하는가

한 달 전쯤 작업실을 한강이 지척에 있는 파주로 옮겼다. 2년 새 작업실을 세번째 옮긴 것이다. 주위에서 그런 나를 연장 탓을 하는 목수인 양 보는 시선이 있다. 한편 그렇다는 것을 인정한다. 작업실을 세 번 바꾸는 동안에도 컴퓨터와 책상으로 쓸 밥상을 차에 싣고 남한 곳곳을 싸돌아다녔다. 작년에 속초에서 우연히 만난 소설가 김훈 선생이 내 민박집에 와 하룻밤 묵었는데 그때 이런 말을 들은 기억이 난다. 선비가 수레(자동차)를 끄는 것도 모자라 이제 밥상까지 들고 다니는구먼. 그러면서 혀를 쯧쯧 찼다.

그렇게 돌아다녔건만 일년 가까이 똑똑한 글 한 줄 써내지 못하고 있다. 나이 마흔에 걸려 넘어지면서 콘택트렌즈를 처음 꼈을 때처럼 세상이 문득 남사스러워 보여 장기간 어지럼증을 극복하지 못한 탓도 있었다. 그때를 틈타 나는 지금껏 한 번도 해보지 않았던 자문에 몇 차례 시달렸다. 내가 뭘 하겠다고 이러고 다니는 걸까? 먹고살기 위해서라면 계란 장수를 하면 어떻고 수레를 끌고 다니며 채소 장사를 하면 어때. 그저 잘살면 그만이지. 지금까지 나는 자의식보다는 무의식의 혼란 덩어리인 육체에 의존해 소설을 써왔던 것 같다. 사는 일도 그렇게 몸에 맡겨두고 흘러가는 대로 내버려두었다.

자의식이라고 했지만 내 삶에 있어서 첫번째 의식의 대상은 어둠이었다. 다섯 살 무렵 어두컴컴한 방에서 삶에 최초로 눈떴다. 정신을 차리고 보니 허름한 고옥古屋에 노인네 둘과 나뿐이었다. 몰락한 양반가라는 사실은 누가 알려주지 않았음에도 저절로 깨달았고 내가 태어날 무렵부터 가문은 이미 뿔뿔이 흩어지고 있었다. 백부나 부친을 포함해 집집마다 방랑하는 자들이 수두룩했고 타지에서 마주쳐도 서로 반가운 낯을 하지 않았다. 경사慶事는 거의 없었고 조사弔事가 생겨 어쩌다 모이게 돼도 헤어질 때가 되면 굳이 돌아보거나 말을 건네는 법이 없었다. 그 풍경이 고독에 처한 정신주의자들의 숙명적인 모습으로 어린 눈에 비치기도 했으나 한편 나약하고 매정해 보인 것도 사실이었다. 그 매정함은 집집마다 부자 관계에서도 그대로 유전됐다. 결코 상처받고 싶지 않았지만 어린 나는 분명 외롭게 상처받고 있었다.

한학을 했던 조부만이 허물어져 가는 집에서 죽음을 기다리며 늙음을 책으로 달래고 있었다. 그리고 그 슬하에 반벙어리의 어둠 덩어리인 내가 있었다. 조부는 밤마다 등잔불 밑에서 내게 한자와 붓글씨와 그림 따위를 가르치며 문사文士로서의 삶을 살아가길 바랐다. 그는 내게 아비였고 나는 일찌감치 늙음을 벗하며 살아야 했다. 때로 방랑하던 자들이 소리 없이 돌아와 사랑채에 숨죽여 머물다 어느 날 새벽에 다시 떠나가곤 했다. 그래서 나도 나이가 들면 그래야만 되는 줄로 알았다. 그것을 의식 이전에 몸으로 먼저 받아들였다. 책이 흔했으므로 눈여겨보는 것은 대수로운 일이 아니었고 맨발로 다니는 자들과는 어울리지 않도록 배웠다. 또 비루한 무리들과는 함께하지 말고 가급적 혼자 존재해야 한다고 조부는 내게 가르쳤다.

그렇게 시대착오적이고 반사회적인 인물이 되어 나는 뒤늦게 부모에게로 보내졌고 조부가 그토록 밤마다 혼을 담아 내게 심어놓았던 남루한 혈통의 자부심은 곧 상실되고 말았다. 우선 부모가 가난했기 때문이었다. 역마살이 낀 부친을 따라 일년에 한 번 꼴로 학교를 옮겨다녔으나 결코 재운이 따르지 않았던 부친의 팔자 탓에 가난은 두고두고 극복되지 않았다. 아무도 원망하지 않았으나 하루하루 굴욕을 견디며 버릇처럼 책을 읽고 일기를 쓰며 살았다. 그리고 발작적으로 가끔 가출을 단행했다. 그것만이 내가 살아낼 수 있는 방법이었다.

삶이 쫀득쫀득하고 재미있을 리 없었다. 기쁨이나 행복은 의식 언저리에 남지만 고통은 몸에 남는 법이다. 세상은 단단해서 남다른 재주가 없으면서 자존심만 세고 남하고는 어울리지 못하는 내가 끼어들어갈 틈이 없었다. 만성적인 권태와 우울에 빠져 낙오자 신세를 겨우겨우 면하며 스무 살까지 간신히 버텼다. 먹고사는 일이 늘 고단했던 부친과는 스무 살이 되어 집을 떠날 때까지 몇 마디 말밖에는 나눠보지 못했다. 그는 아비로서 외아들인 내게 신발 끈 매는 법조차 가르쳐주지 않았다. 그럼에도 불구하고 때로 잘못이나 실수를 저지르게 되면 비정하게 나무라거나 외면했다. 그래서 나는 뜻하지 않게 소심하고 불안한 자로 변해갔다. 그러나 그에게서도 나는 한 가지 배운 게 있다. 살기 위해서는 끊임없이 노동해야 한다는 것과 인간으로서 자존심을 지켜야 한다는 것이었다. 실제로 부친은 평생을 거의 노동자와 다름없이 살았음에도 남 앞에 고개 숙이는 것을 나는 한 번도 본 적이 없다.

초등학교 때부터 가출한 경력이 있었으므로 대학에 들어가서는 시도 때도 없이 온 남한을 싸돌아다녔고 군에서 제대하고 나서는 유년기의 어둠을 그대로 끌어안고 아예 절로 들어가버렸다. 어렸을 때부터 익히 보아왔던 방랑자들이 어디서 무얼 보고 무슨 짓을 하며 다녔는지 못내 궁금했던 탓이 컸으리라. 그중에는 우주와 시간과 죽음과 해탈을 말하던 자도 있었다. 피의 구역질을 느끼며 계절마다 절간을 옮겨다니며 나도 어느덧 비바람과 눈보라에 익숙해졌다. 방구석에 처박혀 있으면 속에서 두엄 썩는 냄새가 입으로 올라왔다. 고독할 때는 불경과 심지어는 무사도에 관한 책을 읽으며 버텼다.

결과적으로, 더이상 갈 데가 없고 받아주는 데가 없어 소설가가 되었는지도 모른다. 내게 있어서 소설을 쓰는 일은 세상에 턱걸이를 하는 일이었다. 실제로 스물여덟 살에 어렵사리 등단하고 나서야 나는 간신히 세상에 속해 있는 나를 발견했다. 당선 통보를 받은 그날 문을 닫고 처음 내 이름을 조용히 불러보았다. 세상에 들어오기 위해 그토록 오랜 시간을 나는 쥐를 잡아먹고 연명하는 자처럼 몸부림쳐야 했다. 그러나 등단 후에도 속은 늘 화염처럼 들끓어 가까운 사람들에게 모진 상처를 주면서까지 계속 떠돌아다녔다. 그 자격지심은 여지없이 자학으로 이어졌고 어느 날 문학이 내 삶을 구속하고 있음을 깨달았다. 그러자 부친처럼 노동이 하고 싶어졌다. 오직 몸으로 먹고살고 싶었다. 그것이 신성하다고 생각했다. 그리하여 양계장과 배 타는 일을 알아보았다. 그러나 나같이 책만 읽은 허우대에 술과 담배에 곪은 자는 어떤 노동에도 쓰여질 수 없음을 알고 다시 한번 크게 절망했다.

문학으로 뜨거운 국과 밥을 먹고 있다는 사실에 어느 날 눈물을 쏟고야 말았다. 그래, 그것뿐이었다. 지금껏 아비에게도 단 한 번 굽히지 않았던 내가 기어이 문학에 항복하고 말았다. 이제 남자 나이 마흔이 됐으니 이 일을 숙명으로 받아들일 수밖에 없게 돼버렸다. 굶어죽지 않고 버티는 게 삶에 있어서 가장 큰 미덕이라는 것도 알았다. 자진해서 세상 밖으로 나갈 생각이 아니면 어쨌든 턱걸이를 계속해야 한다. 세상과 매끈하게 어울리는 재주는 없으나 땀을 흘리고 뛰어와야 안으로 들여보내 준다는 건 안다. 그러나 입장권을 얻기 위해 고개를 숙이지는 않는다. 그것이 내가 문학을 하는 진짜 이유인지도 모르겠다.

그 모든 뼈아픈 후회와 고통을 기꺼이 끌어안고 살아갈 도리밖에 없다. 오늘도 어디선가 세찬 바람이 불어가고 있지 않은가. 그리고 이 우주에는 내가 그리워하는 자들이 아직도 떠돌고 있지 않은가. 마주치면 막상 외면하더라도 그들과 만나기 위해 더욱더 떠돌지어다. 괴로우면 밤마다 더욱더 많은 쥐를 잡아먹을지어다.

그때 중처럼 매정했던 자들이 내게 밤마다 사념의 빛을 던져온다. 그때 내가 고통을 줬던 자들이 지금 내게 고통의 양식을 짊어지고 저기 오고 있다. 삶은 끔찍하고도 거룩한 것. 그러나 그 앞에서 굽히지 말고 온몸으로 다시 버틸 것. □

어머니의 숲

지금도 시인이나 소설가가 되기 위해서는 어떤 식으로든 등단 절차를 거쳐야 한다. 외국의 경우 원고를 써서 출판사에 보내면 편집자가 판단해 잡지에 수록하거나 단행본으로 출간하면 곧 작가로서 인정받는다. 그러나 우리나라의 경우는 그 과정이 좀더 엄격해서 신춘문예나 문예지 신인상을 통해 등단해야 이후의 활동이 보장된다. 게다가 아무리 응모작이 많아도 당선작은 단 한 편뿐이다. 간혹 공동당선 형식으로 두 명을 뽑는 경우가 있는데 지극히 예외적인 경우다. 그래서 신춘문예라는 '제도'가 종종 논란의 대상이 되곤 한다. 합리적이지 않을 뿐만 아니라 지나치게 엄격하다는 뜻이리라.

내가 등단하던 해(1990년)만 해도 여전히 신춘문예가 가장 인기 있는 등용문이었다. 1월 1일자 신문에 소설과 함께 사진과 당선소감이 실리니 화려한 느낌을 주었던 것이다. 내 경우 대학을 졸업하던 해(1988년) 「대전일보」 신춘문예에 단편소설 「원圓」이 당선됐으나 지방지인 탓에 중앙문단에서는 청탁을 받지 못했다. 그러니 중앙 일간지 신춘문예나 문예지로 다시 등단 절차를 거쳐야만 했다.

대학을 졸업한 뒤 취직을 했으므로 글을 쓰기란 쉬운 일이 아니었다. 무엇보다도 시대가 급변하던 시기였다. 군에서 제대하고 복학한 1987년에는 6월 항쟁이 일어났고 1989년에는 동구권이 개방되었던 것이다. 그와 함께 노동해방문학과 민중문학으로 대변되던 시대가 가고 바야흐로 포스트모더니즘 논쟁으로 불리는 과도기가 도래해 있었다. 문단에서는 갑자기 화두를 잃고 설왕설래하는 분위기였다. 말하자면 새로운 패러다임이 필요한 시기였다. 여전히 1980년대를 다룬 소설들이 발표됐으나 '후일담 소설'이라는 표현으로 폄하되기 일쑤였고 다른 한편 '소설가 소설'이라는 형식의 소설이 유행했으나 그 역시 문단이나 독자에게 새롭게 받아들여지지는 않았다.

등단하기 전임에도 무엇을 쓸 것인가? 라고 나도 고민하지 않을 수 없었다. 대학 때부터 카프카식의 주로 형이상학적인 소설을 습작해왔던 나는 이미 중앙지 신춘문예에 응모해 여러 번 낙선한 경험이 있었고 더군다나 직장생활을 하고 있었으므로 갈등이 무척 심했다. 직장생활에 충실하며 평범하게 사는 인생을 꿈꾸기도 했다. 그러나 좀처럼 포기가 되지 않았다. 회사에서 퇴근하면 집으로 돌아와 목욕을 하고 방에 틀어박혀 새벽까지 글을 쓰다 잠이 들었다. 하루에 네 시간 정도밖에 잠을 못 자 늘 피로감에 시달렸다. 그래도 회사에 지각 한 번 하지 않은 걸 보면 젊음 때문이 아니었나 싶다. 아무튼 1989년 신춘문예에 세 군데 응모했는데 다시금 모두 낙선하고 말았다. 「중앙일보」에는 최종심에 올랐으나 그것이 위안이 되지는 못했다.

실의에 빠져 지내던 어느 날 서점에 갔다가 나는 『문학사상』에서 신인상 작품을 공모한다는 사실을 알게 되었다. 마감은 4월 말까지였다. 그렇다면 또 일년을 기다릴 게 아니라 서둘러 작품을 준비해야 했다. 꼭 신춘문예를 통해서 등단할 필요가 없다는 것도 그제야 깨달았다. 나는 다시 잠을 줄여가며 소설을 썼다. 아버지가 죽고 나서 재가한 어머니. 의부의 집에서 함께 살아야만 했던 어린 시절의 나. 그리고 나를 괴롭히던 의부의 아들. 또다시 의부가 자살하고 나서 가족은 뿔뿔이 헤어지고 성인이 되면서 집을 나와 혼자 살고 있는 내게 어느 날 병원에서 전화가 걸려온다. 그리고 암으로 죽어가는 어머니의 입을 통해 어렸을 때 함께 살았던 의부의 아들이 사실은 아버지는 다르지만 또한 어머니의 자식이라는 사실을 알게 된다……. 한 여인의 지난한 삶을 통해 용서와 화해를 구하고자 하는 의미로 쓴 「어머니의 숲」이라는 단편소설이었다.

5월 말에 회사에서 당선 소식을 받고 나는 밖으로 나갔다. 그리고 공중전화 부스 안에서 비로소 작가가 된 내 이름을 마음속으로 불러보았다. 퇴근 후에 나는 광화문 세종문화회관 계단에 앉아 혼자 밤늦게까지 세종로를 내려다보고 있다가, 다시 공중전화 부스를 찾아가 어머니에게 전화를 걸어 당선 소식을 알렸다. 잠결에 전화를 받은 탓인지 어머니는 그러냐? 라고만 간단히 대꾸한 뒤 수화기를 내려놓았다. 나중에 들었는데 어머니는 아들이 소설가가 된 게 그다지 기쁘지는 않으셨다고 한다. 그러나 어쩌랴. 사람에겐 저마다의 운명이 있으니. 돌아보니 그새 20년 전의 일이다. ▫

그때 미당을 만나다

1996년 봄의 일이다. 3월에 제주도에 내려가 중편 「천지간」을 탈고하고 올라와, 4월 초에 나는 머리를 식힐 겸 고창 선운사로 내려갔다. 아예 쉴 작정으로 책만 몇 권 들고 집을 나가다, 나는 혹시나 싶어 노트북도 함께 챙겼다.

선운사 입구에 있는 동백장여관에 짐을 풀고 매일 아침을 먹은 뒤, 나는 미당未堂의 시비와 석상암과 참당암과 도솔암을 차례로 들른 다음 낙조대에 올라 선운산 뒤편에 있는 해리라는 마을을 내려다보고 점심 무렵에 돌아오곤 했다. 그리고 오후엔 책을 읽고 밤이면 혼자 술을 마시다 잠이 들었다. 말하자면 나로서는 그게 쉬는 일이었다. 그러나 롤랑 바르트가 말했듯, 작가에게는 휴가조차 글쓰기에 속함을 곧 알게 되었다.

어느 날 동백장여관 앞에 있는 식당에서 저녁을 먹고 있는데, 한 여학생이 다가와 소설가 윤대녕이 아니냐고 물었다. 그 여학생은 식당

주인의 딸이었고 전북대학교 국문과 학생이었다. 그날 밤에 그 여학생이 동백장여관으로 찾아와 내게 광목 두루마리를 주고 돌아갔다. 펴보니 미당의 「冬天」이란 시가 서툰 붓글씨로 씌어 있었다. 다음날 아침 나는 여느 날처럼 선운사로 들어가는 길목에 있는 미당 시비부터 들렀다. 거기엔 「선운사 洞口」라는 시가 친필로 새겨져 있다. 시비 앞에서 서성이다 나는 뭔가 써야겠다는 느낌을 받았다.

방으로 돌아와 나는 노트북을 켜고 10년 전에 헤어진 여자의 이야기를 편지투로 써내려가기 시작했다. 안 그래도 선운사로 내려오기 며칠 전에 우연히 그녀와 만나고 나서 줄곧 사무침에 힘겨워하고 있을 때였다. 쓰다 보니 자꾸 글이 길어져 편지가 아닌 소설로 변해갔다. 마침 『문학동네』에서 소설 청탁이 와서 나는 아예 중편을 쓰겠노라고 말했다.

「상춘곡」은 1980년대 중반에 만나 사랑하게 됐지만 삶에 대한 기대와 이상의 차이 때문에 갈등하다 결국 헤어지게 된 남녀의 이야기다. 그후 그녀는 운동권 남자와 결혼했으나 아이를 낳고 이혼한 뒤 포천 산정호수 근처에 혼자 살고 있었다. 다시 인연을 회복하고 싶은 애타는 심정으로 나는 밤마다 그녀에게 구애의 글을 썼다. 그러나 어떻게 인연을 회복해야 할까? 결말 부분에 이르러 나는 화두를 든 것처럼 괴로워했다. 그런데, 그 물음에 대답을 준 건 뜻밖에도 미당 선생이었다.

어느 날 저녁 식당으로 밥을 먹으러 내려가는데, 미당 선생이 여관문을 들어서고 있는 게 아닌가. 나중에 들으니 한식에 맞춰 고향에 내려오신 길이었다. 몇 년 전에 한 번 뵌 적이 있었으므로 나는 선생께 다가가 인사를 드렸다. 그리고 선생과 함께 저녁을 하게 되었다. 그날 식당에서 미당 선생이 내게 선운사 '만세루'에 얽힌 얘기를 들려주셨다.

"선운사가 백제 때 지어졌으니 만세루도 아마 같이 맨들어졌것지. 그러다 고려 땐가 불에 타버려 다시 지을라고 하는데 재목이 없더란 말씀야. 그래서 타다 남은 것들을 가지고 조각조각 이어서 어떻게 다시 맨들었는디 이게 다시 없는 걸작이 된 거지. 일본의 무슨 대학 교순가 하는 사람도 여기 와서 이걸 보고는 척 알아냈어. 불심으로 치자면 도대체 이런 불심이 어딨냐는 거야. 그래서 이렌가 여드렌가를 여기 묵으며 날마다 만세루에 가서 절을 하다 갔더란 말씀야."

식당에서 나와 나는 밤길을 더듬어 만세루로 달려갔다. 그리고 검게 불에 탄 만세루 안에 가득 피어 있는 벚꽃의 환영을 목격했다. 그때 나는 인연의 회복은 바로 '타다 남은 것들을 가지고 조각조각 이어 다시 만드는 것'임을 벼락처럼 깨달았다. 나는 여관으로 돌아와 미당 선생을 만난 얘기를 소설의 마지막 부분에 그대로 옮겨 썼다.

당시 동백장여관에서 미당 선생을 만나지 못했더라면 「상춘곡」이란 소설은 어떻게 결말을 지었을까? 과연 소설을 끝낼 수 있었을까? 인연도 그런 인연이 없거니와, 돌아보니 그때가 내 글쓰기에 있어서도 어떤 결정적 순간이 아니었나 싶다. 말하자면 글쓰기를 비로소 내 운명으로 받아들인 순간이었다는 것이다. 그것이 또한 미당 선생과의 마지막 만남이었다. ㅁ

내 소설 속의 사랑

「많은 별들이 한곳으로 흘러갔다」

모 주간지와의 인터뷰에서 이런 질문을 받은 적이 있다. "당신에게 있어서 여인이란 무엇입니까?" 그때 내 대답은 이러했다. "아직도 나는 여인에 대해서는 잘 모릅니다. 돌아보면 여인은 내게 주막 같은 것이었습니다." 기사가 실린 책이 나가고 나서 어느 여성 독자로부터 즉각 항의성 전화를 받았다. "여자가 주막이라구요? 그럼 당신은 소도둑입니까?" 그리고 미처 내가 뭐라기도 전에 요란하게 전화를 끊어버렸다. 수화기를 내려놓고 나는 머리를 긁적거리며 국어사전을 뒤져보았다.

"주막酒幕 : 시골의 길목에서 술이나 밥 따위를 팔고 나그네를 치는 집. 주막집." 오해를 살 만도 했다. 주막이란 그러므로 요즘 말로 여관이나 호텔이 되는 셈이다. 그러나 용례를 모아 분석하면 분명 의미상의 차이가 발생한다. 여관이나 호텔에 드는 사람은 일반적으로 투숙객으로 불리지만 주막에 드는 이는 대부분 나그네나 길손의 신분이다. 물론 소도둑도 그 일원에 속하겠지만 그렇다고 죄 소도둑은 아닐 것이다.

단편 「많은 별들이 한곳으로 흘러갔다」는 1998년 11월 17일 밤과 18일 새벽 사이에 하늘에서 발생한 유성우流星雨 사건을 소재로 한 소설이다. 실제로 소설이 씌어진 건 그 이듬해 봄 속초의 다 낡은 호텔에서였다. 이 소설의 중심 주제는 우선 아비 찾기이다. 찾기란 무엇인가. 눈앞에 실존하지 않음으로서의 찾기이다. 그렇다면 아비란 존재는 언제 존재를 감추었는가. 1966년 11월 18일, 지구가 33년 주기로 우주의 먼지로 만들어진 거대한 강을 통과하는 날인, 즉 유성우가 내리던 밤이다.

당시 소설 속의 주인공인 '그'는 네 살밖에 안 된 하얀 핏덩이였다. 아비란 자는 젊어서부터 피가 뜨거웠던지라 일찍이 스무 살에 복숭아밭에서 사슴을 도끼로 쳐 죽이고 사관학교에 입교한 다음 훗날 5·16군사쿠데타에 가담하게 된다. 그러나 쿠데타 직후 자진 전역하고 이번엔 시를 쓴답시고 하모니카를 불며 떠돌아다니는 하등 쓸모없는 낭만 자객으로 전락한다. 그래도 주막거리에서 혼례는 올린 모양으로 사내자식이 하나 생겨났으니 그가 곧 이 소설 속에 등장하는 주니어 낭만 자객이다.

그는 나이 서른일곱까지 아비 찾기로 삶을 탕진한다. 신문사 기자로 몇 년 근무하기도 했지만 정리해고된 다음 아예 짐을 싸서 아비가 갔다고 믿는 동쪽으로 떠난다. 곧 아비 발자국 따라밟기다. 발자국은 눈에 보이지 않는다. 그러나 물고기들도 다니는 길[潮流]이 있고 지구에서 올려다보면 달에게도 행로가 있듯이 길손에게는 등대 같은 그 무엇이 있다. 별자리가 그것이다.

이 별자리를 따라가는 길에 여인 셋이 등장한다. 그리고 그녀들은 이 남루한 길손에게는 주막이 된다. 하물며 때로 잠시 피었다 금세 시드는 속절없는 사랑도 차가운 주막 마루나 문간방에서 겨우 이루어진다. 여인들은 저마다 길손이 정주定住하길 바라나 그에게는 갈 길이 하도 멀다. 정주하지 못하는 사랑은 지나고 나면 한갓 스캔들, 즉 실패한 연애 사건에 불과하다.

길 가다 주막에서 최초로 만난 여인은 해연이다. 한때 그와 깊은 관계를 맺어 아이까지 생겼으나 미련 없이 솎아내고 유학을 떠난 뒤 3년 만에 돌아와 그에게 다시 시작하자고 애원한다. 그 즈음 그의 앞에 자주 나타나는 영화사에 근무하는 나운이란 젊은 여인이 그들의 결합을 가로막으며 오히려 그로 하여금 길을 재촉하게 만든다. 그리하여 그는 20여 년 전 아비가 마지막으로 출몰했다는 충청도의 논산-강경으로 내려가 하숙집에 처박혀버린다. 그 역시 마음속에서는 사랑을 앓고 있다. 사내인 이상 왜 아니 그렇겠는가.

대저 사랑이란 무엇인가. 그것의 시작은 거의 예외 없이 자기애의 집착이다. 자신과 닮은꼴 찾기. 숱한 물고기들이 그러하듯 사람도 원래 암수 한몸이었다가 남, 여로 각기 쪼개진 다음 잃어버린 다른 한짝을 찾아 영원히 헤매고 다닌다는 이 진부하기 짝이 없는 속설에는 누구도 예외가 없다. 첫사랑인 경우에 더욱 그러하고 맨 마지막 사랑도 그렇게 완성된다. 그래서 무릇 나이 든 부부들은 남매지간처럼 닮아 보이는 것이리라. 그러므로 모든 사랑은 편애의 속성을 띄게 마련이며 작별할 때는 성격차가 주 원인이 된다. 너는 나와 닮지 않았다는 뜻이리라. 그리고 또한 사랑은 계속된다. 프랑스 어느 여류 작가의 말처럼 '모든 사랑은 첫사랑, 다음 사랑도 첫사랑'이라는 명제에 따르는 것이다.

해연이든 나운이든 그에게는 모두 잃어버린 자기 한짝들이다. 그녀들은 주막을 지키는 대지의 거룩한 존재들이면서 동시에 쉽사리 거머쥘 수 없는 하늘의 또 다른 별자리들이다. 어느 한쪽을 택해 정주할 것인가, 아니면 다시 떠날 것인가. 그러나 이 근본 없는 사내는 또다시 근본을 찾아 마루에서 내려와 신발 끈을 고쳐맨다. 그가 떠나기 전에 이들은 묘하게 엇갈려 만나 함께 유성우를 보러 가게 된다. 거기서 그들은 서로 숨바꼭질하듯 서로를 염탐한다.

실제로 1998년 11월 17일 밤에 나는 경기도 광탄의 기산저수지로 취재차 유성우를 보러 갔다. 아직 가을임에도 날씨는 한겨울처럼 혹독했고 저수지 위에 있는 철망 우리 속에서는 사슴이 밤새 울어대고 있었다. "그도 오늘 밤 별똥별이 떨어지고 있음을 아는 모양이었다." 유성우를 보고 온 뒤 나는 해를 넘기고 나서 이 소설을 쓰기 위해 속초로 짐을 꾸려 떠났다. 그리고 작자인 나처럼 소설 속의 주인공도 유성우가 내린 직후 그녀들과 헤어져 별이 흘러가는 방향, 북동쪽 사자자리, 곧 속초로 떠난다.

속초는 33년 전 유성우가 내리던 밤에 아비가 사라졌다고 믿는 방향. 그 뒤는 낙산처럼 바다이므로 더이상 갈 데조차 없다. 그해 봄에도 그는 신문사에서 해고된 뒤 속초에 와 머문 적이 있다. 그때 그는 수녀원에서 무단 소풍나온 수녀 셋을 만났다. 그중 하나는 수녀복을 벗고 그가 머물고 있는 호텔 앞 아카시아 숲에 함바 술집(주막)을 차렸다. 그는 그녀와 밤마다 화투를 치다 하모니카 소리가 들려오면 사랑을 나누었다. 자신과 같은 처지라고 믿으며 서로 이끌리게 된 것이었다. 모진 사랑 끝에 떠나려는 그를 붙잡고 그녀는 함께 자결을 하자고 말하였으나 그는 듣지 않았다. 아직 근본 찾기에 대한 미련이 남아 있었기 때문이었다. 그는 그녀가 자신과 처지가 너무 비슷하다는 데서 오히려 위험을 느꼈고 성숙한 사랑이란 자기와 완전히 다른 사람을 만나 상대를 조금씩 발견해가는 과정이라는 것을 어렴풋이 깨달았다. 자기와의 이별을 통해 비로소 시작되는 타인과 세상에 대한 무구한 사랑.

그는 나운이 그런 상대라고 믿었다. 그녀도 잃어버린 다른 한짝임에 분명했으나 그래도 자신과는 다르다고 생각했다. 그러나 그가 돌아왔을 때 나운은 이미 마음을 잃어버린 상태였다. 그렇게 모두 잃고 나서야 그는 다시금 알게 되었다. 정주하지 못하는 사랑은 진정한 사랑에 속하지 못한다는 것을. 정주란 멀게 든 가깝게 든 서둘러 자기 법法을 구하고 가까운 타인의 삶부터 챙기고자 하는 마음이라는 것을. 그것이 염원이 될 때 비로소 자신과 남을 동시에 사랑할 자격이 부여된다는 것을.

이렇듯 깨닫기는 했으나 소설의 결말은 그가 속절없이 다시 속초로 떠나는 것으로 돼 있다. 이 소설은 이미 오래전에 씌어졌고 지금이라면 아마 결론을 달리 했을지도 모른다. 그러나 주인공이 자기 그림자를 찾아 별의 행로를 따라 움직일 때 잠시잠시 기대고 밥 먹을 주막의 헛간조차 없었다면 어찌 지금껏 연명을 꿈꾸기나 했겠는가. 그 주막들은 앞서도 밝혔던 바, 밤이 찾아오면 하늘에서 고요히 빛나는 별자리들이었으며 땅에서는 어머니처럼 거룩한 삶의 성소들이었다. 작별한 뒤에는 그 누구도 미워할 사람이 없는 것이다.

이제 와서 이 소설 속의 주인공은 작자인 내 입을 빌려 감히 말하는데, 그때 아비 찾아 떠돌 때 밤마다 지고 누웠던 차디찬 땅바닥에서 올려다본 세 개의 주막 별자리들이 그래도 그의 반생에서 가장 추억되노라고 숨어 전하고 있다. ▫

오대산 하늘 구경

오대산에서 폭발하는 녹음으로 월정사의 여름은 서늘하고 적막하다. 올해 불사를 마친 요사채에서 나는 보름째 심신을 의탁해 머물고 있다. 새벽 종소리에 깨어 밖으로 나가면 오대천에서 올라온 물안개가 마당에 가득 떠돈다. 발소리를 죽여 적광전 앞의 팔각구층석탑을 돌아 금강문을 지나면 곧 전나무숲길로 이어진다. 신새벽 전나무숲길을 오가는 이는 드물다. 그 큰 나무들 사이를 걷노라면 밤새 허물리고 휘어졌던 마음이 기워지고 다시 서는 느낌이 든다.

해마다 절을 찾는 것은 20대 중반의 일년을 사찰에서 보낸 탓이 크다. 그 즈음이 내게는 격정과 격동의 시기였다. 한여름에 아궁이에 불을 지피고 방문을 걸어 잠근 채 이불을 쓰고 누워 생을 참구하던 시절이었다. 그래서 얻은 것이 고작 문학이었다고 해도 이후 더이상의 뜨거운 날들은 내게 찾아와주지 않았다. 그렇듯 회향하는 심정으로 올여름에도 나는 어찌어찌 절로 숨어 들어왔다. 눈 푸른 납자들 틈에서 나는 한갓 허름한 과객에 불과하다. 내가 무엇을 구하러 왔는지 그들은 묻는 법이 없다. 그 무심함이 오히려 안심이 되곤 한다.

한암, 탄허 스님의 선풍이 서린 오대산은 그 품이 깊고 넉넉하다. 산문에 든 날 나는 짐을 풀자마자 상원사에 올랐다. 하안거 결제 중인 청량선원과 북대 미륵암은 자못 삼엄한 빛에 둘러싸여 있었다. 지난 몇 달 동안 글을 쓰지 못했다는 새삼스런 자각이 두렵게 몰려왔다. 짐승을 키우듯 글도 늘 어르고 돌보지 않으면 어느 날 슬그머니 집을 나가버린다. 이 첩첩한 여름 숲에서 그것을 어찌 찾아내나 싶어 탄식이 절로 흘러나왔다. 기도만으로 될 일이라면 삼천 배인들 어떠랴 싶었다. 다시 월정사로 내려와 경내 찻집에 들렀더니 메뉴판 밑에 이런 자잘한 글자가 보였다. "마음이 스스로 열리면 앉아서 생각만 하여도 곧 하늘을 볼 것이다."

점심 공양 때까지 책 한 권, 저녁 공양 때까지 또 밀린 책을 읽고, 예불을 마친 뒤 방으로 들어와 노트북 컴퓨터를 켠다. A4 용지만 한 모니터 화면이 삽시간에 설원처럼 넓어진다. 밤마다 이어지는 선잠 속에서 온갖 이미지들이 명멸하다 눈을 뜨면 도깨비처럼 스윽 사라져버린다. 이윽고 새벽 종소리가 머리맡에서 울려퍼지고 예불 소리로 이어진다. 베개를 부여잡고 또 생각한다. 상원사 동종에 종유(꼭지 장식)가 하나 떨어져 없는데, 이를 소재로 소설을 한번 써보면 어떨까. 하지만 독자들이 공감할 만한 스토리가 좀처럼 떠오르지 않는다.

그러다 어느 날 '스스로 하늘이 열린 날'이 돌연히 찾아왔다. 물론 나만이 그 하늘을 본 것은 아니었다. 새벽녘에 달이 계란 노른자 빛깔로 선명해 이상히 여기며 잠자리에 들었는데, 아침에 나가보니 경내에 사람들이 여기저기 몰려서서 일제히 하늘에 카메라를 들이대고 있는 것이었다. 오, 그토록 깊고 넓고 푸르른 하늘을 본 것은 정녕 처음이었다. 어쩌면 처음이자 마지막이 될지도 모른다는 생각이 들었다. 하늘이 금방 바다가 되어 내려앉을 듯이 울렁거렸다. 그날의 기상이 상서로운지 불길한 것인지 미처 생각하기도 전에, 나는 서둘러 방으로 들어와 다음과 같은 제목의 글을 시작했다. '오대산 하늘 구경'. 말할 것도 없이 그날의 하늘이 내게 어떤 영감을 가져다준 것이었다. ▫

원주에서 보낸 한 달

원주 토지문화관에서 한 달 가까이 글을 쓰며 지내고 있다. 3월 초에 이곳에 왔는데, 그날 마침 눈이 내려 논밭과 산이 하얀 이불을 덮어쓴 것 같았다. 그리고 이틀은 또 매서운 바람이 불어갔다. 방 안에 꼼짝도 못하고 갇혀 밥 먹고 책이나 읽으며 소일했다. 3～4일이 더 지나자 서서히 눈이 녹으며 대지가 모습을 드러냈다. 아직 봄기운은 느껴지지 않았으나 경칩에 맞춰 놀랍게도 밤에 개구리 우는 소리가 들려오기 시작했다.

워낙에 시골 태생인 데다 도시 생활에 자주 지치는 나는 조금씩 나이가 들어가면서 자연으로 귀환하는 주기가 점점 짧아지고 있다. 자연에 속해 있으면 더할 나위 없는 행복감을 느끼기 때문이다.

아침과 저녁밥을 먹고 나면 날마다 저수지까지 산책을 하는데 논두렁을 지나서 간다. 정월 대보름에 태워놓은 논둑은 그때까지 시꺼먼 빛을 띠고 있었다. 이제 곧 풀들이 땅을 비집고 올라오면서 연둣빛으로 변하리라. 그 변화를 관찰하고 싶어 카메라를 들고 날마다 같은 시간에 같은 장소를 찍었다. 그리고 매일 가까운 친구에게 이메일로 전송했다.

햇빛의 밝기와 바람의 온도가 서서히 변하면서 논두렁의 색깔도 바뀌기 시작했다. 3월 중순이 되자 이름을 알 수 없는 온갖 잡초들이 시커멓던 논둑을 화사하게 뒤덮었다. 그리고 동네 아주머니들이 논두렁에 나와 냉이와 쑥을 캐는 모습이 심심찮게 눈에 띄었다. 변화는 거기서 멈추지 않았다. 이어 노란 꽃들이 다투어 피어나면서 논두렁이 마치 화려한 카펫처럼 보였다. 그제야 주위를 제대로 둘러보니 산수유가 곳곳에 피어 있고 매화나무 아래선 할미꽃과 제비꽃이 뒤따라 하루 간격으로 수줍게 피어나는 것이었다. 저수지의 물빛도 달라져 침침하던 색깔이 맑은 빛을 띄어갔다.

그리고 마침내 벚꽃이 피었다. 물론 남쪽 지방보다야 개화가 늦었겠으나 겨우내 닫혀 있던 내 마음마저 환해지는 느낌이었다. 더불어 논바닥에 물이 고이며 오늘은 소를 몰고 써레질을 하는 농부를 보았다. 언제 보았던 풍경인가. 소가 쟁기를 끌고 보습으로 땅을 갈아엎는 풍경을 이제 어디 가서 볼 수 있겠는가. 소설가 박완서 선생의 책을 읽다가 우연히 이런 구절을 발견했다.

"자연이 한 일은 모두 옳았다."

그렇다. 사람의 감정이란 수시로 변하게 마련이다. 또 살다 보면 어쩔 수 없이 무리에 휩쓸리게 되고 욕망에 사로잡혀 자주 상처받곤 한다. 그것이 우리들 인생살이다. 자연은 우리에게 말없이 가르쳐준다.

겸허와 순응과 관용과 생명에의 경외를. 중국 고대 미학을 다룬 『화하 미학』이란 책에 이런 말이 나온다.

“천지는 크게 아름다우나 말하지 않는다.”

그렇다는 것을 우리는 자연의 변화에서 느끼고 배운다. 자연의 변화란 곧 우주의 섭리일 테고 사람살이의 질서도 바로 여기서 비롯된다. 서둘러 말하고 한 줄의 글을 쓰는 일보다 스스로 세상의 섭리를 터득하고 무릎 꿇고 받아들이는 것이 먼저라는 생각이 든다. ▫

신화의 시대는 가는가

서울에 첫눈이 내린 날 나는 북한산에 있었다. 그날 오후에 노모가 편찮다는 연락을 받았으나 당장 내려가볼 형편이 못 돼 착잡한 심정을 빌미 삼아 혼자 산에 오른 것이었다. 대동문에서 남쪽을 바라보다 날이 어둑해져 하산을 서두르는데, 눈발이 휘날리기 시작하더니 곧 푸짐하게 변해 쏟아졌다. 그때 눈앞에 이청준 선생의 「눈길」이란 소설이 돌연 흑백 영상처럼 떠올랐다. 그 전날 신문을 통해 선생의 유작 『신화의 시대』가 출간됐다는 소식을 접한 까닭이었는지도 모른다.

2008년 우리 문단은 두 개의 큰 별을 잃었다. 『토지』의 작가 박경리 선생이 5월 5일 어린이날에 가시더니 무더위가 한창이던 7월 31일에는 이청준 선생이 암 투병 끝에 유명을 달리하셨다. 박경리 선생의 빈소에는 들러보았으나 노제에는 따라가지 못하였고 이청준 선생의 빈소는 그나마 찾아보지도 못했다. 강원도 오대산에 여름 방부를 들였다 뒤늦게 선생의 부음을 들은 것이었다. 아주 가까이 뵌 적은 없으나 그 일이 두고두고 마음에 남았다.

「눈길」은 이청준 선생의 고향인 전남 장흥 진목마을이 배경이다. 또한 선생의 자전소설이자 어머니에 대한 이야기이기도 하다. 가난에 치여 집까지 팔아야 했던 어머니는 고향에 다니러 온 자식에게 그 사실을 숨긴 채 집주인의 허락을 받아 내 집인 양 밥을 해먹이고 하룻밤을 재워서 보낸다. 어머니는 신새벽 눈 쌓인 산길을 넘어 아들을 읍내까지 배웅하고 캄캄히 돌아선다. 그리고 아들이 남긴 발자국을 거꾸로 되밟으며 이제 거처할 곳조차 없는 마을로 향한다. 이러한 사연을 아들은 10여 년 후 이웃마을 오두막에 살고 있는 어머니를 찾아가 비로소 알게 된다. 선생은 「눈길」을 두고 "한마당 해원굿이요, 내 소설쓰기가 내 아픔과 상처를 어루만지고 잠재워 일상의 삶을 이어가게 하는 씻김굿 노릇일 수 있는 연유"라고 밝혔다.

박경리 선생은 만년을 대모신大母神 같은 존재로 보냈다. 원주 토지문화관 옆에 후배 작가들을 위한 창작실을 지어 손수 밥을 해먹이고 재워주며 글쓰기를 보살펴주셨다. 나 역시 몇 차례 은혜를 입었음에도 그때마다 제대로 예의조차 갖추지 못했다. 고작 염치를 차린 게 있다면 재작년 여름 창작실을 나오며, 진주에 사는 할머니들이 만들었다는 비단 안경집을 구해 겨우 전해드렸을 따름이다. 엊그제 한파가 몰아닥친 날에 토지문화관에 슬쩍 전화를 걸어보니 여전히 몇몇 작가들이 창작실에서 밤을 밝혀 글을 쓰고 있었다.

그럼에도 이제 신화의 시대는 가는 것인가. 문학이 사람의 고통을 끌어안고 뜨겁게 몸부림치던 시대는 정녕 가고 있는 것인가. 그러한 풍문이 집안 다툼처럼 문단 안팎에서 끊이지 않고 들려오고 있다. 삶이 지난할수록 문학이 부시게 타오르던 날들이 있었다. 눈 속에서 아들을 보낸 뒤 눈물을 머금고 돌아서 집 없는 마을로 홀로 걸어가던 어머니의 뒷모습이 바로 우리 시대 문학의 진경이었다. 만년 박경리 선생의 모습이 또한 그렇다면 그러했다. 말하자면 우리에게 문학의 시대는 곧 신화의 시대였던 것이다.

어제 이청준 선생의 『신화의 시대』가 집에 노착했다. 선생과 고향이 같은 장흥 출신 김선두 화백의 표지 그림과 두툼하게 안겨오는 책의 분량 때문에라도 마음이 금세 왕겨불처럼 따뜻해진다. 비록 늦었지만 연초 노모 뵈러 가는 길에 통영 미륵도와 장흥 진목마을에도 들렀다 와야지 싶다. ▫

더 큰 사랑을 위하여

나는 유년기의 몇 년 동안 조부모 슬하에서 성장했다. 부모가 도회지로 분가를 하면서 조부의 뜻에 따라 나를 고향집에 남겨두었던 것이다. 당시 교장선생님이었던 조부는 자식 며느리의 분가를 못마땅하게 여기셨다고 한다. 그러므로 손자인 나를 볼모로 잡고 있었는지도 모른다. 더군다나 나는 외아들이었다.

저녁밥을 먹고 나면 조부는 나를 서재로 불러들여 한글과 한자와 붓글씨와 그림을 가르쳤다. 네 살 때부터 아홉 살 때까지. 유학에도 조예가 깊었던 조부는 내게 무언가 삶의 영감을 불어넣으려고 애쓰는 모습이 역력했다. 이제와 돌이켜보니 분명히 그랬던 것 같다. 나는 등잔불 앞에서 무릎을 꿇고 앉아 조부가 시키는 대로 벼루에 먹을 갈고 한지에 천자문을 베껴 쓰고 어설픈 솜씨로 산과 나무를 그렸다.

공부가 끝나면 조부는 안방으로 건너가 술을 몇 잔 드신 다음 잠자리에 들었다. 나는 도시에서 대학을 다니는 막내삼촌의 방에서 혼자 잠을 잤다. 삼촌이 영문학도였으므로 방에는 제법 책들이 많았다. 아직 학교에 들어가기 전이어서 친구가 없는 데다 종일 혼자 지내야 했으므로, 나는 책꽂이에서 이 책 저 책을 꺼내 읽어보곤 했다. 주로 한국문학, 영미문학과 관계된 시집이나 소설책이었던 걸로 기억한다. 지금도 기억나거니와, 그래도 그중 내 수준에 맞았던 책은 선반에 월호별로 나란히 꽂혀 있는 『학원』이란 잡지였다. 윤승원 화백의 〈거꾸리와 장다리〉란 만화를 나는 무척이나 좋아했다. 더불어 그 책에 실린 고등학생 문예작품을 무심코 읽어보기도 했다.

비나 눈이 내리면 새벽에 눈이 떠지는 경우가 많았다. 나는 이불 속에 웅크린 채 얼굴만 내밀고 어둑한 책장에 꽂혀 있는 책들의 제목을 하나하나 읽으며 아침이 오기를 기다리곤 했다. 그 일이 내게 남모를 위안을 가져다주곤 했다. 책들도 밤이면 잠이 들었다 아침녘에 깨어나는 존재들처럼 느껴졌다. 훗날 나는 어느 소설에다 당시의 느낌을 이렇게 적은 바 있다.

"책들은, 아무 조바심도 없이 제 이름표를 등燈처럼 들고 누가 불러주기만을 기다리는 동자승童子僧과도 같았다."

방학이 되어 삼촌이 내려오면 나는 베개와 이불을 챙겨들고 조부의 서재로 잠자리를 옮겼다. 조부의 서재는 밤이 되면 늘 도깨비가 등장할 것처럼 으스스했다. 퀴퀴한 묵은 한지 냄새가 방 안에 가득 고여 있었으므로 자고 일어나면 몸에도 그 냄새가 배어 있게 마련이었다. 더구나 서재엔 벽장이 있어 밤마다 그 속에서 누군가(혹은 여럿이) 킬킬거리는 소리가 들려오기도 하는 것이었다. 그래서 나는 조부의 서재에는 틀림없이 귀신들이 산다고 믿었다. 사실 얼마나 많은 귀신들이 책 속에 숨어 있겠는가.

막내삼촌이 돌아오면 조부는 내게는 그다지 관심을 두지 않았다. 밤공부도 자연스럽게 중단됐다. 조부는 불혹을 넘긴 뒤에 우연히 얻은 막내삼촌을 마음 깊이 사랑하고 있었다. 대신 막내삼촌이 나를 챙겨주었다. 아침저녁으로 함께 들판으로 산책을 나가고 도시에서 만난 여자 얘기를 들려주기도 했다. 막내삼촌은 훗날 유학을 다녀와 대학교수가 되었는데, 대학에 다닐 때는 시인이 되는 게 꿈이었다고 한다. 흠, 그랬군.

나는 아홉 살에 부모에게로 보내졌고, 역마살을 타고난 아버지 덕분에 초등학교를 졸업할 때까지 무려 여섯 번의 전학을 다녔다. 그 때문에 나는 늘 불안에 시달렸고 어쩔 수 없이 내성적이고 우울증을 앓는 아이로 변해갔다. 이때의 심정 또한 소설로 쓴 적이 있다.

"제기랄, 그놈의 오리는 6분 동안 횡단보도를 여섯 번이나 왕복했던 거야."

내게 위안이 되는 것이 있다면 오직 책뿐이었다. 몹시도 힘겨웠던 사춘기도 비렁뱅이처럼 헌책방을 전전하며 간신히 버텼다. 그 즈음 내 유년의 아버지인 조부가 돌아가셨다는 부음을 들었다. 나는 알 수 없는 절망에 사로잡혀 몸부림치다 어느 날부터 공책에다 소설이란 걸 쓰고 있었다. 대학에 들어가서도, 심지어는 군대생활을 할 때도 나는 모포 속에서 전지를 켜놓고 시집이나 소설책을 읽으면서 스스로를 버텼다. 지금도 나는 조부와 함께 살았던 유년을 그리워하며 살고 있다. 비록 외롭고 고독했지만 그때가 가장 아름다웠던 시절이라고 믿는 건 무슨 까닭일까.

직업이 소설가인지라 책 욕심이 많았던 나는 아파트 거실은 물론이고 베란다에까지 책들을 쌓아두고 지냈다. 어느 날 출판사를 하는 친구가 내 집에 왔다가 베란다를 살펴보더니 자기 사무실에 기증을 하라고 했다. 그리고 다음날 트럭을 가져와 2천 권쯤 되는 책을 싣고 갔는데, 불과 한 달도 되기 전에 사무실에 불이 나 전부 소실되고 말았다. 그것이 계기가 됐을까. 그후 나는 책을 소장하는 욕심을 버리고 어느 정도 책이 쌓이면 꼭 필요한 것만 빼놓고 복지단체나 도서관에 기증을 한다. 그러고 나니 한결 마음이 편하다. 몇 권의 불경과 신화 관련 서적, 또 몇 권의 동양철학서 정도가 내가 늘 옆에 두고 있는 책들이다. 언젠가 인터뷰를 하러 작업실에 찾아온 기자가 내게 이런 질문을 했다.

"작가 작업실에 왜 이렇게 책이 없어요?"

"글쎄요, 다 어디 갔을까요?"

글쎄, 어디로 사라졌는지 나도 알 수가 없다. 미국 작가 토머스 울프의 소설 『그대 다시는 고향에 못 가리』에 다음과 같은 구절이 나온다.

"더 큰 사랑을 찾기 위하여 지금 가장 사랑하는 친구를 잃어버릴 것, 더 큰 땅을 찾기 위하여 지금 그대가 딛고 있는 땅을 잃어버릴 것."

어쩌면 나는 이미 읽은 책들을 높게 쌓아둠으로써 갖게 되는 자족과 안도감을 포기하고, 더 많은 책들이 들어올 자리를 비워두고 싶어했는지도 모른다. 책을 읽는 일은 미처 알지 못했던 자신과 세계의 비의를 깨달아가는 과정이 아닐까. 또한 지금껏 사랑했던 것들을 떠나보냄으로써 보다 크고 넓은 사랑을 구하는 일이 아닐까? ▫

‘재미’라는 괴물

연극계 사람들과 알고 지내면서부터 공연을 자주 관람하게 되었다. 지난주에는 예술의 전당 자유소극장에서 박상현 연출의 〈그림 같은 시절〉이란 연극을 관람했다. 평일인데도 200석 규모의 관람석이 거의 들어차 마음이 뿌듯했다. 출연한 배우 중에 아는 후배가 있었던 것이다.

열두 명의 배우가 출연한 〈그림 같은 시절〉은 조선시대 선비와 기생의 불륜을 소재로 주위의 얽히고설킨 관계를 풀어가면서 각자 인연의 업을 해소하고 삶을 보다 넓게 끌어안는 과정을 보여주는 작품이다. 이 연극을 통해 나는 한국인의 집단무의식이랄 수 있는 한과 슬픔, 풍자와 해학, 운명에 대한 지극한 사랑을 되새겨볼 기회를 가졌다. 배우들의 연기도 훌륭했고 특히 감칠맛나는 대사가 압권이었다. 그런데 문제는 그 다음이었다.

공연이 끝나 밖으로 나오는데 뒷전에서 난데없이 이런 소리가 들려왔다. “아이, 재미없어! 그리고 무슨 연극을 두 시간씩이나 해?” 순간 나는 얼굴이 후끈 달아올랐다. 마치 내가 공연 관계자라도 된 듯한 심정이었다. 근처 생맥줏집에서 공연을 끝낸 후배와 함께 술을 마시고 집으로 돌아오기까지 나는 마음 한구석이 내내 찜찜했다. 어쩌면 소설가로서의 내 입장을 돌아보고 있었는지도 모른다.

내가 신인 소설가로 활동하던 1990년대 초반까지만 해도 '재미'라는 표현은 문단에서 흔히 쓰는 용어가 아니었다. 그것은 대체로 경박한 표현으로 간주했다. 그러다 영화가 문화 소비의 중심이 되고 휴대폰과 인터넷이 상용화되면서 모종의 위기감이 도래하자 문단에서도 언제부턴가 '재밌다'는 말이 작품의 미덕을 드러내는 말로 통용되고 있다. 그런데 그것이 곧 새롭다거나 완성도가 뛰어나다거나 혹은 발전 가능성이 있다는 뜻일까? 아니, 그보다는 '독자가 좀 읽어주겠군'이라는 뜻에 좀더 가까운 것 같다. 요즘 유행하는 '소설의 위기'니 '문학의 종언'이라는 말도 실은 이와 무관치 않다. 온갖 오가는 말들이 있지만 요점은 독자 수가 갈수록 줄어들고 있다는 얘기다.

관객이 없는 공연장을 상상할 수 없듯 독자가 없는 소설도 존재감이 불분명하기는 마찬가지다. 그렇다고 독자에게 작품을 읽으라고 강요할 수도 없다. 그렇다면 어째야 할까? 독자의 입맛에 맞춰 주문품을 생산해야 할까? 글쎄, 그 전에 왜 이토록 재미가 미덕인 세상이 돼버렸는지 한 번쯤 분석해볼 필요가 있다고 생각한다.

특히 대도시에 사는 사람들의 경우 온갖 욕망에 무분별하게 노출돼 있다. 먹고사는 문제도 버거운데 소비의 욕망으로부터 좀처럼 자유로울 수가 없는 것이다. 텔레비전에서는 하루 종일 홈쇼핑 광고를 내보내고 인터넷도 사정은 별로 다르지 않다. 그리고 거리의 저 숱한 간판과 네온사인의 유혹에 우리는 매일매일 시달리며 살아가고 있다. 그러니 스트레스를 해소하는 차원에서 뭔가 재밌는 것이 필요하다.

오늘날 많은 사람들이 문화를 진정제처럼 소비하고 있다. 그러나 문화(예술)의 속성은 그리 유쾌한 것이 못 된다. 그것은 근본적으로 삶에 대한 고민과 질문의 산물이기 때문이다. 문화는 진정제가 아니라 오히려 면역력을 기르는 비타민에 가깝다. 요컨대 문화라는 건 타인을 알아가는 과정처럼 어느 정도의 능동적인 자기 투자와 이해의 노력이 필요한 품목이다. 그 과정을 통해 자신의 가치와 삶의 깊이를 체험하게 되는 것이다. 나 역시 재밌는 것이 좋고 즐겁게 살고 싶다. 하지만 쇼오락 프로그램처럼 강요된 웃음 뒤엔 늘 거대한 공허함이 도사리고 있다. 사람에겐 저마다 저울의 눈금으로는 잴 수 없는 존재의 무게가 있는 게 아닐까? ▫

다시 원주에서

책을 스무 권씩 세 묶음의 덩어리로 쌌다. 대략 60권가량 될 텐데, 두 달 동안 이 책들을 다 읽을지는 모르겠다. 하지만 늘 그랬듯 욕심을 부려본다. 한동안 쓰지 않았던 노트북을 점검하고 여행용 가방에 옷가지와 세면도구를 챙긴다. 이제, 차에 옮겨 싣고 출발하면 되는 것이다.

장마철로 접어들면서 도무지 날씨를 종잡을 수 없다. 아침부터 캄캄하게 비가 쏟아지다가도 오후가 되면 하늘이 푸르게 변한다. 토지문화관에 전화를 걸어 오후녘에 도착하리라고 알린 다음 서울을 빠져나간다. 꼭 2년 만의 원주행이다. 새삼스럽게 온갖 상념이 뇌리에 겹쳐 떠오른다. 그럼에도 고향집을 찾아가는 것처럼 마음 한 켠이 묘하게 설렌다.

2005년 봄, 나는 2년간의 제주도 생활을 끝내고 서울로 돌아와 한참을 앓았다. 몸과 마음이 다시 감옥에 갇힌 듯 괴롭고 막막했다. 그래서 여름에 찾아간 곳이 박경리 선생이 은거하고 계신 원주 토지문화관이었다. 그리고 그곳에서 나는 글쓰기를 회복하고 몸까지 챙겨 돌아왔다. 그후 해마다 나는 토지문화관 창작실에서 한 달 혹은 두 달씩 글과 밥과 몸을 의탁해 지냈다. 또한 그곳을 떠나올 때마다 박경리 선생의 따뜻한 말씀을 마음에 양식처럼 짊어지고 집으로 돌아오곤 했다.

작년 여름에 나는 토지문화관에 가지 않았다. 아니, 가지 못했다. 5월 5일 어린이날에 박경리 선생이 돌아가시고 난 뒤, 차마 발걸음이 원주로 옮겨지지 않았던 것이다. 그분이 안 계신 토지문화관에서, 그 허룩함을 견디며 어찌 지내랴 싶었다. 우매한 마음임을 알면서도 결국 그럴 수밖에 없었다. 이번에도 어머니가 안 계신 고향집을 찾아가는 느낌은 아무래도 떨쳐버릴 수 없었다.

오후 네시 무렵, 토지문화관에 도착해 사무실에서 창작실 열쇠를 받고 짐을 풀었다. 사무실 관계자는 물론이고 식당 아주머니까지 한 분도 바뀌지 않은 것이 그렇게 반갑고 고마울 수가 없었다. 또한 박경리 선생의 외동따님이신 김영주 선생께서 여전히 문화관의 살림살이를 맡고 계셨다.

하나 달라진 게 있다면 창작실 '귀래관' 앞마당에 연못이 생겨 있었다. 2년 전 여름 연못을 조성하기 위해 공사를 하던 기억이 떠올랐다. 먼저 귀래관에 들어와 글을 쓰고 있던 선배가 뒤에서 다가와 내게 말했다. "이 연못이 박경리 선생님의 마지막 작품인 셈입니다." 그렇구나. 연못엔 연꽃 봉오리들이 수면을 비집고 올라와 며칠만 지나면 곧 터질 기세였다. 작년에 못 찾아봬서 참으로 죄송합니다. 마음속으로 나는 그렇게 중얼거리고 있었다.

저녁 밥상도 여전히 그대로였다. 박경리 선생은 늘 새벽에 기침해 손수 반찬 한두 가지를 만들어 식당으로 내려보내곤 하셨는데, 지금은 그 일을 따님께서 대신하고 계시다는 것이었다. 이 밥 한 끼의 소중함, 이 잠자리의 편안함은 어디서 오는 것인가. 세상 모든 사람이 알 듯, 그것은 어머니가 아니면 누구도 베풀 수 없는 거룩한 은혜이자 은덕이다. 그런데 돌아가신 뒤에도 박경리 선생은 대모의 역할을 계속하고 계신 것이다.

책을 읽다 새벽녘에 연못으로 나간다. 어제 저녁참에 소나기가 몰려가고 나서 하늘에 무수한 별들이 돋아나 있다. 한참을 올려다보고 있자니 별들이 자리를 조금씩 이동하는 궤선이 보인다. 연못에서는 개구리들이 맹렬한 소리로 울어대고 있다. 지금 세상 돌아가는 일과 상관없이, 『토지』가 있는 한국에 태어난 것이 불현듯 축복이라는 생각이 든다. 어느 나라에 한 작가의 이름으로 자식이나 손자뻘되는 문인, 예술가들을 먹여주고 재워주며 글을 쓰게 하는 창작실이 존재한단 말인가.

시나브로 아침이 밝아온다. 새벽 무렵에 일어나 산책을 나갔던 이들이 돌아오는 소리가 들려온다. 나도 옷을 꿰입고 밖으로 나간다. 눈앞에 산안개가 가득하게 고여 있다 연기처럼 하늘로 풀어지고 있다. 때를 아는지 연못의 개구리들도 이제는 잠잠하다. 자귀꽃이 피어 있는 창작실 입구를 빠져나가 저수지 쪽으로 혼자 내려간다. 고추밭, 옥수수밭이 사방에 널려 있고 살구, 호두, 보리수, 뽕나무 열매가 땅바닥에 가득히 떨어져 있다.

저수지 둑에 서서 무심코 토지문화관을 올려다본다. 박경리 선생 사택 창문에 불이 켜져 있다. 그러자 나도 모르게 이런 소리가 입에서 나직이 흘러나온다.

아, 선생님이 여전히 저기 계시구나! ▫

겨울에서 봄으로

연초에 백담사 만해마을로 들어가 두 달 가까이 겨울을 나고 엊그제 집으로 돌아왔다. 동안거에 든 스님들처럼 침묵과 고요를 상대하며 소설 한 편을 들고 나오는 것이 목표였다. 그런데 도착한 첫날부터 내리 3일 몸살을 앓았다. 끼니때마다 공양간에서 만나는 젊은 스님이 내 몰골을 살피다, 속세에서 쌓인 독이 빠져나가는 증상이니 걱정 말라며 웃었다. 과연 나흘째 아침이 되자 몸이 가뿐해지며 산속의 풍경이 사진처럼 뚜렷하게 눈에 들어오는 것이었다.

그날 점심 무렵 어느 시인이 내게 속초에 가서 함께 바람을 쏘이고 오지 않겠느냐고 말했다. 작심했다고 금방 일이 되는 것도 아니어서, 나는 못 이기는 척 시인의 차를 타고 미시령을 넘어 영금정 옆에 있는 동명항 방파제로 갔다. 겨울 바다엔 바람이 거셌다. 그래도 후드 점퍼를 머리까지 뒤집어쓰고 방파제 중간에 서서 끝 간 데 없이 펼쳐진 동해를 바라보니 마음이 후련하기 그지없었다. 등 뒤로는 눈 쌓인 설악산이 강고한 빛으로 우뚝 서있었다. 백담사로 돌아오는 길엔 척산온천에 들러 몸을 깨끗이 했다.

밤부터 눈이 내리기 시작했다. 그리고 그 눈은 며칠을 두고 계속 내렸다. 사방의 길이 끊어지고 용대리 황태덕장조차 눈발에 가려 보이지 않았다. 마치 온 세상이 침묵을 선택한 것 같았다. 아침 식사를 마치면 시인과 함께 12선녀탕 쪽으로 산책을 다녀오고 오후엔 또 혼자 눈길을 몇 시간씩 걷다 돌아왔다. 그저 눈길을 걷는 것이 좋았다. 기끔 눈이 그치고 해가 들면 눈을 뜨기조차 힘들었다. 그래도 나는 계속 어디론가 걸었다.

그러던 어느 날 나는 길을 잃고 말았다. 백담사에서 멀지 않은 곳이었으나, 내가 어디에 와있는지 짐작할 수 없었다. 그때 문득 '화이트 아웃'이라는 말이 뇌리에 떠올랐다. 화이트 아웃이란 눈의 빛 때문에 방향감각을 상실해버리는 상태를 말한다. 그 상태에서 나는 눈사람처럼 그대로 서있었다. 잠깐 공포감이 몰려왔으나 차츰 설명할 수 없는 묘한 안도감이 찾아왔다. 마치 어머니 뱃속에 들어와 있는 평화로운 느낌이 한동안 지속됐다. 모든 것을 완전히 상실해버린 느낌. 그게 왜 이렇듯 평화로운 것일까.

밤늦게 만해마을로 돌아와 나는 책상에 앉아 글을 쓰기 시작했다. 그리고 그날 이후 방에서 나가지 않았다. 오직 창문으로 내다보이는 드높은 산과 하염없이 내리는 눈과 하루 두 끼의 식사와 녹차와 몇 시간의 잠으로 한 달을 보내며 그동안 살아온 삶을 반추하는 소설을 썼다. 그리고 어느 날 오후 나는 하늘이 너무도 푸르러 밖으로 나갔다.

그제야 나는 화이트 아웃에서 해방되었음을 깨달았다. 더불어 눈이 그쳐 있었다. 달력을 보니 2월 중순이었다. 나는 백담사로 올라갔다. 그리고 경내에서 집으로 전화를 걸었다. 오랜만에 듣는 아내의 목소리는 봄을 기다리는 처녀처럼 애잔했다. 백담사에서 내려와 나는 집으로 가기 위해 짐을 꾸렸다.

돌아오니 눈 속에서 꿈을 꾸다 깨어난 느낌이었다. 주위의 모든 게 낯설게 느껴지고 가족도 처음 만난 듯 생소해 보였다. 그동안 나는 어디에 가있었던 걸까. 두 달 동안 산속에서 쓴 소설을 읽어봐도 역시 뭔가 실감이 나지 않는다. 다음날 아침 아내가 차려놓은 식탁에 앉아서야 비로소 나는 현실로 돌아왔음을 확연히 깨달았다. 된장국에서 진한 냉이 냄새가 났다. 그것은 기다림의 냄새였다. 그동안 나는 너무나 많은 짐을 지고 살아왔다고 생각했다. 또한 그만큼 힘든 삶을 살아왔다고 생각했다. 그래서 제풀에 길을 잃고 말았던 것이리라. 그러나 기다리는 삶보다 더 힘든 삶은 없다는 것을 이번에 나는 알게 되었다.

올 겨울은 길었던 것일까, 혹은 짧았던 것일까. 그건 잘 모르겠으나 중요한 것은 누군가 집으로 돌아왔다는 것이고 바야흐로 봄이 문 밖에 당도했다는 것이리라. 곧 온 세상이 꽃과 함께 푸르러지리라. 이제는 더이상 길을 잃지 말고 살아야지, 라고 생각하며 나는 밥을 먹고 있는 아내의 얼굴을 슬그머니 훔쳐보았다. ▫

5—윤대녕의 독서일기

나는 이런 책을 읽어왔다

굳이 문학을 하지 않더라도 헤르만 헤세의 『데미안』을 읽지 않고 사춘기를 보낸 사람은 드물 것이다. 중학교 2학년 때 어떤 여학생에게 선물받은 이 책은 내게 '껍질'에 대한 인식을 최초로 심어주었다. 끊임없이 껍질을 깨면서 새로 태어나는 과정이 곧 삶이라는 당연한 인식 말이다. 주인공 싱클레어보다 데미안과 그의 어머니인 에바 부인의 캐릭터에 매혹되어 며칠을 어두운 방 안에 틀어박혀 몸살을 앓으며 지냈던 기억이 이제도 새롭다. 그후 『나르찌스와 골드문트』 『황야의 이리』 『수레바퀴 아래서』 등을 읽으며 나는 헤르만 헤세에게서 조금씩 멀어질 수 있었다.

고등학교에 들어가 읽은 작품 중에서 가장 인상에 남는 소설은 허윤석 선생의 「유두流頭」라는 아주 짧은 단편이었다. '산방은 비 많은 산이었다'로 시작되는 이 소설은 장마철만 되면 물난리를 겪는 오지 마을을 배경으로, 병으로 아내가 죽자 아들 '가매'를 등에 업고 마을을 떠나던 주인공이 밤늦게 다시 허물어진 집으로 돌아온다는 단순한 줄거리를 가지고 있다. 나는 이 '되돌아옴'의 결말에서 가슴이 울리는 감동을 받았고 소설을 한번 제대로(?) 써보고 싶다는 열망에 시달리기 시작했다. 삶은 떠나갈 수 없다는 것, 결국 떠난 자리로 돌아올 수밖에 없다는 원리를 이 짧은 소설을 통해 배운 셈이다. 지금도 나는 까까머리 10대에 이 소설을 읽을 수 있었다는 것을 행운으로 여기며 살고 있다.

왜 「유두」뿐이랴. 1970년대 우리 문학은 그 얼마나 다채롭고 풍요로웠는가. 이청준, 김승옥, 오정희, 윤흥길, 윤후명, 조세희, 박완서, 최인호 선생 등등 떠올리기만 해도 가슴 벅찬 이들의 작품을 읽으며 나는 가난하고 누추하지만 행복한 고등학교 시절을 보낼 수 있었다. 그리고 날마다 소설가가 되고 싶다는 꿈을 꾸며 살았다. 그때가 바로 내 삶에서 '돌아보니 푸른 파도'의 시절이었다.

대학에서 나는 프랑스 문학을 전공하면서 가스통 바슐라르의 『불의 정신분석』 『물과 꿈』 『공기와 꿈』 등을 읽으며 한때 시인이 되기를 꿈꾸기도 했다. 나는 바슐라르에게서 상상력의 연금술을 배웠으며 또한 그의 명상적이면서도 몽상가적인 삶을 한없이 부러워했다. 롤랑 바르트도 마찬가지였다. 그의 기호학적인 글쓰기는 늘 나를 절망케 했으며 세탁물 운반차에 치여 결국 사망하게 된 그의 불행한 삶마저 흠모했다. 지금도 나는 책장을 정리할 때마다 『카메라 루시다』 『기호의 제국』 『이미지와 글쓰기』 『롤랑 바르트가 쓴 롤랑 바르트』부터 챙기곤 한다.

파트릭 모디아노와 미셸 투르니에를 읽으면서 나는 다시 소설쓰기로 돌아왔다. 도저히 시를 쓸 수 없다는 절망에 빠져 있을 즈음 읽은 모디아노의 『어두운 상점들의 거리』는 내게 다시 소설을 쓸 수 있는 열망을 안겨주었다. 그 당시 내가 왜 '기억 상실의 모티프'에 그토록 빠져 있었는지는 지금도 알 길이 없다. 『슬픈 빌라』 『호적부』 등을 따라 읽다가, 나는 미셸 투르니에의 『마왕』을 접하게 되었고 곧 신화에 깊이 매료되었다. 그리고 조지프 캠벨의 『신화의 세계』를 읽고 나서 말 그대로 '신화의 바다'에 빠지고 말았다. 그 즈음 김열규 선생의 『한국민속과 문학연구』를 읽은 것도 내게는 분명 행운에 속하는 일이었다. 그로부터 한국의 샤머니즘에 대한 관심을 갖게 되었고 또한 엘리아데의 불후의 저작 『샤머니즘』을 접하게 되는 계기가 되었던 것이다. 이는 훗날 이제하 선생의 『나그네는 길에서도 쉬지 않는다』를 읽고 감읍한 바탕이 되기도 했다.

강원도에서 군생활을 하는 동안에 나는 주로 시집을 읽었다. 미당, 고은, 황동규, 강은교, 정현종, 김종삼, 마종기, 박용래, 최승자 선생의 시집을 특히 아껴가며 읽었던 기억이 난다. 그리고 다시금 시가 쓰고 싶어 몸살을 앓기도 했다. 군대를 제대하고 나서 나는 공주의 한 암자에서 일년을 보냈는데 우편으로 배달되는 「불교신문」을 읽다가 저절로 불경을 접하게 되었다. 『금강경』과 『육조단경』이 불경 읽기의 시작이었다. 그후 선불교에 매료되어 아직까지도 헤어나오지 못하고 있다. 지금도 나는 일년에 한두 달은 절밥을 얻어먹으며 지내고 있다. 쿤즈의 『한글세대를 위한 불교』 또한 목록에 추가하고 싶다. 한편으로는 동양정신의 총화라 할 수 있는 불교를 외국인의 입장에서 이토록 명료

하게 이해하고 해석할 수 있다는 것이 그저 놀라울 따름이다.

오랫동안 일본, 일본문화, 일본문학에 심리적 거부감을 느끼고 있던 나는 등단한 뒤에야 무라카미 하루키, 요시모토 바나나 등을 읽게 되었고 더불어 마루야마 겐지의 소설들을 접하게 되었다. 『물의 가족』 『달에 울다』 『천년 동안에』 『밤의 기별』 등의 작품을 읽으며 '시소설'이 과연 가능하다는 느낌을 받았다.

미국문학에 대해서도 나는 비슷한 감정을 가지고 있었다. 기껏 읽었다고 해봐야 헤밍웨이, 솔 벨로, 레이먼드 첸들러, 레이먼드 카버, 토니 모리슨 정도였는데 뒤늦게 토머스 울프의 장편 『그대 다시는 고향에 못 가리』를 읽고 크게 감동했다. 또한 그의 걸작 단편인 「호랑이 옆의 어린이」와 「먼 것과 가까운 것」을 읽고 난 후의 감동도 여전히 가슴에 남아 있다. 비교적 최근에 읽은 미국 작가의 소설은 폴 오스터의 『달의 궁전』 『공중 곡예사』 『뉴욕 3부작』 등인데 미국의 1960년대 사회 배경을 이해할 수 있는 좋은 작품들이었다. 미국의 작가가 반미적 태도를 취하면서 인종 차별과 전쟁의 광기에 사로잡혀 있던 당시의 미국 사회를 고발하고 있기에 더욱 설득력 있게 읽힌다.

요즘 나는 우리 시대, 우리 세대의 문학을 먼저 챙겨 읽으며 가끔 돌아보듯 1960~1970년대 발표된 뛰어난 작품들을 다시 읽고 있다. 또한 어찌된 일인지 동양의 고대미학 쪽에 관심이 쏠리고 있다. 하지만 왜 그런지 묻지 않고 마음의 요구에 따라 책읽기를 지속하려고 한다. 뭔가 내부에서 필요하다고 느끼기 때문일 것이다. 지금 책상 위에 놓여 있는 두 권의 책은 『화하미학』과 『미의 역정』이다. 강우방 교수의 『미의 순례』를 읽다가 눈이 간 책이다. 이번 여름엔 우선 이 두 권의 책을 제대로, 깊이 있게 읽어내고 싶다. ▫

파트릭 모디아노 지음

파트릭 모디아노의 소설에 등장하는 인물들은 한결같이 그 정체가 불분명하다. 전쟁의 상처로 기억상실증에 걸렸다거나 혹은 낡은 사진이나 관청의 호적부를 뒤지고 다니는 무국적자의 형태로 나타난다. 그런데 그 인물들은 모두가 피에로 같은 복장을 하고, 이상하게 심각한 얼굴로 우리 앞에 등장한다.

『서커스가 지나간다』(용경식 옮김, 고려원)는 모디아노의 열세번째 소설이자 이른바 자전적 소설이다. 이 소설은 주인공 '내'가 열여덟 살 때인 10년 전에, 6일 동안 일어났던 사건을 기록하고 있다. 나의 아버지는 아들에게도 밝힐 수 없는 이유 때문에 스위스에 도피 중이고 배우였던 어머니는 내가 어렸을 때 스페인 남부에서 실종되었다. 지금의 나는 어쩐지 아버지의 인질인 상태로, 단지 병역을 기피하기 위하여 대학에 다니며 막연히 소설가가 되리라는 꿈을 가지고 살고 있다. 그러던 어느 날 누군가의 수첩에 이름이 적혀 있었다는 이유 때문에 경찰에서 조사를 받고 나오던 나는 주거부정의 정체가 모호한 여자를 만난다. 그녀 또한 그날 경찰에서 조사를 받고 있었고 알고 보니 누군가를 피해다니는 중이었다. 나는 별 뜻도 없이 그녀에게 스물한 살의 서점 중개인이라고 엉겁결에 말하게 되고 그녀를 아파트로 데리고 간다. 그러고 나서부터 나는 그녀 주변을 서성이는 수상쩍은 사람들과 어울리게 된다. 모두가 가명을 쓰는 마약 밀매업자인 듯한 사람들과의 연속되는 접촉. 시시각각으로 죄어드는 알 수 없는 불안.

그녀는 자신이 스물두 살이며 지젤이라는 이름을 가지고 있고 전에 서커스 단원인 남자와 결혼한 적이 있다는 것밖에는 결코 말하려 들지 않는다. 마침내 나는 이 무언가 비틀린 듯한 청춘으로부터 벗어나 그녀와 함께 로마로 가서 새로운 삶을 시작하기로 결심한다. 그러나 그녀는 어딘가로 그 '이상한 돈'을 찾아갔다가 의문의 죽음을 당하고 만다.

정체불명이며 가명인 청춘, 애초부터 이루어질 수 없었던 사랑, 곡예와도 같은 삶……. 그렇다면 우리의 인생 또한 지금 창 밖으로 소리 없이 지나가고 있는 서커스와도 같은 것인가? 파트릭 모디아노는, 어렸을 때 보았던 서커스단이 신속하게 천막을 쳤다가 새벽에 흔적도 없이 사라져버리는 것을 보며 몹시도 두려웠다고 누군가와의 인터뷰에서 말하고 있다.

『여수의 사랑』

여수에 가본 적이 있다. 돌산대교가 막 완공된 후니까 무척 오래전의 일이다. 다음날 나로도라는 섬으로 가는 배를 타기 위해 일찍 여관에 들어야 했지만 나는 여수 앞바다가 보고 싶어 택시를 타고 부두까지 갔었다. 부두는 등을 잔뜩 구부린 채 낚시를 드리우고 있는 사람들, 어둠속에서 술에 취해 아우성치는 사람들로 북적거리고 있었다. 나는 거기서 고단한 삶의 비린내를 온몸으로 맡고 있었다. 〈목포의 눈물〉과 〈목포는 항구다〉라는 대중가요도 있지만 따지고 보면 여수라는 항구 또한 우리네 육질의 한과 정서를 내포하고 있는 곳이다. 비록 귀지와 눈곱 낀 눈귀의 체험이라 하더라도 내게 여수는 그런 곳이다.

『여수의 사랑』(문학과지성사)은 1970년 광주에서 출생한 한강의 첫 소설집이다. 표제작 말고도 이 책에는 다른 여섯 편의 소설이 실려 있다. 그러나 그 소설들은 내가 보기엔 모두가 「여수의 사랑」이 낳은 고아이거나 사생아들이다. 각기의 소설들은 독립돼 있으나 분명 아득히

한 핏줄로 이어져 있다. 중편 「여수의 사랑」에 나오는 정선은 일곱 살 때 고아가 되어 고향을 등진 여자고 자흔은 여수발 서울행 통일호 열차에 버려졌던 사생아다. "검은 유리창에 반사되어 음화처럼 어른거리는 낯선 얼굴들"인 이 두 여자는 우연히 일년 동안 함께 살다 헤어진다. 자신의 운명을 받아들일 수 없어 늘 토악질에 시달리며 사는 정선과 막연히 여수가 고향일 거라고 믿고 어느 날 새벽에 문득 사라진 자흔. 이 소설은 고아 자흔을 찾아가는, 아니 자신의 원적지를 더듬어가는 또 다른 고아 정선의 이야기다. 하지만 그들이 어디서 어떤 방식으로 해후할지는 아무도 모른다. 물론 행복하게 만나리라는 보장도 없다. 다만 "세상에 있는 모든 물은 바다로 흘러가고 그 바다는 여수 앞바다와 섞여 있어요"라는 자흔의 말만이 이 소설 공간에 겹겹이 메아리치고 있을 뿐이다.

약력을 보면 한강은 이제 만 스물다섯 살이다. 그녀를 본 적이 있다. 이름 그대로 강처럼 조용한 사람이다. 그러나 그녀의 소설은 안에서 소용돌이치며 먼 진흙빛 정한의 바다로 거칠게 내닫고 있다. 그 흐름은 때로 투박하고 너무 세게 굽이친다. 그래서 그녀의 여수를 나는 여수旅愁로 읽을 수밖에 없었다. 스물다섯 살인 그녀는 어쩐지 인생을 너무 많이 보아버린 듯하다. 어쨌거나 한강은 서울에 있고 여수는 여수에 있다. 그 사이에 소설 「여수의 사랑」이 있다. 이렇게 말해도 되는지 모르겠지만 그렇다면 〈목포의 눈물〉에 비해 「여수의 사랑」은 너무 늦게 태어난 셈이다.

『광고와 에로티시즘』

김덕자 편저

인간의 마음에 가장 강력한 힘으로 작용하는 것이 무의식이라고 말한 사람은 프로이트였다. 원시적이고 감당할 수 없는 에너지의 원천인 이 무의식이 우리 마음을 지배하고 있다는 말이다. 다시 프로이트에 의하면 성 혹은 에로티시즘은 무의식 속에서 나르시시즘적 고독, 우발성, 유희성, 도박성 등을 그 활동 근저로 삼고 있다.

지금 소비자인 우리는 성性의 감옥에 갇혀 살고 있다고 해도 과언이 아니다. 각종 광고매체에 의해 우리의 오감은 표준화되고 통제되고 있다. 특히 성을 이용해 만든 광고들은 무의식의 신화적인 측면을 우선 조건으로 하고 성적 충동을 일으켜 소비자들로 하여금 그 충동과의 결합을 유도하고 있다. 그들 광고가 가져오는 왜곡된 성 충동들, 이를테면 관음증에의 욕구라든가 성적 도착, 혼교, 자위행위, 동성애, 프리섹스, 변태행위 등의 사실적인 암시는 종종 정신을 경멸하는 육체주의로 나타나 심각한 사회적 혼돈을 야기시키고 있다. 기업이 일방적인 이익의 추구만을 위하여 이처럼 광고를 악용하는 경우 그것은 더이상 우리에게 미시권력일 수가 없다.

『광고와 에로티시즘』(미진사)은 여성 혹은 성의 상품화 시대를 경고하는 사회문화학적 저작이다. 저자는 프로이트와 융의 정신분석학을 바탕으로 무의식과 신화, 신화와 에로티시즘의 관계를 '욕망의 삼각형'으로 설정하고 지금 우리가 접하고 있는 광고에 도사리고 있는 자본주의적 음모를 드러내고 있다. 그것은 소비자들이 구체적으로 언술할 수 없지만 무의식에 각인되는 그런 음모다. 그것은 우리의 꿈을 조건 없이 이용하고 그 꿈의 패턴을 조절해 마침내는 최면 상태에 빠진 소비자를 광고에 의해 행동하게 하며 단순한 상품의 실험물로 전락시킨다. 쉽게 말해 우리는 광고를 통해 미디어 속에서 착취당하고 있는 셈이다. 특히 여성을 상대로 한 광고는 인종차별식으로 30세 이전의 여자를 선택한 다음 절대적인 완벽성과 극단의 젊음을 제시해 여자가 늙어가는 것은 '나쁜 취미'인 것처럼 왜곡시킨다. 그러나 그것은 결코 성취될 수 없는 신화적 미의 세계다.

저자에 의하면 현대 소비사회가 원하는 인간은 순응하는 사람, 끊임없이 소비를 원하는 사람, 취미가 표준화되어 있고 타인지향적인 사람이다. 그 결과 현대인은 마침내 자신과 동료, 그리고 자연으로부터 소외되었으며 또한 다수와 밀착하지 않으면 자신의 안전이 위협받는다고 생각하고 소비를 통해서만 그 무의식적인 좌절감을 극복할 수 있다고 생각하게 되었다. 인간의 인격이 교환과 소비의 대상으로 전락해버린 것이다.

이 책은 소위 자본주의의 꽃이라 불리고 있는 광고의 숨은 얼굴을 잘 보여주고 있다. 더불어 이 책은 인간 본성에 바탕을 둔, 인간을 위한 가치 있는 광고 행위를 제시하고 있다.

『달에 울다』

마루야마 겐지 지음

봄 병풍에 그려져 있는 것은 중천에 떠있는 어스름 달, 동녘 바람에 흔들리는 강변의 갈대, 그리고 거지 법사이다.

마루야마 겐지의 『달에 울다』(김춘미 옮김, 예문)는 이렇게 시작된다. 물의 신화적 상상력을 형상화한 장편 『물의 가족』에 이어 우리나라에 두번째 번역된 책이다. 그의 소설은 시각적 영상 위에 시간과 죽음, 이미지와 리듬이 면밀하게 짜여져 하나의 병풍 같은 분위기를 자아내고 있다. 거기에 등장하는 인물들은 '젖은 석탄'처럼 음울하게 빛나고 있으나 그 인물들이 놓여 있는 공간은 그렇게 멀미가 날 만큼 화사한 배경색을 하고 있다.

『달에 울다』는 열 살의 봄, 스무 살의 여름, 서른 살의 가을, 그리고 마흔 살의 겨울로 구성되어 있다. 주인공이 열 살 적 봄에 병풍 속의 장님 법사는 격렬하게 비파를 타고 있고 병풍 뒤로는 면장집 토광을

턴 사내가 마을 사람들에 쫓겨 달아나고 있다. 그 사내는 곧 생선 껍질 옷을 입은 '나'의 아버지에게 잡혀 죽음을 당해 사과밭에 묻힌다. 두부처럼 어린 영혼인 나는 어느덧 스무 살이 되어 그의 딸인 야에코와 깊은 사이가 된다. 다시 세월은 흘러 "산에서 사슴이 울기 시작하는 날 아침" 야에코의 어머니는 죽고 그녀는 내가 서른이 되었을 때 다른 남자의 아이를 낳아 남몰래 사과나무 분지를 떠난다.

주인공이 마흔 살의 겨울을 맞이하는 첫 문상은 이렇게 시작된다.

> 겨울 병풍에 그려져 있는 것은 잘 갈아 긴 겨울 달, 얼음과 가루눈에 갇힌 산 위의 호수, 그리고 거지 법사다.

그녀가 버리고 간 사과나무밭을 내가 돌보는 동안 병풍 속의 법사는 마침내 늙고, 10년 전에 마을을 떠난 야에코는 열두 살 난 아들을 데리고 마을로 돌아와 눈 속에 쓰러져 죽는다. 평생을 야에코만 가슴에 품고 살았던 한 사내의 절규가 사과나무 분지에 메아리친다. 그때 병풍 속에서 몸을 뒤척이며 깨어난 법사가 "아아, 좋은 꿈을 꾸었어"라며 30년간 꾸었던 내 처절한 꿈을 일깨워준다. 이른바 시소설로 불리는 마루야마 겐지의 작품들은 어두운 실존의 그림자를 음울한 영상 미학으로 풀어내고 있다.

그의 소설에 등장하는 인물들은 대개가 '생선 껍질'을 쓴, 곧 반인간의 정서를 가지고 있으며 그래서 인간 조건에 굴욕당하고 있으면서도 한편으론 자연화되지 않는 그런 인물들이다. 그 반자연과 반인간의 숙명적인 긴장과 대립이 그의 소설을 이루는 주요한 모티브가 된다. 말하자면 달의 인력을 상징으로 한 정념과 시간, 인간과 자연 사이의 쉼 없는 조수작용, 그것이 바로 그의 소설 세계이다.

『밤에 용서라는 말을 들었다』

이진명 지음

시가 없는 세상은 어머니가 없는 세상처럼 얼마나 쓸쓸할까. 이런 생각이 들 때마다 나는 시인이란 존재에 대해, 시인이 아니고는 쓸 수 없는 시란 무엇인가에 대해 곰곰이 생각하게 된다. 솔직히 나는 시에 대해서 말할 줄 모른다. 그러나 이진명의 시집 『밤에 용서라는 말을 들었다』(민음사)를 읽고 있으면 누군가를 붙잡고 아무 얘기나 조용히 그리고 오래 얘기하고 싶어진다. 「청담」을 비롯한 그녀의 몇몇 시는 마음속에 오래 머물면서 내가 어둠일 때마다 나를 가만히 흔들어준다. 그녀의 시는 깊고 은은하며 타자의 삶을 오래 응시하고 난 뒤에 오는 아름다운 체념과 값진 연민의 빛으로 가득 차 있다. 그녀는 소리내지 않고 말할 줄 아는 시인이다.

표제작 「밤에 용서라는 말을 들었다」는 한 시인을 두고 말했을 때 서시와도 같은 작품이다. 서시란 한 시인이 삶의 화두를 붙잡고 온갖 떨림으로, 힘들여, 맨 처음 노래하는 것이리라. 우선 시인은 "나는 나무에 묶여 있었다. 숲은 검고 짐승의 울음 뜨거웠다"라고 진술한다. 왜 나무에 묶여 고통당하고 있는가. '나'를 묶어둔 것은 무엇인가. 상처와 분노, 슬픔과 증오……. 그래, 이런 것들일 테지. 아무튼 시인은 '어서 빠져나가고자' 몸부림친다. 그러자 나무 속에 잠들어 있던 새가 놀라서 떨어져내린다. 시인도 놀란다. "가여워라. 내가 그랬구나. 어서 다시 잠들거라. 착한 아기. 나는 나를 나무에 묶어놓은 자가 누구인지 생각지 않으련다." 시인은 이윽고 새와 함께 잠이 든다. 그리고 꿈을 꾼다. 누군가가 찾아와 "부드러운 노래"를 남기고 "고요하게 사라지는 흰 옷자락"을 본다. 새벽녘, 추위에 잠이 깬 시인은 그 꿈의 기억을 더듬으며 "샘물에 엎드려 막 한 모금 떠 마셨을 때" 불현듯 이런 말을 듣는다.

그러니까 부드러운 노래, "그 이상한 전언. 용서." 그리고 "그 말을 선명히 기억해내는 순간" 시인은 나무에서 천천히 풀려나고 있음을 깨닫는다. "얼굴 없던 분노여. 사자처럼 포효하던 분노여. 산맥을 넘어 질주하던 증오여. 세상에서 가장 큰 눈을 한 공포여. 강물도 목을 죄던 어둠이여. 허옇고 허옇다던 절망이여. 내 너에게로 가노라. 질기고도 억센 밧줄을 풀고. 발등에 깃털을 얹고 꽃을 들고. 돌아가거라. 부드러이 가라앉거라. 풀밭을 눕히는 순결한 바람이 되어. 바람을 물들이는 하늘빛 오랜 영혼이 되어."

이 시집에 들어 있는 그녀의 시들은 삶으로부터의 소외와 절망과 허무와 쓸쓸함과의 다툼을 이야기하고 있다. 그러나 그 다툼은 밖으로 향하지 않고, 우선 타자의 삶을 두둔하고 내 안의 어둠을 몰아냄으로써 세상에 빛을 더하는 방식으로 이뤄지고 있다. 그래서 그녀의 시는 읽히면서 곧 육화된다. 육화되어 함께 남는다. 나는 벌써 행복한 마음으로 그녀의 두번째 시집 『집에 돌아갈 날짜를 세어보다』를 앞에 두고 있다.

『고종석의 유럽통신』

고종석 지음

얼마 전에 나는 무슨 일인가로 모 잡지의 편집자와 만난 자리에서 여담으로, 고종석의 처녀 단편 「제망매」에 대해 얘기를 나눌 기회가 있었다. 그런데 나중에 나는 그때 만났던 편집자가 고종석 씨의 친여동생이라는 사실을 알고 나서 잠시 아연했던 기억이 난다. 「제망매」에 대한, 아니 그의 글에 대한 내 편집적 애정의 말이 뒤늦게 거북스러웠던 것이다.

그러고 나서 나는 쌓아두고 있던 책들 중에서 『고종석의 유럽통신』(문학동네)을 슬쩍 먼저 꺼내 읽게 되었다. 책읽기도 때로 인연과 관계되는 일인가. 그렇다면 그건 분명히 '행복한 책읽기'에 속하는 것이리라.

대학에서 법학을 전공한 그는 지금 프리랜서(혹은 통신원)로 가족과 함께 파리에 체류하고 있다. 전에는 신문기자(라기보다는 문학 칼럼니스트)였고 이미 세 해 전에 장편소설 『기자들』을 써서 소설가로 입문하기도 했다.

이 복잡한 이력은 역설적으로 말해 현재 그의 아이덴티티를 설명하는 것이기도 하다. 이렇게 표현해도 되는지 모르겠지만 그는 지금 자의에 의한 자비 망명의 길을 걷고 있다. '김현'식으로 말하면 이 땅에는 '준수해야 할 풍속'이 없기 때문일까. 그러나 그는 결국 하나의 길을 걷고 있는 것 같다. 많이 서성인 길은 굳어, 흐린 날에도 빛나게 마련이다. 인문학적 사유로 가득한 그의 글을 읽고 있으면, 마치 비누 묻은 손을 찬물에 담그고 오래오래 씻고 있는 듯한 기분이 든다.

『고종석의 유럽통신』은 그가 파리에 머물며 쓴 글(이라기보다는 편지들)이다. 그러나 그 정치한 서신들은 분명 공공적 가치를 지니고 있다. 기본적으로 그의 글은 지시하는 바가 뚜렷한 기호론적 문체를 바탕으로 하고 있다. 그는 5월의 파리에서 광주의 5월을 얘기하고 인종, 언어, 문학, 예술, 일본, 혁명, 제국주의, 정치 등으로 관심사를 넓혀가며 지적 사변을 토해내고 있다. 그는 순결성과 민족주의가 인류 분쟁의 원범이라고 말하며 "순수함에 대한 열정, 순결함에 대한 광기는 결국 불순함에 대한 증오, 요컨대 타인에 대한 증오로 이어지고" 한편 "세계시민주의로서의 개인주의는 불순함에 대한 사랑이고, 관용에 대한 경배"라는 논리를 이끌어낸다. 이제 "인간을 인간답게 하는 것이 아닌, 인류가 살아남기 위한 최소한의 요건은 관용의 철학, 수치심의 윤리"라는 것이다.

더불어 그는 '불순함에 대한 옹호'야 말로 진정한 국제적 코뮌의 세계로 나아갈 수 있는 바탕이 된다고 주장하고 있다. 그는 언어 혹은 글의 율법이 근본적으로 권력적이라는 것을 누구보다도 잘 알고 있는 것 같다. 그래서 그는 자신을 '감상주의자'라고 단언하고 자신의 글에서 그 율법의 틀을 무너뜨리려고 집요하게 애쓰고 있다. 거꾸로 글이, 문학이 또한 권력과 억압의 율법을 견뎌낼 수 있다고 믿고 있기 때문일지도 모른다.

『존재의 세 가지 거짓말』

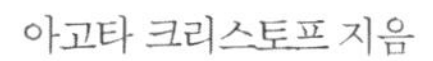

헝가리 출신 작가의 소설을 읽는다. 아고타 크리스토프. 1936년생. 어린 시절에 그녀는 제2차 세계대전을 겪는다. 아버지는 전쟁에 동원되고 어머니는 야채와 가축을 기르며 3남매를 키운다. 당시 독일 점령지인 오스트리아 국경 부근에 살고 있던 그녀는 독일군(점령군)과 소련군(해방군)의 시체를 일상적으로 보게 된다. 열여덟 살 때 그녀는 자신을 가르치던 학교의 역사 선생과 결혼해 스무 살에 엄마가 된다.

그해 그녀는 소련군이 부다페스트를 점령하자 반체제 운동을 하던 남편과 국경을 탈출, 우여곡절 끝에 스위스에 정착한다. 그리고 남편과 이혼한다. 그녀는 하루에 열 시간씩 시계 공장에서 일하면서 헝가리어로 시를 쓰다, 뒤늦게 대학에 들어가 프랑스어를 배운다. 그후 오랜 세월이 지나서 그녀는 프랑스어로 마침내 소설을 쓰게 된다. 반자전적 소설, 『존재의 세 가지 거짓말』(용경식 옮김, 까치)이 곧 그것이다.

이 책은 모두 3부로 구성되어 있다. 제1부 '비밀 노트'는 60개의 장으로 연결된 이른바 피카레스크식 소설이다. 전쟁이 나고 쌍둥이 형제 클라우스와 루카스가 어머니에 의해 시골의 할머니 집에 맡겨지면서 소설은 시작된다. 아버지는 종군기자로 전쟁터에 나가 있고 어머니는 도시로 돌아가 외국 군인을 상대로 살아간다. 전쟁이란 무엇인가. 그것은 가능한 악마적인 방법에 의한 가공할 인간성에의 실험이다. 쌍둥이 형제 클라우스와 루카스. 태어날 때부터 정체성을 상실한 이들에게 선이라든가 도덕적 감정 따위는 없다. 그들은 다만 '최악의 상황을 견디는 방법'으로 잔인함과 폭력을 무기로 살아가며 자신들의 노트에 그 가증스런 삶의 역사를 기록해나간다.

제2부 '타인의 증거'는 저자의 '둘로 갈라진 내 인생 자체의 이미지'를 형상화하고 있다. 클라우스는 국경을 탈출해 떠나고 루카스는 남는다. 남아서, 아버지의 아이를 낳고 방황하는 처녀, 한 권의 책을 쓰기 위해 누나를 죽이는 알코올 중독자인 서점 주인, 동성 연애자인 공산당 간부들과 어울려 살아간다. 제3부 '50년 동안의 고독'은 지금까지의 서술 구조를 해체하고 다시 복원하는 방식으로 이뤄져 있다. 그러나 그 복원은 매우 혼란스러워 보인다. 시점과 인칭마저 서로 모순을 드러내고 있다. 저자는 곧 헝가리가 겪어야 했던 반사회주의 체제 혁명, 체제의 붕괴 이후 불확실성 속에 빠져 있는 조국의 현실을 쌍둥이 형제 클라우스와 루카스의 삶을 통해 메타포하고 있는 것이다.

대저 체제란 무엇인가. 그것은 인간이란 순수한 입장에서 볼 때는 하나의 장치이며 감금이고 꿈꿀 권리에의 박탈이며 때론 무뚝뚝하게 속삭이는 거짓말이기도 하다. 바꿔 말하면 나쁜 체제란 흔히 비창조적

카오스로, 모순의 비극으로 우리 삶에 작용하게 된다. 이 책은 한편 우리의 불행한 현대사를 돌아볼 기회를 갖게 해준다는 점에서 가치를 지니고 있다.

『랩소디 인 블루』

배수아 지음

배수아의 소설을 읽고 있으면 종종 긁힘이란 낱말이 떠오른다. 그 긁힘은 때로 둔한 쓰라림을 동반하곤 한다. 내 경우, 그녀의 소설을 읽는다는 것은 그렇게 눈을 가늘게 뜨고 말의 가시덤불 속을 지나가는 일과 같다. 그 덤불 속에는 진한 코발트블루나 인디언레드의 색조가 언뜻언뜻 나부끼고 있고 전체의 테두리는 대개 연한 파스텔풍으로 감싸여 있다.

이런 점에서 그녀의 소설은 회화적이고 굳이 양식 구분을 한다면 인상파적이다. 그녀의 첫 장편 『랩소디 인 블루』(고려원)를 읽으면서 나는 줄곧 긁힘과 또 하나, 들뜸의 상태에 빠져 있었다. 여기서 들뜸이란 밤길을 걷다 우연히 전엔 보지 못했던 낯선 별자리를 발견했을 때의 느낌 같은 것이다. 거기에 무슨 이름을 붙여야 할지 나는 고민할 필요가 없고 또한 그럴 자격도 없다.

앞으로도 나는 이 무자격의 자격으로만 그녀의 소설을 읽을 수 있을 것이다. 〈랩소디 인 블루〉는 잘 알려진 바 거슈윈이 스물여섯 살에 작곡한 14분짜리 심포닉 재즈로 현대 기계문명이 가져다준 불안 속에 사는 인간의 모습을 우울이라는 주제로 표현한 것이다. 그와 동명인 이 소설은 이제 서른 살이 된 미호라는 여자의 성장 과정을 담고 있다. 그것은 '열아홉 살의 밤' '스물네 살의 여름' '서른 살이 금방 지나 돌아온 오늘'이라는 세 개의 시간대가 매우 복잡하게 쪼개져 있는 구조를 하고 있다.

그 세 개의 시간축을 중심으로 그녀 주위에 있는 인물들 역시 복합적인 관계망을 형성하고 있다. 순정만화 속에서나 나올 법한 도회풍의 이 젊은이들은 대개가 '어느 날 잘 자란 아이가 되어' 세상에 불쑥 나타난 인물들이다. 그들에겐 우선 전세대와의 연속성이 결여돼 있고 한결같이 정체성의 혼란을 겪고 있다. 따라서 그들의 일상 뒤에는 존재의 불안이 무겁게 감춰져 있다. 그것은 "어둡고 깊은 동물의 숲을 밤새워 헤매본 사람의 얼굴은 다르지. 그들은 그들끼리만 서로 알 수 있어. 이렇게 많은 사람들이 같이 있어도 너무나 무너지기 쉬운 끝없는 계단 위에 서있다는 것. 밤이 되면 도시의 건물과 건물 사이에서 검은 늑대의 무리가 움직이면서 숨어 있다는 것을 나는 알아"라는 말로 자주 묘사되곤 한다.

그런 묘사는 곳곳에서 날카로운 발톱을 세우고 여지없이 마음에 흔적을 남긴다. 결론적으로 이 소설에 등장하는 인물들은 우리가 방심하고 있는 사이에, 그러나 우리가 조작해놓은 현실 속에서 암암리에 성장해 벌써 서른이 되어버린, 그리고 바야흐로 현실의 전면에 등장해

한 세대를 형성하고 있는 인물들이다. 중요한 것은 이들이 지금 우리와 같은 현실을 앓고 있다는 사실이다. 그것은 부인될 수 없는 사실이고 누군가 부인하더라도 이들이 다시 열아홉 살로 돌아가기란 이미 불가능하다. 혹시 거기에다 신세대란 말을 붙여놓는 한이 있더라도 말이다.

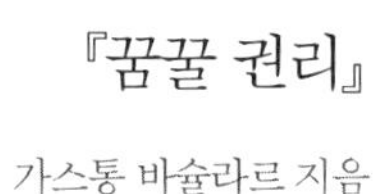

가스통 바슐라르 지음

바슐라르의 책을 읽기 위해서는 몇 가지 준비가 필요하다. 촛불과 혼자라는 고독, 그리고 바늘이 멈춰진 시계. 왜? 그의 책을 읽는 시간은 지속되는 시간이 아니라 어느 순간이 문득 고체화되곤 하는 시간의 연속이기 때문이다. 고체화된 영원한 시간 속에 빠질 때 우리는 긴 한숨을 쉬게 되고 그때 촛불의 그림자가 옆에서 흔들리게 된다. 그 흔들림이 끝나고 나서야 멎었던 순간은 아슬아슬하게 다음 순간으로 이어진다. 이 몽상가의 책을 읽는 일은 이렇듯 역습적으로 찾아드는 우주적 시간과의 조우를 뜻한다.

프랑스의 과학 철학자 가스통 바슐라르, '상상력의 형이상학'이라고 불리는 그의 철학은 종종 우라늄의 발견에 비견되곤 한다. 그는 물, 불, 공기, 흙의 4원소론을 통해 이미지의 현상학을 정립하고 우리가 흔히 원형이라고 말하는 세계의 궁극, 즉 신화적 공간을 탐색해 들어갔다. 그는 삶을 비연속적 순간의 지속으로 파악하고 '한없이 처음부터 몇 번이고 반복되는 고독'에 의해서만 이 살균 처리된 세계에서 행복해질 수 있다고 믿었다. 왜냐하면 고독할 때마다 우리는 필연적으로 꿈을 꾸게 될 테니 말이다.

『꿈꿀 권리』(이가림 옮김, 열화당)는 그가 모네, 샤갈, 세갈, 바로키에, 칠리다, 코르티, 마르쿠시스, 플로콩 등의 작품을 분석한 일종의 미술 비평서이다. 그러나 우리는 이 책을 굳이 미술론으로 읽을 필요는 없을 것이다. 우리는 다만 그의 '시적 교감'의 문체를 따라가며 순간순간 몽상에 빠져들기만 하면 된다. 가령 이렇게.

> 저녁이 되면 이 젊은 꽃은 잔물결 밑에서 밤을 지내기 위해 사라져버린다. 꽃 꼭지가 오므라들어 진흙의 어두운 밑바닥에까지 꽃을 불러들인다는 이야기가 있지 않은가. 그리하여 새벽마다, 여름밤의 편안한 잠을 자고 나서 커다란 미모사 수련꽃은 이렇듯 언제나 생생한 꽃, 물과 태양의 순결한 처녀로서 빛과 함께 되살아나는 것이다. 그토록 숱하게 되찾아진 젊음, 낮과 밤의 리듬에 의한 충실한 복종, 새벽의 순간을 알리는 그 정확성, 이것이야말로 수련으로 하여금 바로 인상주의의 꽃이 되도록 한 이유인 것이다.

이미 사물화된 작품이 그의 시선 아래 놓이면 일찍이 화가가 화폭 앞에서 선험적으로 꿈꿨을 세계의 모습이 변증법적 몽상에 의해 마술처럼 풀려나온다. 그는 샤갈을 낙원의 화가로, 칠리다를 '철의 우주'를 형상화한 조각가로 말하면서 판화가 플로콩의 작품에 긴 장을 할애하고 있다. 그는 '긴 역사를 가진 인간우주적 투쟁'에서 그가 자신의 끌로

새긴 나선형의 계단을 통해 환영의 산장에 도달했다고 말한다. 환영의 산장이 어디인가. 우리가 지금 책상 앞에 앉아 문득 고독 속에서 도달하고 있는 우주적 시간의 공간, 바로 신화적 공간의 세계가 아닐까.

『카파의 손은 떨리고 있었다』

로버트 카파 지음

수년 전에 나는 어느 사진 잡지에서, 한 병사가 참호에서 뛰어나오다 총탄을 맞고 쓰러지는 순간을 포착한 사진을 보게 되었다.

그 충격적인 사진의 제목은 〈병사의 죽음〉. 캡션을 보니 1938년 스페인 내란 당시 『LIFE』 지에 실렸던 작품이었다. 그 사진을 찍은 사람은 당시 스물두 살의 로버트 카파라는 풋내기 종군기자였다. 본명 앙드레 프리드먼. 1913년 헝가리 부다페스트 출생. 열일곱 살에 그는 유태인 추방정책에 의해 베를린으로, 다시 히틀러의 유태인 박해에 쫓겨 파리로 온다. 그리고 스페인 내란이 터지자 인민전선파에 가담하면서 종군기자로서의 삶을 살게 된다. 그후 그는 네 군데의 전장을 더 누비면서 보도사진계의 전설적인 인물로 남는다.

『카파의 손은 떨리고 있었다』(민영식 옮김, 해뜸)는 그의 제2차 세계대전 종군기다. 1942년 여름, "벌써 아침이 되었지만 일어나서 해야 할 일이란 아무것도 없었다"라고 시작되는 이 비망록은 바로 그날 아침, 한 주간지로부터 채용전보를 받고 뉴욕의 허름한 방에서 빠져나와 영국으로 극적인 출발을 하는 것으로 이어진다. 그리고 그는 알제리, 북아프리카의 사하라, 튀니지, 이탈리아 등지의 최전선에서 종군하며 훗날 '카파이즘'이라 불리는 불사의 행동주의를 보여준다. 카파이즘이란 위험을 무릅쓰는 기자 정신을 일컫는 말로 "만약 당신의 사진이 흡족하게 느껴지지 않는다면 그것은 너무 멀리서 찍었기 때문이다"란 카파 자신의 말이 이를 잘 설명해준다.

1944년 8월 8일, 그는 연합군의 노르망디 상륙작전에 참가해 108장의 역사적인 장면을 촬영하게 된다. 그러나 애석하게도 암실 조수가 너무 흥분한 나머지 현상된 필름을 말리다 과열로 망쳐버려 겨우 여덟 장만의 사진이 남게 된다. 그러나 열로 흐려진 그 사진이 상륙작전의 긴박한 상황을 보다 역동적으로 포착했다는 아이러니를 낳았으니 『LIFE』 지에 실린 그 사진 옆에는 다음과 같은 유명한 캡션이 붙게 된다. "그때 카파의 손은 떨리고 있었다."

그는 지상의 생텍쥐페리였다. 인생에 있어서는 불행했던 그는 첫 애인 겔다를 스페인 내란에서 잃었고 2차 대전 때 영국에서 만난 핑키라는 여인은 그의 절친했던 전우와 결혼해버리고 말았다. 이 책은 전쟁이 종료된 런던으로 돌아와 핑키와 헤어지면서 "이제, 아침이 되어도 일어날 필요는 정말 없어진 것 같다"로 끝난다.

평생을 무국적자로, 독신으로 지냈던 그는 1954년 5월 25일, 베트남 전쟁에서 지뢰를 밟고 41세로 생을 마감했다. 그는 삶이라는 것에 늘, 너무 가까이 붙어 있었던 것이다.

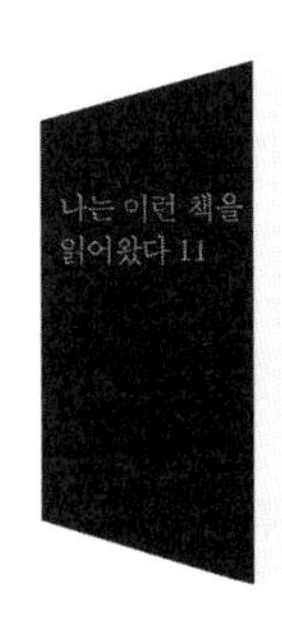

『천년 동안에』

마루야마 겐지 지음

먼저 『소설가의 각오』를 읽는다. 249쪽.

돌이켜보면, 나는 소설가들이 종종 빠져드는 값싼 나락으로 빠지지 않은 것이 정말 다행스럽다. 이제야 비로소 말할 수 있지만 '물 흐르듯 사는 편이 훨씬 편하다'고 중얼거리며 흔들린 적이 몇 번이나 있었다. 그러나 생각만 했을 뿐 실행하지는 않았다. 그런 생각이 들 때면 나는 펜을 내려놓았다. 돌아다니는 것도 그만두고, 어디가 아픈 것도 아닌데 며칠이고 이불 속에서 지냈다. 누구도 만나지 않았다. 전화도 받지 않았다. 불을 끈 방에서 잠만 계속 잤다. 그럴 때는 잠자기가 나의 일처럼 보였다. 나는 죽은 사람처럼 오로지 잠만 잤다.

작년 5월 속초에서 지낼 때 예문출판사에서 나온 『밤의 기별』을 읽었다. 읽고 나서 잠을 못 잤다. 또 다음날 내내 아카시아 숲과 막 모내기를 끝낸 논배미를 돌아다니다 저녁에 숙소로 돌아왔다. 나 역시 읽고 나서 잠을 못 이루고 어떤 독자가 하루를 온통 서성이게 하는 소설을 쓰고 싶었다. 그것이 몸부림만으로 되는 게 아니라는 것을 알고 절망했다.

『천년 동안에』(원제: 『싸움나무 아래서』, 김난주 옮김, 문학동네)를 펴들면서 그래서 나는 잠시 두려웠다. 그러나 읽어나갔다. 이 장엄한 묵시록을. 활화산을 보듯 곧 온몸이 뜨거워졌다. 이 작품은 소설이라기보다는 하늘을 받치고 서있는 한 그루 '우주나무'의 독백이라고 말해도 좋을 것이다. 독자로 보기에 마루야마 겐지는 이제 사람을 떠난 것 같다. 그는 장려한 문체로 전체 인간 문명과 곧 빅뱅이 일어날지도 모를 우주의 공회전에 대해 얘기하고 있다. 공회전 소리는 어디에서 들려오는지 모르지만 그 메아리가 크다.

'싸움나무'는 숲에서 천년을 버티며 인간 문명을 지켜본 이 소설의 화자다. 어느 날 숲속 늪가 나무에 목을 매단 여자의 몸에서 이마에 별 모양의 점을 갖고 있는 아이가 태어난다. 소설은 이렇게 설화(신화)적 존재로 태어난 '흐르는 자'에 대한 2인칭 형식의 독백으로 이뤄져 있다. '싸움나무'는 예지되는 영상을 통해 이 '흐르는 자'가 세기말의 문명 속에서 누리다 가는 28년 동안의 미래를 본다.

'흐르는 자'는 자식이 없는 농부의 손에서 열다섯 살 때까지 자라다 무절제한 개발로 인한 산사태로 양부모를 잃고 고향을 떠난다. 그는 호적도 이름도 없는 자이며 수렵민처럼 떠돈다. 단 하나 그에게 지침을 주는 『원숭이의 시집』을 들고. 그러나 그는 전제주의적 사회와 현대문명의 황폐함 속에서 “이 세상에서 구제를 필요로 하는 것은 인간 뿐”이라는 사실을 깨닫고 절망한다. 그리고 그는 파시즘과 황폐한 문명의 중심을 폭파시키고 자신도 자연과 우주 속에 귀속된다. 그의 미래 영상을 지켜본 ‘싸움나무’ 또한 ‘천년 만에 맺은 오직 하나의 열매’와 함께 쓰러진다.

> 여전히 어처구니없는 경제 시황. 권력의 힘으로 죽어가고 있는 안락사 법안. 막대한 피해를 초래할 다음 지진에 관한 끝없는 말씨름. 산업적 정열에 의거한 군수 산업의 태두. (……) 한없이 피폐해지는 파멸의 각인이 찍힌 지구 환경. 주민등록번호를 한층 강화한 국민 관리의 구체안. (……) 더이상 버티지 못하여 드디어 줄어들기 시작한 이 별의 인구. 화성에 바다를 만든다는 꿈같은 개조 계획. (……) 인간의 수명을 연장한 만큼 마음을 파먹은 과학 기술. (……) 우주에서 시도해보자는 원폭, 수폭 실험.

끔찍한 소설이다. 마루야마 겐지도 끔찍하다. 어쩐지 마지막 소설처럼 비장감이 전해져온다. 『물의 가족』 『달에 울다』 『봐라, 달이 뒤를 쫓는다』를 읽었을 때처럼 행복하지가 않다. 소설이 굳이 아름다워야 할 필요는 없지만 이 소설에서 마루야마는 마치 주인을 잃고 떠도는 사무라이(영화 〈로닌〉)처럼 보인다. 아무튼 우리가 읽어야 할 마루야마의 소설은 여기까지 와있다.

‘수도승’이 쓴 작품이니 인정하지 않을 수 없다. 마루야마 자신은 영상보다 더 매혹적인 소설을 쓰겠다고 여러 차례 밝혔지만 활자와 영상과의 승부는 이미 끝난 지 오래다. 바야흐로 인터넷과 영상의 세계다. 그런 데다 이제 순수한 의미의 독자는 점점 사라지고 있다. 다만 소비자가 존재할 뿐이다. 하지만 문학은 아직 소비재로 분류되지 않는다. 어쩌다 상품화에 성공한 작품들은 그래서 역설적으로 문학이 아니다. 읽어봐도 대개는 그저 그렇다. 그것은 소설일지 몰라도 도대체 문학이라고 분류하기에는 실로 여러 가지가 주저된다. 그 아득한 대척점에 마루야마가 있다. 문학에 순교하는 밤의 은자처럼.

문학과 소설은 이제 확실히 다른 이름이다. 문명이 변한 것이다. 현재 우리 창작자들한테 던져진 화두도 바로 이것이다. 유럽사회와 다르게 한국과 미국과 일본은 너무 빨리 인간을 앞질러 갔다. 본질을 놓아둔 채. 이 소설은 그런 염려와 한탄으로도 읽힌다. 인간에 대한 애정이 이 소설에서는 거의 느껴지지 않는다. 세기말과 문명에 대한 거대 담론이자 장엄한 묵시록이지만 이 소설을 과연 어떤 소비자가 구해 읽을 것인가.

이제 우리가 할 수 있는 일은 영화 〈블레이드 러너〉나 〈너바나〉 같은 합성인간이 등장하는 소설을 쓰는 일인지도 모른다. 또한 문학이냐 소설이냐를 놓고 선택할 처지에 놓여 있는 것도 사실이다. 근대성과 맞물린 소설의 기원을 놓고 볼 때 그게 독자든 소비자든 대중과 유리된 작품을 계속 쓰는 것이 과연 바람직한 일인지 다시 재고해봐야 한다. 나를 포함한 우리의 소설가들은 이런 점에서 여전히 해묵은 진정성의 편을 들어 순진한 태도를 고집하고 있는지도 모른다.

입장 정리. 이런 표현이 아마 적절할 것 같다. 전화를 끊어놓고 이불을 쓰고 누워 며칠 동안 우선 잠부터 자둬야겠다.

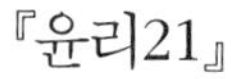

가라타니 고진 지음

가라타니 고진의 『윤리21』(송태욱 옮김, 사회평론)을 읽노라면 많은 상념이 뒤따른다. 윤리에 대한 정의나 개념을 떠나 우선 타자(성)란 무엇인가라는 질문을 받게 된다. 그것은 기본적으로 나와 동등한 대상을 일컫는 말이며 동시에 상대를 목적으로 대하는 태도다.

우리 사회에서 타자 혹은 타자성의 문제는 적어도 일제 강점기와 6·25전쟁을 겪는 과정에서부터 오늘날까지도 충분히 사고되지 않았던 대목이다. 왜냐하면 오랫동안 자신을 피해자로 간주하면서 주체로 인식하려는 시각이 좀처럼 확보되지 않았기 때문이다. 그것은 한편 책임으로부터 자유로워지고 싶은 태도에서 비롯된 것이라고 할 수도 있다. 이런 피난민 의식은 아직도 우리 사회를 둘러싸고 있는 지배적인 정서의 하나인데 지역감정을 이용한 정치 형태가 그 대표적인 것이고 비슷비슷한 이익을 추구하는 소수 집단들 사이의 해묵은 배타성과 과도한 권위의식도 그렇게 보이는 경우가 많다.

이 책은 주로 일본의 전쟁 책임을 스스로 묻는 내용으로 이뤄져 있다. 또한 미국이나 과거 유럽 국가들이 저지른 식민지 지배에 따른 윤리적인 문제가 앞으로 필연적으로 제기될 것이라며 20세기를 제국주의와 식민지 지배, 종교와 인종 간의 갈등, 자본주의의 확산에 따른 환경 파괴의 시기로 규정한다. 그리고 죽은 타자와의 관계와 아직 태어나지 않은 타자에 대한 윤리적 의무를 제시하면서 21세기는 바로 윤리의 세기가 되어야 한다고 주장한다.

그의 논리에 따르면, 자유가 없다면 주체가 없고 책임도 있을 수 없다. 자유란 의무에 의해 비롯되고 실천적 차원에서만 존재한다. 동시에 타자를 수단으로서만이 아닌 목적(자유로운 주체)으로 대하는 데서 비로소 윤리가 발생한다. 이때 윤리란 공동체의 고유한 가치 개념인 도덕을 넘어서 세계시민으로 사고할 수 있는, 곧 타자성을 확보한 주체 개념이다. 그것은 스스로를 더이상 피해자가 아닌 가해자로 보려는 시각이기도 하다.

『일본 근대문학의 기원』으로 잘 알려진 가라타니 고진의 이 책은 윤리적 주체로서의 자기 기원에 대한 꾸준한 질문과 수정을 요구한다.

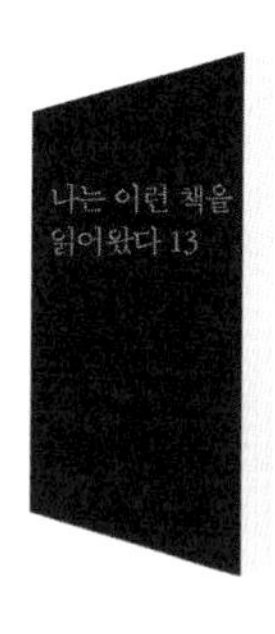

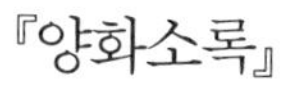

『양화소록』

강희안 지음

〈고사관수도〉라는 그림 기억하실는지. 고매한 모습의 선비 하나가 개울을 내려다보고 있는 그런 그림. 물빛, 물소리를 보고 들으며 그는 무슨 생각에 잠겨 있는 것일까? 조선 초 선비화가 강희안. 『양화소록』(서윤희·이경록 옮김, 눌와)은 그가 손수 화초를 기르면서 알게 된 꽃과 나무의 특성, 품종, 재배법을 정리한 책이다. 우리나라 최초의 원예서로 알려져 있다. 치통을 앓는 소처럼 더디게 되새김질하며 이 오래된 책을 읽는다. 당장 어느 쪽을 펴봐도 글의 스밈이 깊고 때로 좁쌀처럼 영근 빛이 어두운 몸속으로 튀어들어온다.

일체 만물은 고요하다. 부여받은 천명을 지켜 함부로 옮겨 살지 않고 본성을 밝히고 맑히며 서로 이치에 따라 어우러져 있기 때문이다. 하여 세찬 비바람이 불어도 만물은 고요하다. 그것들 중에 매화, 난초, 국화, 대나무 따위처럼 고매한 풍격을 품은 것들은 자주 선비네의 곁으로 불려와 지조와 절개와 은일을 지켜주었다. 화훼를 재배하는 것은 그렇게 키우는 사람의 심지를 굳게 하고 덕성을 기르기 위함이었다.

강희안은 열여섯 종의 꽃, 나무의 품격과 상징을 서술하면서 이들에게서 양생의 도를 터득했음을 밝히고 있다. 만물은 서로 연관돼 있으나 성질은 제각각 오묘하고 달라 그 이치를 궁구하여 근원으로 들어가지 않으면 마음을 꿰뚫어볼 수 없다. 그는 소나무에서 장부의 지조를, 국화에서는 은일의 모습을, 매화에서는 품격을, 석창포에서는 고한의 절개를 말하면서 사물의 본성을 알고 그 방법대로 키운다면 한갓 미물인 풀 한 포기라도 자연스럽게 꽃이 피어나게 마련이라고 말한다. 그것이 곧 양생법이다.

화엄사 각황전 처마 옆에 홍매화 한 그루가 서있다. 이른 봄 구례 산수유 필 즈음 더불어 기웃거리면 함께 피고 있다. 매화는 삼청동 월전 장우성 화백의 뜰에 있는 게 좋다는데 아직까지 구경할 기회가 없었다. 배롱나무도 마찬가지여서 그 유명한 담양 명옥헌의 것은 처음 봄에 갔을 때는 꽃이 피어 있지 않아 미처 그게 그것인지도 몰랐고 선운사 영산전 옆에 있는 것만 몇 번이나 눈부시게 쳐다보았다. 대나무는 강진 다산초당의 것이 바람 소리도 깊고 그림자도 맑다. 동백은 역시 오동도와 두륜산 것이 내가 보기엔 그중 운치가 있었다.

『양화소록』을 읽으며 제멋대로 떠오른 생각들이다.

선비가 드문 시절에 드문 선비들조차 더이상 꽃과 나무를 곁에 두지 않는다. 아니, 둘 곳이 없다. 그렇다면 6백 년 전에 한 선인이 남긴 『양화소록』 한 편이라도 음미해봄이 어떠할까.

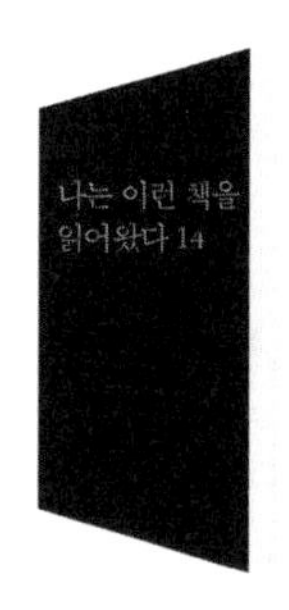

『메멘토 모리, 죽음을 기억하라』

김열규 지음

죽음은 우리에게 어떻게 찾아오는가. 우선 늙음을 통해서다. 생리학적으로 25세 전후가 되면 성장이 멈추고 바야흐로 늙음이 시작된다. 그리하여 25세 이상의 여성들은 피부 모델로는 기용되지 않는다. 소위 사진발이 안 받기 때문이다. 늙음의 과정은 몸에서 죽은 살의 찌꺼기인 비늘이 흘러내리고 목소리가 거칠어지고 눈앞이 흐려지며 이빨이 흔들리거나 빠지는 양상으로 진행된다. 머리칼이 하얗게 세는 것은 극히 일부의 현상일 뿐이다. 어쩔 수 없이 죽음을 키우며 죽음과 더불어 사는 것이다.

그렇지 않더라도 인간 존재는 매일매일 죽음과 따로 놀지 못하는데, 밤마다 잠자리에 드는 것이 그것이요 더 미시적으로 보면 무의식적으로 눈을 깜박이는 생리적인 현상조차 삶과 죽음의 반복이라고 할 만하다. 그러한데 늙음은 갈수록 취급받지 못하고 자주 타박의 대상이 된다. 종국엔 한결같이 늙어갈 사람들이 늙음을 비웃고 천대하는 것이다.

늙음을 천대하는 무의식의 근저에는 죽음에 대한 공포와 부정이 도사리고 있다. 장례는 철저히 산 사람들의 질서를 재편하는 용도로 변경되고 또 그렇게 소비되고 있다. '관혼상제'를 보면 분명 술과 고기를 금하고 있는데, 상주는 차마 아니 그런다 해도 문상객들은 여지없이 술을 마시고 심지어는 화투판을 벌여놓고 떠들썩하게 밤을 지샌다. 이를 두고 한국인 특유의 축제형 장례라고 할 수 있을까.

『메멘토 모리, 죽음을 기억하라』(궁리)를 보면 꼭 그렇지 않다. 죽음에 대한 사유의 부족과 또 막연한 공포와 부정이 죽음을 다시 죽게 하고 우리 삶에서 죽음을 소거해갔다고 본다. 이는 삶에 있어서 곧 전체성의 상실이다. 빛과 그림자를 떼어놓는 일이다. 저자의 말에 따르면 애써 죽음을 밀쳐놓았을 때 삶도 함께 밀쳐놓고 마는 일이 된다. 바람을 만나 부푸는 풍선처럼 죽음을 만나야 비로소 진정한 삶을 살게 된다.

죽음을 하나의 지엄한 통과의례로 보려는 시각은 그의 오래된 저작 『한국민속과 문학연구』에서도 뜨겁게 되풀이되고 있는 바, 화생의 삶이 바로 그것이다. 달이 이울어짐과 차오름을 통해 끊임없이 재생을 반복하듯 우리의 삶도 그렇게 거듭되어야 한다는 것이다. 그러려면 죽음도 삶과 함께 춤추어져야 한다. 우리는 모두 죽은 자들의 현현이며 늙음과 죽음은 결국 산 자의 것이기 때문이다.

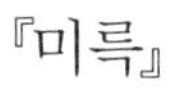

화순 운주사는 경내가 없다. 물론 일주문도 없다. 산도 들도 아닌 만산 계곡 길가와 논밭에 소박하기 짝이 없는 생김새의 석불과 탑들이 옛사람인 양 이끼를 껴입고 여기저기 서있을 따름이다. 어떤 미륵은 땅 위에 머리만 내놓은 채 꿈을 꾸고 있고 또 어떤 이는 바위에 비스듬히 기대 있거나 혹은 쓰러져 있으며 아예 산 위에 거꾸로 누워 있는 이도 있다.

현실과 전설 속에 동시에 등장하는 운주사. 미륵사상에 빠져 있던 후백제의 유민들이 통일신라 말기부터 고려시대에 걸쳐 불사해놓았으리라 짐작할 뿐인 석불과 탑들. 거기 운주사에 가보았으니 그새 10년 전의 일이다.

계곡 초입에서부터 그 사람 꼴의 미륵불들에 홀려 오히려 두려웠던 기억이 지금도 생생하게 남아 있거니와 그럼에도 그 경이로움에 대한 수수께끼는 두고두고 풀 길이 없었다. 그러고 나서 불과 얼마 전에야 이름도 낯선 한 독일인 예술 이론가에 의해 씌어진 『미륵』(이경재·위상복·김경연 옮김, 학고재)을 읽고 그만 가슴이 철렁 내려앉고 말았다. 비록 전생에 이끌려 한국에 왔다고는 하지만 파란 눈의 통찰력이라고밖에는 달리 부를 수 없는 그의 치밀하고도 아름다운 문장, 가히 업적에 해당하는 사진들, 한국인 우리 누구도 해내지 못한 그 수많은 석불과 탑에 대한 세밀한 분석과 사유 앞에서 나는 부끄러움보다 먼저 마음의 길이 환하게 열림을 경험했다.

미래의 부처라는 미륵. 그가 하생하여 가져올 용화세계. 곧 만백성이 꿈꾸는 이상향의 세계이다. 힐트만은 운주사를 “생산과 예술이 조화를 이룬 엄숙한 장소” 혹은 “자연을 일으켜 세우려는 인간 의지에 의해 움직여지는 발전소”로 풀이하면서 동시에 선운사 마애불과 관련시켜 백제 유민의 오랜 집단무의식이 동학으로까지 이어지지 않았을까, 라는 신중한 접근을 보이고 있다.

그렇게 단정할 근거는 희박하나 그가 기록한 사진 속에는 아직도 그 후손들이 운주사 앞에서 논밭을 갈고 벼를 베고 있다. 항아리를 쌓아 놓은 듯한 모양의 석탑이 우뚝 서있는 논바닥에서. 탑을 피해 낫질을 하며 탑과 함께 어우러져. 어쩌면 다가올 용화세계를 꿈꾸며. 그렇다면 만산 계곡 서쪽 야트막한 산봉우리 비탈진 곳에 육계를 빼앗긴 채 돋을새김으로 누워 있는 미륵 두 분은 언제쯤 일어나실 것인가.

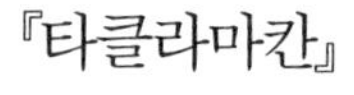

『타클라마칸』

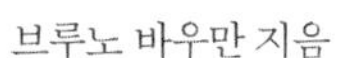

브루노 바우만 지음

작년 가을엔가 어느 지인 하나가 중국에 갔다가 차를 한 봉지 선물로 들고 왔다. 책상 옆에 몇 개월을 놓아두고 있다가 얼마 전에야 포장을 뜯어 우려먹어 보았다. 뜻밖에도 그 맛은 내게 매우 익숙한 것이었다. 말하자면 내 육체가 그 맛을 고스란히 기억하고 있었던 것이다. 그것은 약 7년 전에 내가 중국에 갔을 때 아침저녁으로 늘 마시던 차였다. 그때 나는 실크로드를 여행하고 있었다. 그 차 맛 속에는 사막의 먼지와 투르크인들이 주식으로 먹는 란이란 빵과 양고기와 국수의 냄새가 배어 있었다. 누군가 맛은 기억이라고 했는데 정말 그런 것 같다. 그로부터 이 차를 마실 때마다 내 눈엔 자주 사막의 풍경이 떠오르곤 했다.

해가 지나기 며칠 전에 어느 출판사에서 내게 한 권의 책을 부쳐왔다. 공교롭게도 그것은 오스트리아의 탐험가 브루노 바우만이 쓴 『타클라마칸』(이수영 옮김, 다른우리)이란 책이었다. 30대 중반에 내가 실크로드를 여행하면서 지나쳤던 곳이었다. 아침저녁 양고기를 주식으로 삼고 이 거친 차로 속을 달래던 그때 그 사막 말이다.

타클라마칸. 위구르어로 '돌아나올 수 없는 곳'이란 뜻이다. 실크로드 천산남로와 서역남로 사이에 가로놓인 지구상에서 가장 황량하고 넓은 사막. 호탄을 비롯한 많은 오아시스를 거느리며 고대 동양과 서양의 사람들이 가장 장대하고 화려하게 조우했던 장소.

브루노 바우만보다 1백 년 일찍 타클라마칸을 건너간 서양인이 있었으니 스벤 헤딘이라는 스웨덴 사람이다. 식민지주의자에다 나치주의자이며 탐욕스러운 탐험가였던 그는 타클라마칸을 두고 '무덤 속과 같은 고요함의 고향'이라 불렀다. 바우만의 타클라마칸 횡단은 헤딘의 1백 년 전 경로를 따라간다. 메르키트에서 호탄강까지 이어지는 20일간의 여정에서 바우만은 헤딘이 잘못 기록했거나 고의적으로 왜곡한 사실을 하나씩 밝혀내며 새로운 횡단 기록을 남긴다. 곧 역사 다시 쓰기다. 동시에 바우만은 사막 자체가 가져다주는 원초적 의미가 무엇인지를 모래 폭풍 속에서 끊임없이 질문하고 있다. 그 불가능한 대답을 위해 사막에서는 연일 사람 대신 낙타가 죽어간다. 그는 말한다.

"사방 어디를 둘러봐도 보이는 것은 온통 모래언덕뿐이었다. 그것은 마치 드넓은 바다의 정지한 물결을 보는 것만 같았다. 무한한 세계를 바라보는 느낌이었다."

그러나 이 이상의 대답은 그도 끝내 얻어내지 못하고 있다. 사막을 수식할 수 있는 절대성의 언어는 아마 존재하지 않을 것이다. 죽음을 불러오는 광기의 땅. 그 말로 사막은 다 설명되지 않는다. 그곳은 태초에 신이 비워놓은 절대 순수의 영역인지도 모른다. 다만 무당에게 신이 내리듯 인간의 마음에도 뜨거운 모래바람이 불어닥칠 때면 죽음을 무릅쓰고라도 건너가지 않으면 안 되는 그러한 곳이리라.

『침묵의 세계』

막스 피카르트 지음

> 침묵하고 있을 때면 입의 윤곽은 마치 한 마리의 나비가 날개를 접고 있는 것 같고, 그러다가 이윽고 말이 시작되면, 그 날개를 펴고 나비는 날아가 버린다.

막스 피카르트의 『침묵의 세계』(최승자 옮김, 까치)는 오직 침묵에 관해서만 얘기하고 있다. 침묵이란 단어 하나로 책을 가득 채우고 있다. 무엇이 그로 하여금 그토록 침묵에 관하여 많은 말을 하게 한 걸까.

이 책을 읽으면서 나는 초등학교 때부터 수없이 마주봐야 했던 교실의 검푸른 칠판을 떠올렸다. 지금 와서 생각하니 그것은 바로 침묵의 상징이 아닐 수 없었다. 이윽고 수업종이 울리면 담임선생님이 도르래가 달린 문을 열고 들어와 분필을 집어들고 칠판을 향해 천천히 돌아서는 것이었다. 칠판을 향해 쳐들려진 손가락 사이에 붙들려 있는 분필은 검푸른 침묵 앞에서 잠시 멈칫거리거나 떨고 있었다. 바야흐로 침묵에 균열이 가고 침묵이 찢기고 말씀이 열리는 순간이 도래해 있음이었다. 여기저기서 낮게 한숨 소리가 새나왔고 이어 침묵이 깨어지며 하얗게 말들이 묻어나기 시작했다. 그때 분필에서 튀어나오는 소리는 침묵의 소리였을까 아니면 말의 소리였을까. 완강한 침묵에 떠밀려 칠판 턱으로 흘러내리는 분필가루를 보며 혹은 그런 의문에 사로잡혀 있지는 않았었는지.

오늘날 우리는 소음의 대량 생산 시대에 살고 있다. 침묵이 은폐됐거나 몰수된 세계에 살고 있는 것이다. 우선 라디오가 우리에게서 침묵을 앗아간다. 그것은 끊임없이 잡음을 생산해내는 생물체와도 같다. 어찌 라디오뿐이랴. 텔레비전은 우리의 귀뿐만 아니라 눈까지 빼앗아갔으며 우리는 그것에 의해 쉽사리 구속되고 지배당한다. 아이의 유모가 텔레비전으로 대체된 것은 이미 오래전의 일이다. 심지어는 사랑의 방식조차도 우리는 라디오와 텔레비전 앞에서 구한다.

피카르트의 침묵은 신성에 기초한다. 그것은 사물들 속에 깃든 신적인 것의 자취이다. 침묵은 독자적이고 능동적인 존재로서 모든 사물과 모든 풍경 속에 깃들어 있다. 그는 침묵의 성스러운 무효용성을 얘기하면서 들에서 일하는 사람들의 느슨한 움직임이 도시에서 파괴된 침묵의 씨를 다시 뿌리는 일이라고 말한다. 소란과 잡음의 한쪽에서 세계의 균형을 유지하기 위해 묵묵히 침묵을 생산하고 있다는 것이다.

이제 막 사랑을 시작한 연인들의 언어처럼 말은 침묵 속에서 솟아나와야 비로소 말씀이 된다. 그 떨림, 그 주저함, 그 망설임의 틈새에서 침묵은 아름답게 빛난다. 오늘날 침묵을 상실한 우리는 어쩌면 거룩한 고요함의 낙원을 상실한 것인지도 모른다. 우리는 다시 아이로 돌아가야 하는 걸까.

> 아기 속에는 어른을 위한, 어른의 소란스러운 세계를 위한 그리고 나중을 위한 예비로서의 침묵이 수북이 쌓여 있다.

이 책은 전 지구가 소란과 광기로 뒤덮였던 제2차 세계대전 직후에 씌어졌다. 피카르트는 독일인 의사 출신의 문필가였다.

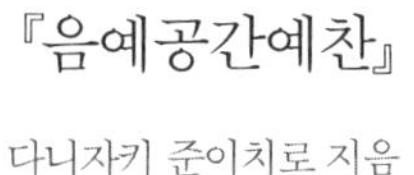

『음예공간예찬』

다니자키 준이치로 지음

음예? 이 알 듯 말 듯한 말의 뜻은 무엇일까. 그것은 '그늘인 듯한데 그늘도 아니고 그림자인 듯한데 그림자도 아닌 거무스름한 그 무엇'을 뜻한다. 은유적으로는 '깊이와 시간 속에 손때가 묻은 그 무엇'을 일컫는 말이기도 하다. 일본의 소설가 다니자키 준이치로에 의해 씌어진 이 『음예공간예찬』(김지견 옮김, 발언)은 일본의 건축물이나 음식, 가부키 등 전통 속에 내재된 고유한 어둠의 미학을 얘기한 책이다. 건축 전공자들의 필독서로 알려져 있으며 서양의 동양미학 연구서로도 읽혀지고 있다.

이 그윽하고도 찬란한 어두움의 미학은 비단 일본만의 것이라기보다 동양 문화의 바탕이 되는 요소라 할 수 있다. 서양인이 태양의 밝음과 힘을 추구하는 정서(태양력)를 가졌다면 동양인은 달의 유구함을 추구하는 정서(음력)를 삶의 기초로 하고 있다. 비교문화적으로 볼 때 그것은 건축에서 우선 뚜렷이 드러나고 음악이나 음식 문화 곳곳에서도 쉽게 발견할 수 있는 대목이다.

식물을 보아도 마찬가지다. 쉽게 서양란과 동양란의 색채와 선을 비교해보라. 또 평상시에 입고 다니는 옷 모양과 색깔을 보라. 다니자키 준이치로가 서양 문화에 대해 거의 배타적인 자세를 취하면서 찾고 있는 일본적 음예의 공간은 우선 변소다. "모든 것을 시화詩化한 우리들의 선조는 주택 중에서 가장 불결한 장소를 오히려 아취 있는 장소로 바꾸고 화조풍월로 연결지어 그리움의 연상으로 포장하였다"라고 쓰고 있다.

또한 오래된 다다미방의 나뭇결과 붉은 된장국, 양갱, 칠기, 음식점의 촛불, 검은 밥통 속의 흰 쌀밥, 옥, 종이들에 관해 얘기하면서 '그 색조의 깊음'을 지극히 명상적이고 화려한 문체로 얘기하고 있다. 마치 한 편의 긴 산문시를 읽고 난 기분이다.

나는 이 책을 읽으면서 한국적 '음예의 공간'을 생각해보았다. 같은 음예라도 한국과 일본의 그것은 사뭇 다르다. 먼저 일본의 가옥은 전통 한옥에 비해 좀더 어둡고 폐쇄적이다. 거기에 틈입하는 빛의 감도와 색깔도 다르다. 김수근의 건축 개념처럼 한옥은 서로 분리돼 있으되 또 서로 이어져 있다. 좀더 열린 공간이라고 할 수 있다. 서양의 클래식 음악을 듣기에 가장 적합한 장소로 한옥을 꼽는 사람들이 있는데 이것은 웬 아이러니일까.

정원 또한 그렇다. 중국과 일본의 정원은 자연의 냄새보다 먼저 인공적인 냄새가 강하다. 한복과 고무신과 지붕 처마의 선. 창호지와 마루. 김치와 젓갈과 된장국. 그 사이에 깃든 음예의 미학은 중국, 일본의 고유한 미학 개념과는 분명 차이가 난다.

레비 스트로스의 말처럼 문화의 우열은 존재하지 않는다. 다만 차이가 있을 뿐이다. 한 발자국 물러서서 비교문화적으로 살펴보면 그 차이에서 색다른 음예가 드러난다. 이 책은 그러한 시각에서 읽어보면 좋을 듯하다.

『바둑 두는 여자』

샨사 지음

두툼한 피나무를 베어 개펄에 묻어두거나 혹은 가마솥에서 거듭 쪄낸 다음 톱으로 켜서 만든 정사각형의 바둑판. 그 위에 가로 열아홉 줄, 세로 열아홉 줄의 씨줄과 날줄이 겹쳐 만들어놓은 361개의 점들. 전에 내가 알고 지내던 어떤 이는 반상 맞은편에 자신의 그림자를 앉혀놓고 늘 혼자 바둑을 두곤 했다. 홀연한 명상에 빠져 있는 그 모습을 나는 경외에 찬 시선으로 바라보곤 했다. '5천 년 전 중국의 수학자와 천문학자들이 발명해낸 전략, 전쟁, 포위의 놀이.' 한편 바둑은 곧잘 인생에 비유되기도 한다. 361개의 점들이 교차하는 바둑판은 우주를 뜻하기 때문이다.

중국 출신의 프랑스 소설가 샨사의 소설 『바둑 두는 여자』(이상해 옮김, 현대문학북스)는 제목에서 보듯 바둑을 소재로 한 소설이다. 그녀는 우선 바둑판 위에 1930년대 일제의 만주 점령기를 시대적 배경으로 깔아놓는다. 중국의 마지막 황제 푸이가 만주국의 꼭두각시 집정으로 앉아 있던 바로 그 시대. 여기에 사춘기의 한 천재적인 중국 바둑 소녀와 일본군 청년 장교가 등장한다.

바둑 두는 사람들이 모여드는 첸훵 광장, 화강암 바둑판을 가운데 두고 그들은 만나게 된다. 역사는 개인이 선택할 수 있는 문제가 아니다. 그러므로 그들의 만남은 처음부터 운명적일 수밖에 없다. 이 대륙적인 성격의 바둑 소녀는 생의 관능에 눈뜨기 시작하면서 봉건적 이데올로기에서 벗어나기 위해 몸부림을 치고 있다. 그녀가 처음 받아들인 사랑은 국권회복운동에 가담한 대학생 민과 징이다. 그녀는 이들 사이에서 대담하게 삼각관계를 즐기며 차츰 성숙한 여인으로 변해간다. 급기야 아이까지 임신한다. 그러나 그녀는 아이의 아버지 민이 광장에서 처형되는 장면을 목격하고 나서 야시장 골목에 찾아가 아이를 유산시킨다. "이제 그 무엇도 내 마음을 움직일 수 없다."

중국인으로 변장한 일본군 청년 장교와 이 바둑 두는 소녀의 관능은 현실 저편이거나 꿈의 이편에 존재하는 덧없는 생의 에피파니다. 현실에서는 건너뛸 수 있는 질곡을 가까운 건너편에 마주앉아 서로를 들여다보며 슬픈 몽정으로 치닫는다. 제국적 이데올로기의 허구성을 깨달으면서 다시 인간으로 돌아가고자 하는 일본군 청년 장교와 시대와 첫사랑에게 동시에 배신당한 이 바둑 두는 소녀는 결국 죽음을 통해 바둑판 위에서 함께 사라진다.

역사는 인간에 대해 자주 거만한 자세를 취한다. 인간이 만들어낸 시대와 역사가 역설적이게도 너무나 하찮게 인간을 짓밟곤 한다. 그리고 뒤에 남는 것은 그렇게 희생된 인간의 역사가 아니라 시대가 만들어놓은 텅 빈 금속 건물 같은 역사다. 우리가 역사를 앞에 놓고 배워야 할 것은 역사가 자주 인간의 편이 아니었다고 하는 점인지도 모른다. 지극히 국수적인 시각으로 일본 패망기를 다룬 아사다 지로의 『태양의 유산』과 비교해 읽어보면 왜 이 소설이 인류 보편적인지 쉽게 깨닫게 된다.

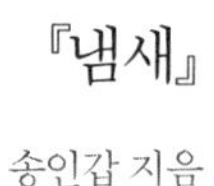

『냄새』

송인갑 지음

향기 전문가라고만 막연히 알려진 송인갑 씨의 『냄새』(청어와삐삐)라는 책을 읽는 것은 마비돼 있던 후각의 문을 다시 열고 들어가는 일이다. 오랫동안 콧구멍을 틀어막고 있던 담배꽁초를 빼낸 듯한 시원한 기분부터 든다. '우리의 향을 찾아서'라는 부제가 붙은 이 책은 남한 땅 곳곳에 배어 있는 냄새의 풍경 혹은 풍경의 냄새를 찾아 떠도는 발품팔이로 시작한다. 무엇이 이 사내를 조선 사람 김정희처럼 때없이 떠돌아다니게 하는 것일까? '향 대동여지도'라도 만들려는 속셈일까? 아마 그런 것 같다.

그는 지리산 노고단의 야생초 기슭으로부터 시작하여 450년 전의 미라가 발견됐던 안동과 메밀꽃의 평창과 잔설이 깔려 있는 설악산과 정선 아우라지와 섬진강가 하동 차밭을 거쳐 강진 청자박물관을 부지런히 코를 킁킁거리며 다닌다. 또 유채꽃의 제주, 국토 남단 마라도, 내소사 근처의 왕포마을, 저 비단결 같은 남해 금산, 사철 사람들이 몰려드는 대포항의 속초까지. 왜? 단 한 가지, 우리의 향기를 찾아서.

냄새란 무엇인가. 그것은 오감 중에서 가장 민감하게 육체에 작용하는 무형의 물질이며 더불어 향이라 부르는 좀더 특수한 냄새는 종교의례를 포함한 정신세계와 밀접한 관련을 맺고 있다. 하지만 도시 문명 속에서 우리의 후각은 점점 둔해지고 대부분 시각에 의존한 채 살아가고 있다. 근래 아로마테라피(향기요법)나 방향제의 범람 현상은 날로 퇴화되고 있는 후각의 재난 구조요청 현상이 아닐까. 얼마 전 슈퍼마켓에 갔다가 나는 살충제처럼 알루미늄 캔에 담아 파는 '제주도 공기'라는 상품을 보고 한편 난감한 기분에 사로잡혔었다. 그와 함께 잃었던 냄새의 기억들을 잠시 떠올려보았다. 어려서 시골 사과밭을 지나며 맡았던 서늘한 저녁 공기 내음, 새벽 파밭의 이슬 내음, 저 서리 내린 가을 배추밭의 내음들을.

서양 향수의 답보로까지 이어지는 이 냄새의 책은 행향行香, 매향埋香을 넘어 문향聞香, 즉 '귀로 향기를 듣는다'에 이르러 더욱 곡진한 냄새를 풍긴다. 그것은 곧 사람의 냄새를 분별할 수 있는 경지가 아닐까라고 나대로 생각해보았다. 좀 과장 섞인 말일지라도 김정호를 떠올리게 하는 발품팔이 냄새의 장인, 향 예술가가 이 땅에 존재한다는 사실을 알고 나서 나는 적이 미쁜 마음이 되었다. 그런 사람은 필시 어떤 운명의 부름을 받고 태어날 것이기 때문이다.

냄새를 잘 분별하는 사람은 전에 맡았던 냄새를 증험함으로써 뒤에 맡는 냄새의 좋고 나쁨을 정하여 저 냄새와 견주어서 이 냄새의 맑고 흐림을 분별한다. 뿐만 아니라, 장차 발생할 냄새를 능히 맡고 이미 없어진 냄새의 남은 냄새를 맡으며, 그 선악 이해를 마치 음식을 삼키고 토하듯 그 청탁 장단을 음률을 분별하듯 가려낸다.

각 장에 인용한 조선 후기의 실학자 최한기의 『기측체의』 부분 부분을 읽는 재미 또한 각별하다.

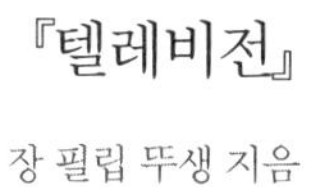

『텔레비전』

장 필립 뚜생 지음

벨기에 출신의 프랑스 작가 장 필립 뚜생의 소설을 읽는 일은 언제나 흥분되고 유쾌하며 동시에 짜증스럽고 불길하다. 처녀작 『욕조』에서부터 『망설임』과 『사진기』가 모두 그러하다. 그는 현실과 비현실의 경계에서 무의미한 일상의 반복을 통해 그래도 존재해야만 하는 존재들을 다룬다. 그의 작품에서 현실은 자주 현실이 아니라고 하는 증거로 채택된다.

『텔레비전』(조은섭 옮김, 문학사상사) 또한 이런 관점에서 크게 벗어나지 않는다. 뚜생이 이 소설에서 인상적으로 제시하는 이미지는 고층 아파트단지의 거실에 앉아 저녁이면 일제히 텔레비전을 시청하고 있는 물화된 존재들이다. 이는 백남준의 비디오 아트에서도 이미 제시되었던 바, 그것은 얼핏 유동하는 물체의 현란한 집합처럼 보이지만 실은 현대사회의 획일성과 소외에 관한 통찰의 보고이다.

이 소설은 안식년을 맞은 예술사 교수가 베를린에 가서 독일 황제 샤를르 캥과 이탈리아의 16세기 화가 티티앵의 관계를 제재로 삼아 '정치 권력과 예술은 무엇인가?'라는 주제의 연구 논문을 쓰는 것을 중심 줄거리로 하고 있다. 가족을 이탈리아로 휴가 보내고 베를린에 혼자 남아 글을 쓰면서 '나'는 텔레비전 중독에서부터 해방되기로 결심한다. '텔레비전 영상은 아무리 현실과 유사하더라도 현실이 아닌 그 재현과 모방에 불과하며' 또한 지극히 현실적이고 능동적인 행위인 글쓰기와는 반대되는 것이기 때문이다.

텔레비전 시청을 그만두면서 나는 극심한 금단증상을 겪게 된다. 텔레비전이 제공하는 것은 현실이 아니라고 굳게 믿고 있음에도 불구하고 마치 틀니를 잃어버린 노인처럼 허둥거린다. 소거된 일상을 채워넣기 위해 나는 옆집 화초를 돌보거나 매일매일 수영을 하거나 공원을 산책하거나 또한 수시로 도서관이나 박물관을 오가며 결핍감과 공허함을 메우려 애쓴다. 그러한 움직임은 오히려 내면이 소거된 물화된 타자의 고집스럽고 편집증적인 행동으로 보인다. 그러한 무의미한 일상의 반복 속에서 주인공은 점점 무기력에 빠지게 되고 어느 날 휴가를 갔던 가족이 돌아오자 다시 텔레비전 앞에 슬그머니 끌려가 앉게 된다.

오늘날 텔레비전은 가족 이상의 결속력을 가진 구심체이며 마약과 종교처럼 중독성이 강한 전파 매체이다. 어느 곳이든 남녀노소 할 것 없이 저녁이면 모두 텔레비전 앞에 모여 앉아 굳게 입을 다물고 3백만 개의 다양한 강도를 지닌 전파가 튀어나오는 모니터에서 시선을 떼지 못한 채 살아가고 있다. 그것은 우리의 대화를 잠식하며 타자 소유의 욕망과 무분별한 소비를 부추기며 자아와 사고를 하나로 통폐합시킨다. 아파트가 '들어가 사는 기계'라고 한다면 텔레비전은 그 기계의 '배꼽'에 해당된다. 텔레비전은 그 어떤 정치권력보다 인간에 대해 거부하기 힘든 권력을 행사하고 있다. 그러니 이제 이렇게밖에는 말할 도리가 없겠다. 텔레비전은 힘이 세다.

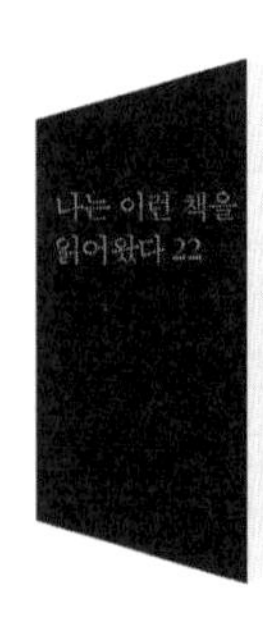

『숲과 한국문화』

전영우 지음

책은 펄프, 즉 나무로 만들어진다. 단순하게 보면 그것은 곧 환경을 파괴하는 일이다. 『숲과 한국문화』(수문출판사)도 물론 펄프를 매개로 태어난 책이다. 그러나 이 책은 그러한 태생의 도덕적 아이러니를 숲(나무) 지킴이 혹은 연구자로서의 열정을 통해 아름답게 극복하고 있다. 그래서 나는 이 책을 '펄프 논픽션'으로 읽었다.

전영우 교수는 산림학자이며 동시에 『숲과 문화』라는 잡지의 발행인이기도 하다. 이력에 걸맞게 그는 섬세한 인문학적 지식을 바탕으로 숲과 관련한 우리 민족의 집단무의식과 거기서 비롯된 문화적 유산을 하나씩 꺼내 펼쳐보인다. 단군은 박달나무의 아들이므로 우리에게는 하늘과 땅을 잇는 우주나무이며 고구려 고분 벽화에도 세계수는 어김없이 등장하는바, 아직도 시골에 가면 볼 수 있는 솟대가 바로 그것의 변형된 형태라고 그는 얘기한다. 나무 숭배의 뿌리깊은 집단무의식이 민족 정서의 바탕을 이루고 있다는 것이다. 그는 판소리와 민요, 또 근대성의 산물인 가곡과 심지어는 대중가요에 나타난 나무의 수와 종류까지 언급하면서 이러한 논리를 설득력 있게 되풀이하고 있다. 더불어 소나무가 차트 1위에 올라 있는 근거를 설명하고 있다. 노래뿐만 아니라 수많은 설화와 민화에 단골로 등장하듯 소나무는 한민족에게 생명수의 구실을 하고 있기 때문이다.

여기서 멈추지 않고 그는 고려 팔만대장경과 청자와 조선 백자와 경복궁과 '동양의 파르테논 신전'이라고 불리는 종묘를 등장시켜 그 뒤에 숲이 존재하고 있었음을 역설하고 있다. 왜 아니 그렇겠는가. 세계 최고最古의 책 『직지심경』이 한지로 태어났음은 누구나 아는 사실이다. 한지는 닥나무 껍질로 만들어지며 1천 년이 지나도 울거나 변하지 않는다. 팔만대장경은 왜 또 천세불변千歲不變으로 남아 있는가. 그 위에 옻(나무)칠을 했기 때문이 아닌가. 이 모든 문화유산의 숨은 제공자로서 오늘도 숲은 우리에게 존재하고 있다.

그러나 전영우 교수가 정작 전하고자 하는 바는 우리의 생태맹生態盲에 대한 일깨움이다. '문명 앞에는 숲이 있고 문명 뒤에는 사막이 남는다'는 샤토브리앙의 말을 인용하면서 인류와 문화와 신화의 본거지인 숲을 이제 지속가능한 대상으로 가꾸고 또 윤리적으로 대할 것을 주문한다. 쓰레기 분리수거는 잘 지키면서 새 아파트를 장만하면 멀쩡한 가구(나무)를 새로 바꾸는 양태가 바로 생태맹이라고 그는 꼬집는다. 하긴 환경운동을 하는 사람들에 의해 '전국적으로 소개'된 강원도 동강이 비록 '공사'는 면했을지 몰라도 래프팅 장소로 각광받으면서 점차 파괴되고 있는 것이 오늘날 우리가 받아들이고 있는 현실이다.

이 책을 읽으면서 나는 오래전에 읽은 시 한 구절을 내내 떠올리고 있었다. 이 얼마나 아름다운 말인가.

"나무들 사이를 걸으니 내 키가 더욱 커졌다."

『달의 궁전』

폴 오스터 지음

나에게 책읽기는 지적 호기심이나 탐구심보다는 오히려 관능의 교감 쪽에 더 가깝다. 그래서 서점에 갈 때마다 나는 면도와 샤워를 하고 재주껏 옷을 챙겨 입곤 한다. 그것은 곧 관능의 궁전을 찾아가는 일이기 때문이다. 지방의 한 서점 구석에서 찾아낸 폴 오스터의 『달의 궁전』(황보석 옮김, 열린책들)은 독자의 성감대를 고루 자극하는 소설이다. 레이먼드 카버나 스티븐 킹, 심지어는 솔 벨로와 팀 오브라이언의 소설에서도 별 자극을 받지 못했던 나는 한동안 미국 소설 읽기를 멈추고 있었다. 그런데 『달의 궁전』은 읽혔다. 최면에 걸린 듯 450쪽이나 되는 소설을 단숨에 읽어내렸다. 읽고 나서 인터넷으로 검색해보니 이런이런, 한국 독자들한테도 이미 잘 알려져 있거나 많이 읽힌 책이었다.

때는 1969년, 아폴로 우주선이 달을 점령하고 베트남 전쟁이 한창이던 해다. 이 두 가지 상징적인 사건을 배경으로 마르코 스탠리 포그라는 작가 지망생이 주인공으로 등장한다. 그는 대학을 졸업하고 자발적 파산을 선택하는데 당시 미국이라는 사회를 자기 삶의 자궁으로 받아들일 수 없기 때문일 터이다. 사랑과 광기의 여신이었던 달은 이제 미국의 서부 사막처럼 변해버렸고 아시아의 한쪽에서는 살육이 자행되고 있다. 자학에 가까운 굶기와 노숙의 생활 속에서 그는 오로지 자신의 정체성 찾기에 골몰한다. "태양은 과거이고 세상은 현재고 달은 미래다." 이 철학적 주술을 푸는 여정이 사실상 이 소설의 줄거리다.

휠체어에 앉은 맹인 노인 토머스 에핑의 비서로 채용된 포그는 그의 자서전을 대필하면서 기만의 역사로 얼룩진 자기 탄생의 비밀에 차츰 접근하게 된다. 중간중간 달의 이미지가 겹친다. 그것은 "이제 더이상 거기에 있지 않은 것들을 내려다보며 우주에 떠있는 텅 빈 원"의 이미지다. 토머스 에핑이 죽고 나서 포그는 그의 아들 솔로몬 바버를 만나게 되는데 그는 엄청나게 비대한 거구에 사생아로 태어나 평생 굴욕의 생을 살아온 사람이다. 그가 자기 생부라는 사실을 알고 나서 포그는 유타 주에서 캘리포니아까지 걸어서 사막을 횡단한다. "나는 자신을 뒤에 남겼다는 것, 내가 이제는 예전의 나와 같은 사람이 아니라는 것을 알기 위해 계속 걷기만 하면 되었다." 그리고 사막의 끝에 이르러 그는 해변에 떠있는 보름달을 보며 자신에게 새로운 삶이 도래했음을 깨닫는다.

이미 눈치챘겠지만 맹인 노인 토머스 에핑은 미국의 과거를, 그의 사생아인 솔로몬 바버는 미국의 현재를, 그리고 그 둘을 조부와 생부로 둔 포그의 삶은 곧 미국의 미래를 뜻한다. 우연과 광기로 뒤덮인 이 소설은 미국의 정체성 찾기가 그 주제이다. 이 소설을 읽으면서 나는 미국 사회는 어쩌면 촘스키 같은 반체제 지식인이나 폴 오스터 같은 작가에 의해 오늘날 그 바탕이 유지되고 있지 않은가라는 역설적인 생각을 해보았다. 그리고 그것은 아마 사실일 것이다.

『내 몸속에 잠든 이 누구신가』

김선우 지음

내게 있어서 시를 읽는 일은 늙은 어머니의 몸을 주무르는 일과 같다. 그때 어머니의 입에서 나직이 흘러나오는—애야, 아프구나, 살살 좀 주무르거라—소리를 통해 나는 화들짝 모국어를 회복하고 다시금 글쓰기에 접근할 수 있다. 듣는 이가 없더라도 모국어의 목청은 늘 간절하고 간곡하다. 영혼의 문법인 모국어를 탐하는 자를 우리는 흔히 시인이라 부른다. 또한 그가 목청껏 쏟아놓은 소리를 우리는 시라고 부르며 노래한다.

난데없이 마당에 떨어진 편지 꾸러미를 뜯어서 읽어보듯, 김선우의 시집 『내 몸속에 잠든 이 누구신가』(문학과지성사)를 읽는다. 그의 시는 여전히(?) 독하고 비리고 환하다. 그의 시가 독하다 함은 오래된 쇠북처럼 내부의 소리를 쉽게 들려주지 않기 때문이다. 오직 사랑에 값하는 기나긴 응시의 끝에 이르러서야, 그의 시는 비로소 비린 온몸을 열어 묵직하고도 환한 소리를 들려준다.

우선 표제작인 「내 몸속에 잠든 이 누구신가」를 본다.

그대가 밀어 올린 꽃줄기 끝에서
그대가 피는 것인데
왜 내가 이다지도 떨리는지

그대가 피어 그대 몸속으로
꽃벌 한 마리 날아든 것인데
왜 내가 이다지도 아득한지
왜 내 몸이 이리도 뜨거운지

그대가 꽃 피는 것이
처음부터 내 일이었다는 듯이.

이처럼 시인은 오직 응시를 통해서만 사랑을 완성한다. 그것은 경도와 위도가 겹치는 혼자만의 어느 절대적인 지점에서나 가능한 일이다. 그동안 시인에게 무슨 일이 있었던 걸까? 「아욱국」이란 시에서 시인은 아욱의 푸른 독을 치대어 빨아야만 마침내 뜨거운 국으로 화하는 힘겨운 자기 정화의 과정을 보여준다. "치댈수록 깊어지는/이글거리는 풀잎의 뼈/오르가슴의 힘으로 한 상 그득한 풀밭을 차리고/슬픔이 커서 등이 넓어진 내 연인과/어린것들 불러 모아 살진 살점 떠먹이는/아욱국 끓는 저녁이네 오, 가슴 환한."

그러나 그의 시에 정화만이 존재하는 것은 아니다. 그의 시선은 여전히 감춰진 현실에 깊숙이 칼날을 들이대며 일본군 위안부의 일생을 긴 서사시로 고발하기도 한다. 그럼에도 불구하고 그의 이번 시집은 곳곳에 불교의 향을 피우며 보다 단단하고 환한 깨달음의 세계를 지향하고 있다. 가령, "칠흙 같은 흙 속에 뚜벅뚜벅 박힌 희디흰 무우사寺, 이쯤 되어야 메아리도 제 몸통을 타고 오지 않겠나"가 그렇고 "그렇게 오는 사랑 있네/첫눈에 반하는 불길 같은 거 말고/사귈까 어쩔까 그런 재재한 거 말고/보고 지고 그립고 자시고 할 것도 없이/대천바다 물 밀리듯 솨아 솨아아아아/온몸의 물길이 못 자국 하나 없이 둑방을 넘어"오는 사랑에 이르러서는 마침내 시인의 목청이 우주로 향한다. 이토록 강렬한 힘은 어디서 오는 걸까?

언젠가 시인을 만난 적이 있다. 그때 내가 놀란 것은 시와 시인이 이토록 하나로 일치할 수 있는가에 대한 의문이었다. 누군가 그를 '살아 있는 몸을 신전으로 하여 뭉클한 생명의 향연을 펼치는 샤먼'이라고 했거니와, 과연 그가 '시의 무당'이란 느낌을 나는 좀처럼 떨쳐버릴 수 없었다.

나는 이런 책을
읽어왔다 25

『살모사의 눈부심』

줄퓨 리반엘리 지음

터키 작가의 소설을 읽는 것은 낯설고도 흥미로운 일이다. 터키 하면 먼저 이스탄불(콘스탄티노플)이 떠오르는데 중세 동서양의 문화가 격하게 충돌하며 형성된 물과 비의 도시다. 과거 동로마 제국령이었던 땅을 점령하며 중앙아시아로부터 서쪽으로 진출해온 터키족이 13세기 말에 오스만투르크 제국을 세운 이래 16세기에는 아시아, 유럽, 아프리카까지 세력을 떨쳤다. 1922년에 이르러서야 술탄제가 폐지되었으니 그 영광과 잔혹의 역사는 무려 수백 년 동안이나 길게 지속된 셈이다.

『살모사의 눈부심』(이난아 옮김, 문학세상)은 오스만 제국이 가장 혼란스러웠던 17세기 중반을 배경으로 궁전에서 벌어지는 권력 음모와 암투를 하렘(술탄의 후궁들이 거처하는 곳)을 관리하는 흑인 환관의 입을 통해 들려주고 있다.

프레이저의 『황금가지』를 보면 신성한 나무 둘레를 밤낮없이 돌고 있는 무시무시한 사제(왕)의 모습이 나온다. 그는 누군가 와서 자신을 죽이고 왕의 자리를 빼앗을까봐 한시도 잠을 잘 수가 없다. 인류사가 시작된 이래 다른 왕을 죽이고 권좌에 앉은 모든 자들의 운명이 이러했다. 오스만 제국의 술탄도 마찬가지였다. 왕위에 오르면 그는 형제는 물론이고 심지어는 자식까지도 무참하게 살해했으며 반란을 진압하면 목을 벤 사람들의 머리로 높은 탑을 쌓았다.

술탄 이브라힘 역시 형이 왕위에 오르면서 죽음에 처한 운명이었다. 그는 어머니에 의해 구사일생으로 살아나지만 죽음에의 공포 속에서 하루하루를 살아간다. 그러다 형이 돌연히 죽자 술탄에 오른다. 그는 하렘의 아름다운 후궁들에게 전혀 애욕을 느끼지 못하고 누운 채 밥을 먹어야만 하는 거대한 몸집의 여인에게 필사적으로 집착한다. 여전히 죽음에의 공포에 시달리며 세상에서 가장 큰 자궁(모성)을 찾아 밤마다 맹렬하게 도피하는 것이다.

그러다 덥기도 하고 춥기도 한 그 이상한 8월의 어느 날, 그는 자신을 구해준 어머니에 의해 감방에 갇히는 신세가 된다. 궁전에서 쫓겨날 위기에 처한 황태후가 이브라힘의 어린 아들을 술탄에 앉히고 수렴청정을 하게 된 것이다. 이브라힘이 살아날 방법은 하나 남은 아들을 독살하는 것뿐이다. 과거 제국의 역사에서 흔히 있어 왔던 일이었다. 그러나 최후의 순간에 그는 아들을 구하고 자신의 목숨을 버린다.

이 소설은 중남미 문학에서 흔히 나타나는 환상적인 색채가 짙다. 술탄과 함께 감옥에 갇혀 있다 죽는 후궁 귤베덴의 이미지가 우선 그렇다. 그녀는 어느 여인보다도 아름답지만 결코 울거나 웃을 줄 모른다. 격심한 두통에 시달리며 다만 쥐옷을 만들 때만 신성한 구원자의 모습으로 변한다. 강제급식 형에 처해져 술탄과 함께 죽어 결국 대지의 품으로 돌아가는 뚱뚱한 여인의 이미지도 마찬가지다. 흑인 환관 랄라는 서술자인 동시에 신의 대리자로서의 주술사 역할을 동시에 담당하고 있다. 감옥에 갇힌 술탄에게 코란과 성경을 읽어주며 결국 자기 희생을 통해 구원에 이르게 하는 존재이기 때문이다.

살모사조차 눈이 부시게 만든다는 술탄의 권력. 그러나 어둠과 밝음 사이에 존재하는 신들은 때로 한없이 잔인하다. 이 세상에서 잃어버린 것은 저 세상에도 없는데 말이다. 인류에게 1천 년마다 주기적으로 되풀이된다는 환멸의 명상기. 지금이 그때라면 저 신마저도 잔혹했던 17세기 오스만 제국의 역사를 한 번쯤 소설로 읽어보는 것도 괜찮지 않을까.

『절터, 그 아름다운 만행』

이지누 지음

매장문화로 인해 날로 늘어나는 무덤의 수를 두고 국토가 엠보싱화 된다고 염려하던 시절이 있었다. 그러한 인식의 노력 때문인지 화장문화가 보편적으로 자리를 잡은 터에 지금은 나라 전체가 아파트로 변해 가고 있다. 그뿐인가. 어딜 가나 가든과 모텔이 길목을 가로막는 것은 예사고 심지어는 논밭 한가운데까지 버젓이 들어서고 있는 실정이다. 이제 그만 개발의 망령에서 놓여나 뒤를 돌아보아야 할 때가 온 게 아닐까?

『절터, 그 아름다운 만행』(호미)은 이지누라는 사진작가가 만행에 가깝게 온몸을 팔며 찾아다닌 폐사지에 대한 기록이다. 폐사라고 했으려니와, 오랜 세월 산야에 버려지고 잊혀져 세인의 눈에는 이내 띌 리도 없는 흔적들을 찾아내 앵글에 담고 글로써 돋을새김해 복원해낸 미쁘기 그지없는 책이다. 그 지난한 사유의 과정이 읽는 이로 하여금 절로 구도행을 느끼게 한다. 구산선문九山禪門에 입문하면서부터 시작되었다는 저자의 폐사지와의 인연은 어떠한 대중의 눈여김 없이 그새 20년 가까이 지속돼왔다. 모든 즉각적인 반응을 요구하는 이 시대에 불교사학자도 아닌 사진작가가 무엇을 바라 풍상에 기꺼이 몸을 맡기고 홀로 부처의 은신처를 떠돌았을까. 대답은 그 스스로 자명하다. 이제 더이상 높은 곳을 그리워하지 않고 바다처럼 만물일여의 깊고 낮은 곳으로 임하기 위해서라고 그는 달군 입으로 조용히 고백한다.

복원이 불가능할 만큼 역사가 훼손된 나라를, 메시아에 대한 믿음이 완전히 사라진 나라를 상상해보았는가. 그것은 곧 추억이 망각되고 꿈이 사라진 개인과 다를 바 없다. 유독 부처가 아니더라도 우리는 지금 너무 많은 옛 어버이들의 꿈과 추억을 훼손하고 있지 않은가. 고깃집 정원에 방치된 부처의 석물이 도대체 웬 말인가.

『나그네는 길에서도 쉬지 않는다』

이제하 지음

계해癸亥년(1983)이 저물던 12월 중순 해질 무렵에 있었던 일이다. 물치 삼거리에 잠깐 선 속초발 삼척행 일반버스에서 몇 사람이 내렸다.

이제하의 소설 『나그네는 길에서도 쉬지 않는다』(문학과지성사, 창작집 『龍』에 수록)는 이렇게 시작된다. 삼거리에 내린 이들은 산행길인 듯 보이는 사내 서넛과 그리고 "코르덴 점퍼에 옛 시골 면서기의 그것 같은 낡은 가방을 늘어뜨린" 중년의 사내. 서울에서 말단 공무원 생활을 하고 있는 그는 "허섭스레기와 함께 처박아둔 채 근 3년이나 까맣게 잊어버리고 있었던" 아내의 유골을 뿌릴 곳을 찾아 무작정 길을 떠나온 참이다.

그날 사내는 밥집에 들었다 휴전선 너머 월산月山으로 가겠다는 중풍 걸린 노인네와 그의 유담보 노릇을 하는 간호사 일행을 만난다. 그들은 휴전선 근처까지라도 자신들을 데려다줄 사람을 구하기 위해 기다리고 있는 중이다. 밤늦게 사내는 낮에 버스에서 함께 내린 낯선 남자들을 여관에서 만나 화투를 치다 여관에 불려온 여자 하나가 심장마비로 죽는 바람에 밥집으로 돌아와 간호사 일행이 원통으로 떠났다는 소리를 듣게 된다.

다음날 그는 경포, 양양을 거쳐 "경우에 따라서는 사나흘을 산통 깨고 결근해야 할지도 모르는 원통행"을 "께름칙한 이런 기분으로는 도저히 그냥 돌아갈 수 없어" 대설주의보가 내린 길로 나선다. 원통에서 그는 노인네와 간호사를 찾아 서울서 뒤쫓아온 사내 둘을 만나 그들이 몰고 온 차를 타고 다시 인제로 향한다. 그리고 인제 초입의 한 여관에서 간호사 일행을 겨우 찾아낸다. 노인은 곧 서울서 온 사내들이 데려가고 마침내 간호사와 사내만이 길 위에 남게 된다. 간호사는 사내에게, 당신이 올 줄 미리 알고 있었다면서 "옛날 면목동에 가서 들은 점쟁이 말"을 한다. "서른에 물가에서 관을 셋 짊어진 사람을 반드시 만난다. 그 사람이 전생의 네 남편이다."

그래서 사실은 물치에서 사람을 기다렸노라고. 사내는 서울에 올라가 새 살림을 차리기로 하고 이튿날, 여랑 아우라지강에 들러 아버지를 만나고 뒤따라오겠다는 여자와 나루터에서 헤어진다. 나루터에서는 오구굿이 한창이다. 한데 배가 막 떠나려고 하는 순간, 사내를 배웅하던 간호사에게 무당이 다가와 부채를 쥐어준다. 이 소설의 마지막 장면, 곧 여자에게 신이 내리는 부분에 오면 여지없이 마음에 살이 돋는다.

배에서 뛰쳐나가려고 그가 마악 한 발을 내디뎠을 때, 여자의 눈빛이 변했다. 여자는 한 손으로 옷을 잡아뜯고, 다른 손으로 부채를 흔들면서 어느덧 춤추는 걸음이 되었다. (……) 눈 덮인 맞은편 산봉 위로 거대한 손바닥 하나가 걸렸다.

이 소설을 처음 읽은 건 공주에 있는 한 암자에 묵고 있던 1986년 여름이었다. 맨발에 흰 고무신을 신고 공주 시내에 있는 한 찻집에 내려갔다가 우연히 벽 구석에 꽂혀 있는 책을 빼들게 되었던 것이다. 나 또한 떠도는 자로 길 위에 있을 때였다. 그로부터 10년의 세월이 흘렀건만, 지금 다시 읽어도, 늘 길 떠나고자 하는 마음에 겹쳐 울리는 감동은 여전히 새롭다.

이 작품 속의 길 떠남엔 분단과 이산, 샤머니즘적 색채의 집단무의식, 저 실체가 불분명한 운명의 을씨년스런 그림자들, 그 사이에 아무 때고 침입하는 우연과 필연의 송곳니가 살처럼 끼어 서로 맞물려 있다. 그래서 닻아 머무를 끝이 대체 막연하고 더군다나 휴전선이라는 단어가 상징하듯 현실적으로 회향이 불가능한 곳을 향해 다만 끝 간 데 없이 이어져 있을 뿐이다. 한데다, 어디 길가에라도 지쳐 잠시 주저앉을 만하면 여지없이 저 하늘무당인 우주신이 그 존재를 삽시에 거둬들여 다시 나그네로 길 위에다 내동댕이치는 것이다. 그러므로 우리들 나그네는 길에서도 쉬지 않는 게 아니라 아예 쉬지 못하도록 운명지워진 존재들인지도 모른다.

『봄빛』

정지아 지음

작년 이맘때 소설가 정지아 씨의 두번째 소설집 『봄빛』(창작과비평사) 출간 기념회에 우연히 참석하게 되었다. '우연히'란 다른 사람을 만나러 갔다가 이끌려 합석하게 되었다는 뜻이다. 사정이 그런 만큼 나는 창 밖에 내리는 비나 내다보며 엉뚱한 상념에 사로잡혀 있었다. 구례 산수화는 이미 졌을 테고 철쭉이 곧 지리산 세석평전을 뒤덮겠군. 정지아 씨의 고향이 구례임을 알고 있었으므로 아마 그런 연상을 했을 것이다.

「운명」이란 소설을 먼저 읽는다. 촘촘히 날이 선 그 짱짱한 문체는 역시나 여전하다. 녹슨 보습으로 뜨거운 자갈밭을 갈고 있는 작가의 형상이 눈앞에 어른거린다. 그런데 놀랍게도 이번 소설집에는 곳곳에 '봄빛'이 가득하다. 그 빛은 '1백 살을 바라보는 어머니와 이미 환갑을 넘긴 아들'이 사는 지리산 오두막을 비추고, '치매 남편을 둔 노파의 독백과 한숨' 속으로 스며들어 마침내 그들의 운명을 감싸안는 역할을 담당한다. 물론 봄빛이 부드럽고 따뜻한 것만은 아니다. 섬세한 칼끝처럼 상처를 들추고 끝내는 뼈를 발라내기도 한다. 그럼에도 작가는 이제 후면경 속에서 울고 있는 자신의 모습을 보여준다. 그것은 낯설되 분명 감동적인 장면이다.

그의 소설은 편편이 '두부를 넣고 끓인 토속 된장찌개'처럼 곡진하고 칼칼하다. 속내가 아파본 사람은 안다. 그 된장찌개가 울혈진 속을 조금이나마 풀어준다는 것을. 문학의 위기를 말할 때마다 우리가 습관적으로 내뱉는 수사학적 구호가 있다. '진정성'과 '순정성'. 『봄빛』은 두 발을 여기에 단단히 딛고 있는 소설집이다. 책장을 덮고 나는 소설의 영원한 명제를 다시금 떠올리고 있었다.

그리고 삶은 계속된다, 그래도 삶은 계속된다.

『그 남자의 가방』

안규철 지음

내가 최근에 읽은 책 중에서 가장 재미있고 신선하며 또 독특한 것을 꼽으라면 단연 『그 남자의 가방』(현대문학사)일 것이다. 책의 뒷장을 덮으며 우선 머리에 떠오른 생각은 그가 글을 가장 잘 쓰는 조각가(미술가)가 아닐까 하는 것이었다.

이 책은 우리가 주위에서 흔히 접하고 있는 의자나 가방, 식탁이나 간판 따위의 사물에 관한 혹은 행위에 관한 이야기이다. 그는 기호학적 글쓰기를 통해 그 사물들 속에 숨어 있는 의미를 캐내고 우리 존재와의 연관성을 밝혀낸다.

가령 그는 우리의 가장 친근한 '식민지'이자 '낯선 대륙'인 육체를 이야기하며 남녀의 입맞춤이란, 치과에 가기 전에는 결코 남에게 드러내지 않는 구강 내부의 가장 사적인 공간을 두 사람이 공유하는 것이라고 유머러스하게 진술한다. 더불어 관상학은, 얼굴의 기호들을 풀어내 그 위를 지나간 과거의 시간들을 읽어내고 그 시간의 궤적에 비추어

다가올 시간의 흐름을 예측하는 기호 해독의 시스템이며 얼굴만 보고도 한 사람이 지내온 인생 경로, 사라져버린 시간들을 읽어낼 수 있는 것이라고 얘기한다.

또한 모든 사물에는 뒷면이 존재하며 '그것이 가장 단순한 형상이면서도 또 가장 이해하기 힘든 사건'이라고 할 때 "우리에게서 사라진 그 사물의 뒷면이 가버리는 곳, 그 보이지 않는 뒷면들이 머무는 나라는 어디인가?"라고 애타게 자문하기도 한다.

이 책은 사물을 보는 새롭고 깊이 있는 시선을 우리에게 제공해준다. 늘 가까이 하고 있기 때문에 오히려 의미 해독이 불가능했던 일상의 사물들이나 행위에 대하여 그는 마치 조물주의 공보비서관인 양 의미를 풀어내 읽는 이에게 친절하게 선물해준다.

그는 결국 사소한 것들 속에 숨어 있는 신비가 우리가 삶에서 기댈 수 있는 가장 아름다운 영역임을 고백조로 밝히고 있다.

이 모든
극적인
순간들